中青文库

本书得到中国青年政治学院出版基金资助

新启蒙话语建构

《受活》与1990年代以来的文学和社会

梁　鸿◎著

中国社会科学出版社

图书在版编目（CIP）数据

新启蒙话语建构：《受活》与 1990 年代以来的文学和社会 / 梁鸿著.
—北京：中国社会科学出版社，2012.8
ISBN 978 - 7 - 5161 - 0903 - 8

Ⅰ.①新…　Ⅱ.①梁…　Ⅲ.①长篇小说—小说研究—中国—当代
Ⅳ.①I207.425

中国版本图书馆 CIP 数据核字 (2012) 第 098359 号

出 版 人　赵剑英
责任编辑　李炳青
责任校对　杜丽延
责任印制　张汉林

出　　版　中国社会科学出版社
社　　址　北京鼓楼西大街甲 158 号（邮编 100720）
网　　址　http://www.csspw.com.cn
　　　　　中文域名：中国社科网　　010 - 64070619
发 行 部　010 - 84083685
门 市 部　010 - 84029450
经　　销　新华书店及其他书店

印　　刷　北京市大兴区新魏印刷厂
装　　订　廊坊市广阳区广增装订厂
版　　次　2012 年 8 月第 1 版
印　　次　2012 年 8 月第 1 次印刷

开　　本　710 × 1000　1/16
印　　张　15.75
插　　页　2
字　　数　239 千字
定　　价　48.00 元

《中青文库》编辑说明

中国青年政治学院是共青团中央直属的一所普通高等学校。它于1985年12月在中央团校的基础上成立，经过二十多年的发展，目前已形成了包括本科教育、研究生教育、留学生教育、继续教育和团干部培训等多形式、多层次的教育格局。与其他已有百年历史的高校相比，中国青年政治学院进入国民教育序列的历史还显得比较短。因此，在高等教育跨越式发展的浪潮中，尽快提高学校的教学与学术水平就成为学校建设与发展的关键。2002年，学校制定了教师学术著作出版基金资助条例，旨在鼓励教师的个性化研究与著述，更期之以兼具人文精神与思想智慧的精品的涌现。出版基金创设之初，有学术丛书和学术译丛两个系列，意在开掘本校资源及域外精华。随着年轻教师的剧增和学校科研支持力度的加大，2007年又增设了博士论文文库系列，用以鼓励新人，成就学术。三个系列共同构成了对教师学术研究成果的多层次支持体系。

80年来，学校共资助教师出版学术著作近百部，内容涉及哲学、政治学、法学、社会学、经济学、文学艺术、历史学、管理学、新闻与传播等十多个学科。学校资助出版的初具规模，激励了教师，活跃了校内的学术气氛，并产生了很好的社会影响。2010年，校学术委员会将遴选出的一批学术著作，辑为《中青文库》，予以资助出版，一则用以教师学术成果的集中展示；二则希冀能以此为发端，突出学校特色，渐成风格与品牌。同时，为了倡导并鼓励学生关注社会，重视实践，寓科学研究于专业学习之中，文库还将学校长期以来组织的"智慧星火——中青学子学术支持计划"中的学生获奖作品辑为两本，一并收录在内。

《中青文库》编辑说明

在《中青文库》的编审过程中，中国社会科学出版社的编辑人员认真
负责，用力颇勤，在此一并表示感谢！

中国青年政治学院科研处

2011 年 11 月

目　　录

下卷　《受活》与"中国想象"

绪论：回到语文学

一　重回语文学

美籍阿拉伯裔学者萨义德在《人文主义与民主批评》一书中阐述了文学批评"回到语文学"的重要性，"一种真正的语文学阅读是积极的，它包括进入早已发生在言辞内部的语言的进程，并且使我们面前的任何文本可能隐藏着的，或不完整的、或被遮蔽的、或被歪曲的东西泄露出来。那么，从这种语言观看来，言辞不是被动的标记和记号，谦逊地代替一种更高层次的现实；相反，它们是构成现实本身必不可少的一部分"①。依据《语言与语言学词典》，"语文学（philology）专门用来指根据文学作品和书面文献的研究所进行的历史语言分析。广义的语文学有时包括文学和文化研究"②。索绪尔在《普通语言学教程》中认为，语文学是语言学作为一门学科发展的一个中间阶段，它以语言研究为对象，但语言并不是其唯一重点，"语文学首先要确定、解释和评注各种文献；这头一项任务还引导它去从事文学史、风俗和制度等的研究，到处运用它自己的方法，即考订"③。语文学重点关注语言中的文学、历史、文化等信息，因此常被称之为"人文学科"，而现代语言学（linguistics）则被称为"自然科学"。在中国学术界，语文学时期主要指一直延续到晚清时期的训诂学，着重于注释古代典籍，晚清以后才开始现代意义的语言学研究。很显然，在萨义

---

① 爱德华·W. 萨义德：《人文主义与民主批评》，新星出版社 2006 年版，第 69 页。

② R . R . K. 哈德曼、F. C. 斯托克：《语言与语言学词典》，上海辞书出版社 1980 年版，第 256 页。

③ 索绪尔：《普通语言学教程》，商务印书馆 2010 年版，第 18 页。

德这里,"语文学"既指对"语言"进行训诂,即考证、解释语言的生成,但更多地指向对语言背后所蕴涵的历史内容进行分析,"语言是凭社会成员间通过的一种契约而存在,它能够反映一个民族的风俗习惯、政治史",在此意义上,语言必然能够映照出一个民族历史的生成、情感的变迁、经验的积淀和政治制度的逻辑,等等。

在欧美的语言学发展史上,起初是亚里士多德的逻辑主义传统,认为语言依赖并从属于逻辑思维。自近代以来开始形成人文主义传统,关注语言(主要是语义)与文化、思维的关系。17世纪卢梭在《论语言的起源》中认为:"通过典型融合考察并展示一个民族的性格、生活方式、意趣是如何影响他们的语言的,将提出一种真正的哲学问题。"[1] 通过考察语音(voix)的变化,他发现,"随着需要的增加、人事的复杂、知识的传播,语言的特性亦在变化"[2],18世纪人文主义语言学的重要代表赫尔德提出,"语言是民族的镜子",认为语言不只是思维的工具,还是思维的形式和仓库,在语言中沉积着一代代人的经验和知识。实质上,他已经萌生了民族语言形成一种世界形象的新观点。[3] 而《新科学》的作者维柯认为,语言产生及变迁本身就是人类社会生活变迁的标志,由此,他提出话语的比喻理论,认为语言就是对世界的一种幻象和比喻认知。

萨义德认为,重回语文学,就是重回人文主义,通过对语言的溯源重新回到历史生成之初,去寻找那言词背后的"历史生成","人文主义是努力运用一个人的语言才能,以便理解、重新解释、掌握我们历史上的语言文字成果,乃至其他语言和其他历史上的成果。以我对于它在今天的适用性的理解,人文主义不是一种用来巩固和确认'我们'一直知道和感受到的东西的方式,而毋宁是一种质问、颠覆和重新塑形的途径,针对那些作为商品化的、包装了的、未经争辩的、不加辨别地予以合法化的确定的事实呈现给我们的那么多东西,包括在'经典作品'的大红标题下聚

---

① 卢梭:《论语言的起源》,洪涛译,上海人民出版社2003年版,第133页。
② 同上书,第25页。
③ 参考徐志民《欧美语义学导论》,复旦大学出版社2008年版,第239—241页。

集起来的那些名著中所包含的东西"①。

如果回顾萨义德的学术史——《东方学》、《文化与帝国主义》、《知识分子论》、《最后的天空之后》等著作，就会发现，他所强调的"语文学"和"人文主义"具有特别的含义，即从自我身份和文本所涉及的自身语言传统出发，对身处的世界、文本和文化进行交互性的分析。他特别强调学者的自我身份——对他自己而言，是"西方和阿拉伯—伊斯兰传统"混合状态——对学术思考的影响。这里的"人文主义"并非指普遍意义的人道主义关怀，而是指一个学者以语文学为切入口，在对文本语言的词源学分析基础上，使语言回到所附着的和所涉及的社会语境、民族历史中，最终对自身所处时代的种种事实进行质疑、批判和敞开。正是以此立场，他写出《人文主义与民主批评》、《东方学》和《文化与帝国主义》等论著。他把"东方"看作是"西方"的"他者"的建构，② 并敏锐地发现加缪作品中所隐藏着的具有超稳定结构的"法国形象"，它表现在加缪对阿尔及利亚土地上阿拉伯人的空缺描述中，阿拉伯人只是一个模糊的结构和没有主体性的符号存在。③

笔者感兴趣的是萨义德对文学批评通向"人文主义"的独特界定：语言和自我身份。前者是通往人文主义的方法与途径，后者是论者的情感起点和理性起点。"从字面上讲，语文学就是对言词（words）的热爱，但是作为一种训练，它在所有重要文化传统——包括构成我自己成长环境的西方和阿拉伯—伊斯兰传统——的各个阶段，都获得了一种准科学的知性

---

① 爱德华·W. 萨义德：《人文主义与民主批评》，新星出版社 2006 年版，第 33 页。

② 爱德华·W. 萨义德：《东方学》。尽管后来的学者从多个角度批判萨义德这种后殖民主义的分析方法，但《东方学》对理解世界文明冲突和文化冲突的起源的确有启发性。

③ "具有讽刺意味的是，无论加缪在他的小说或叙述性作品中讲述故事，法国在阿尔及利亚的存在或者被表现为超出叙述之外，一种不受时间与诠释所限制的形象（如娅宁）；或被表现为唯一值得作为历史加以叙述的历史。"萨义德：《文化与帝国主义》，生活·读书·新知三联书店 2003 年版，第 255 页。法国在加缪的小说中被视为超稳定结构，是终极的正确。这表现在加缪对阿尔及利亚土地上阿拉伯人的空缺描述中，阿拉伯人只是一个模糊的结构和没有主体性的符号存在。从中国的当代文化结构中，西方文化也是一个超稳定结构，在对待传统文化和自身民族性格时，作家所表现出来的非主体性和模糊化的倾向都使得"西方"成为萨义德所言的"一种不受时间与诠释所限制的形象"，是一种元结构和判断自身存在的基本依据。

和精神的声望……所有这一切包含着赋予语言的一种细致的学术关注，认为语言在其自身之内承载着它确实可以或者实际上并未承载的知识。"①对于文学批评者而言，重回语文学首先意味着重新把目光投向语言、词语和文本本身，从对语言的持续关注和追索中发现文学内部所透露出的幽深的时间和空间，这不只是因为语言可以发掘历史，而是因为"构成民族的正是语言"，"语言就是一种历史文献"。②重回语言和言词，意味着重新进入语言所产生的民族历史与时间之中，在对语言的探索中寻找历史。在此过程中，语言所蕴涵的深远信息慢慢浮出地表，其中包括它的氛围、流转，它的对抗、妥协，它的转喻、象征，等等。探讨语言的生成过程和使用方式，也即重新回到历史源头，去寻找被遮蔽在时间深处的真相。这也是一种批判主义的学术态度。

对语言的探询逐渐指向自我的历史生成和现实存在。学者对自我身份的强调固然可能带来思维的褊狭和某些盲点，但对那些致力于思考与自身相关的社会、政治、文化的学者来说，这应该是个基本前提。否则，就无法找到思考的原点和启动点，更无法穿过迷雾一样弥散在自身周围的现象去寻找最核心的问题。鲁迅在对国民性、传统性等所有问题的思考中都是从"我"出发，首先基于对"我"的追问和怀疑，因为"我"也是这一历史构成的一部分，梁漱溟、王国维等一代学者都具有这样的自我感和历史感。萨义德究其一生思考自己与阿拉伯传统、美国文化之间的关系，一个失去家园的阿拉伯人，一个在美国精英文化中拥有地位的人，一个伊斯兰传统中长大但却是基督教徒的人，等等，这多重身份和多重文化的矛盾既是他生存的真实状况，也是他思考世界的起点。德籍犹太裔哲学家汉娜·阿伦特并不回避自己的犹太人身份，而是由此出发，思考第二次世界大战以来欧洲现代政治制度的种种问题，这一出发点反而使她的认知具有独特的启发性和穿透力。日本当代思想史学者子安宣邦在《东亚论——日本现代思想批判》序言中第一句话便这样说："从我们自身的体验中去追

---

① 爱德华·W. 萨义德：《人文主义与民主批评》，新星出版社 2006 年版，第 67—68 页。
② 索绪尔：《普通语言学教程》，商务印书馆 2010 年版，第 43、312 页。

寻，何谓20世纪的'近代'、何谓'亚洲'乃至'日本'？这是我作为思想史学者的使命。"① 以追究"自我形象的生成"起始，这是子安宣邦思考近代日本的生成的基本经验起点和伦理起点。

一种真正的人文主义态度是从自身——"民族"和"自我"的双重自身——的经验、体验和伦理感出发，从内部的历史与原点出发，去发现其与外部世界的关系。在这里，重回语文学也许是最基本的方法，对语言的考察正是把被遮蔽的历史不断敞开并和当代不断对话的过程。

从本质意义上讲，文学即对语言的重新使用，它以修辞手段使语言的历史性和现实性产生对话和歧义，"赋予文学的特性是，它邀请读者进入与言词之间的对话关系，而这种关系之强烈程度在别的任何地方都是不可能的"，"对话"，即发现，使语言超出它固定化的含义，陌生化、复杂化、矛盾化，因为"文学比其他任何艺术或表达形式都更多地解释了对于日常生活行为中每个人都在分享、每个人都在使用的东西，此外，对于在其自身及其词汇和语法之中，极其微妙然而也可以觉察地包含着一个社会管理其社会、政治和经济之统治思想的东西……"② 对文学语言的重新释义，也是从中发现被遮蔽的思想，发现民族历史与之相关的社会历史、政治经济运行方式的过程。

对文学文本语言、词语的追问，可能是文学批评最基本的起点，同时，也是最具乡愁性和人文主义的起点。

二　文学作为"公共想象"的本质

重回语文学，并非意味着回到新批评的系统中，也并非仅仅提倡关注词语所具有的象征意味和审美能量，进而关注文学性的产生及其通道。恰恰相反，它是试图以文学语言本身所携带的历史信息和现实冲突为基础，让文学重回公共空间，重新与民族的政治史和思想史处于积极的对话之中。

---

① 子安宣邦：《东亚论——日本现代思想批判》，吉林人民出版社2011年版，第1页。

② 查理·鲍里尔语，转引自爱德华·W. 萨义德《人文主义与民主批评》，新星出版社2006年版，第70页。

重回文学在公共生活中的作用,一方面是因为文学想象能够为一个民族的公共生活和公共精神创造、想象新的空间,这是文学所具有的人文主义性的最大体现;另一方面,也因为在当代中国乃至世界发展史上,在政治学、经济学和公共管理领域,科学主义和技术主义越来越强大,而公共生活和公共领域却在日渐萎缩,这直接导致民众公共精神的减弱和丧失。文学与政治、经济相反,后两者致力于使社会秩序化、标准化,增强其可控制性,尽可能使其"简化",而文学则要充分展示社会生活及人类内在的复杂性和被压抑性——丰盈的、含混的、痛苦的,同时又活生生的存在。还有一个非常重要的原因是,自 1980 年代以后,中国当代文学的写作者和批评者们似乎很少愿意再提文学的"公共性"和"公共想象"作用,很少提文学对政治的影响。经过政治意识形态对中国还尚未发育成熟的"公共生活"和"公共精神"的强劲洗礼之后,经过当代系列文学思潮对"文学性"的反复窄化之后(虽然这一"窄化"倾向有非常复杂的文学上和政治上的原因),在作家对"知识分子"身份自动放弃之后,文学所蕴涵的"公共想象"的含义似乎变得暧昧不清,并被驱逐到它的本质属性之外了。在这一过程中,当代文学批评是文学思潮的命名者和推动者,但却缺乏对文学"公共性"的澄清意识与总体思考。

昆德拉在阅读《包法利夫人》时不禁发出这样的感叹:"判断一个时代的精神不能仅仅根据其思想和理论概念,而不考虑其艺术,特别是小说。19 世纪发明了蒸汽机,黑格尔也坚信他已经掌握了宇宙历史的绝对精神。但是,福楼拜却发现了愚昧。在一个如此推崇科学思想的世纪中,这是最伟大的发现。"① 一部优秀的作品除了提供一种新的美学风格、想象世界之外,它还应该包括对当代社会的积极反应,甚至包括某种鲜明的政治态度,对整个社会生活、现实存在和具体事件的反应,文学从来不可能排除其"政治性"(广义)的属性。科学为了实用,哲学倾心于总体原则,而文学却致力于把人心的混沌、复杂和文明发展的另一面给展示出

---

① 米兰·昆德拉:《耶路撒冷讲演:小说与欧洲》,《小说的艺术》,作家出版社 1992 年版,第 163 页。

来，它告诉人们"世界并非如此"，在此，文学发挥了它的公共想象能力，让民众产生新的思想维度，质疑、批判，或重新思考文明、制度的种种。卡夫卡的《城堡》让我们感受到现代官僚制度的可怕及对生命的压抑，加缪的《局外人》让我们看到现代生活的人的"异化"，它们都展示了文学想象在现代社会、公共想象中的重要位置。福楼拜，包括狄更斯、雨果等人的写作时期正是资本主义文明在欧洲的上升时期，科学、技术、理性成为时代的最高原则，但是，文学却颠覆了这一基本的想象，它让我们发现了这一原则的"愚昧"和"可怕"，从某种意义上，也动摇了这一时代的总体精神原则。美国诗人惠特曼认为，诗人是"复杂事物的仲裁人"，是"他的时代和国家的平衡器"。他的强大想象力"看出永恒就在男人和女人身上"，而"不把男人和女人看得虚幻或卑微（dreams or dots）"。对此，美国当代学者努斯鲍姆认为，"惠特曼对公共诗歌的呼唤，在这个时代仍然和当时一样恰当。在今天的政治生活中，我们深深缺乏能力去把彼此看成完整的人，而不仅仅把彼此看成'虚幻或卑微'的人。由于极端信赖技术化的方式，尤其是信赖用源自经济学的功利主义来为人类行为建立模型，助长了那些对同情心的拒绝"①。

公共生活、公共领域和公共精神的逐渐萎缩是与 18 世纪欧洲工业文明大规模地发展相伴生的存在。早在 1749 年，卢梭就在《论科学与艺术》中认为科学已经损害了人类的道德。整个 19 世纪和 20 世纪，如维柯、斯宾格勒、尼采、雅斯贝斯、阿尔都塞等人，无论什么派别的哲学家和各科学者，他们对"技术"都持基本的反思立场。如雅斯贝斯对"技术实用主义"特别反对，"相关的知识可以通过对与这种知识有关的方法的实用性研究来获得，而这种知识则可以作为结果而被简化为最简单的形式……每个个人仅仅在一种事情上是专家，他的才能范围通常极为狭窄，并不表现他的真实存在，也未将他带入与那个超越一切的整体的关联中去，而后者乃是一种经过修养的意识之统一体"②。每个人只与自己相关，

---

① 玛莎·努斯鲍姆：《诗性正义：文学想象与公共生活》，北京大学出版社 2010 年版，第 3 页。

② 卡尔·雅斯贝斯：《时代的精神状况》，上海译文出版社 2005 年版，第 85 页。

而没有把人类作为"整体的关联"，从而缺乏公共精神，这也正是汉娜·阿伦特在考察"耶路撒冷的艾希曼"时所思考的起点。作为纳粹党一个普通的看守，他是一个正常的人，他所有的残杀行为都只是因为他要"遵守命令"，他把这一职责看作是最高原则，阿伦特把这一现象称之为"庸人之恶"。她认为，现代社会缺乏公共领域，每个人只考察自己的技术职责，技术理性成为最高的标准，而不去关注信仰和道德，不关注自己作为一个人和人类"整体的关联"，这恰恰反映了现代性的危机。在《极权主义的起源》中，她通过分析犹太民族的历史和西方现代性的发展传达了自己的观点，认为极权主义的根源在于现代性危机——公共领域的衰落，每个人处于"隔绝"与"孤单"的存在状态，丧失了"生活之共同世界"感。阿伦特没有把纳粹事件看作是历史的异常事件或者偶然事件，而是把它视为西方现代性之阴暗底层的"巨大事件"，一直存在于现代性之中的矛盾特性直接导致了人文主义和启蒙思想的崩溃。因此，如何重建公共生活和公共领域，如何重新恢复人的"整体的关联"意识，这是现代社会所面临的一个重要课题。

在这一过程中，文学以其巨大的想象力和丰富性扮演了"抵抗"和"揭露"的角色，"各种社会因素未被政治历史或经济历史所解释，潜藏在事件的表面之下，历史学家从未观察到，唯有诗人或小说家才以更深刻的激情力量将它们记录下来"[①]。无论是欧洲——包括中国——的中世纪、近代社会还是现代社会，都有文学审查制度和对文人的迫害（如英国著名的 D. H. 劳伦斯的《查太勒夫人的情人》案），毫无疑问，一个很大的原因就是文学所具有的争议性和颠覆性。它能够激发人们对社会、生活和人性的新的理解，能够提供对社会、人心的新的想象。努斯鲍姆把文学想象在公共生活中的这一作用称之为"诗性正义"，这是"一种建构在文学和情感基础上的正义和司法标准"，"文学是政治经济学的敌人：一项无所不包的致力于将所有人类生活的复杂性都囊括在'表格形式'中的科学工程。文学在它的结构和表达方式中表达了一种与政治经济学文本包含的

---

① 汉娜·阿伦特：《极权主义的起源》，三联书店 2008 年版，第 138 页。

世界观不同的生命感受；而且，伴随着这种生命感受，文学塑造了在某种意义上颠覆科学理性标准的想象与期望"。①

对于 20 世纪的中国而言，在走向现代性的过程中，就"公共生活和公共领域"这一论题而言，它所呈现的问题与欧洲社会有着很大的差别。封建帝制的中国缺乏"公民"的存在，所以，几乎没有具有现代性意义的"公共生活"和"公共领域"，但是在儒家文化氛围内，民间生活却自有一套文化传统维持着基本的道德信仰，这是每个民族之人的原型结构，也具有某种公约性，有论者把它称之为"以家族为本位的儒学式公共空间"②。帝制推翻、民族战争、内战、改革开放，中国进入对欧洲文明的模仿期和复制期——通过启蒙导入科学和民主意识，通过科学和技术的发展，逐渐从农业文明走向工业文明，并建构公民社会，但也逐渐陷入科学主义和技术主义的怪圈。中国原型意义的文化结构被打破，尤其是改革开放以后，新的政治制度和经济制度对"自我价值"这一概念的设想主要集中在金钱与自我层面，所有的人都变成了"一个人"，公共生活、公共领域看似扩大，实则消失，因为整个社会和生活在其中的人逐渐丧失了"整体的关联"意识。

在这一过程中，现代文学家们一直以有意识的姿态"介入"对公共生活和公共精神的建构中。鲁迅的"批判国民性"、郁达夫的"性启蒙"、周作人的"人的文学"等创作理论在很大程度上为我们想象新的中国人生和中国生活提供了基本起点。无一例外的是，他们的批判性想象都是建构在对语文学的热切关注上。鲁迅的《朝花夕拾》、《故事新编》还有很多杂文都是在对中国古代的诗、小说、画、道德、礼俗的充分研究和理解基础上进行的，他解释"二十四孝图"，分析民间戏中的"女吊"、"无常"，戏谑"老子"、"孔子"，等等，所有的书写都不是为了"确证"或再次确立权威，而是通过重新塑形，而达到萨义德所言的"颠覆、质疑和

---

① 玛莎·努斯鲍姆：《诗性正义：文学想象与公共生活》，北京大学出版社 2010 年版，第 12 页。

② 金观涛、刘青峰：《观念史研究：中国现代重要政治术语的形成》，法律出版社 2009 年版，第 43—44 页。

批判"的目的。它们与政治意识形态保持着一种警惕态度,并且致力于挖掘生命、人心的复杂存在。对于中国当代文学而言,它还面临着怎样"介入"和怎样理解"介入"的问题。20世纪50—70年代文学对政治的"绝对服从"使得文学对公共的想象陷入了单向度的误区,但即使如此,我们也可以从《不能走那条路》、《三里湾》、《山乡巨变》等作品中察觉到它们背后的游移性和自生性。而在1980年代以来的文学作品中,我们更可以充分感受到文学"公共想象"能力的强化和弱化,它们一直处于此消彼长之中。

当代文学批评对于文学的"公共想象"能力一直没有较为自觉的理论意识,在谈到这一方面时,总是把"公共想象"、"公共性"等同于文本的"政治性"和"现实主义性",这是一种窄化理解。文学的"公共想象"当然包含它对政治制度在民族生活中的理解力和想象力,包含对人性、人生、情感与文明、文化的新的阐释与想象,包含它在多大程度上开启民众的思考能力和批判精神,但同时,也包含更为具体的如关于人、阶级、国家方面的争论,关于法律、经济等方面制度的设计方面的"想象",它对某一制度的可能的"参与性",等等。所以,从操作意义上讲,关注、分析文学的"公共想象"和"公共性"作用甚至是一种跨学科的尝试,正如努斯鲍姆从经济学角度分析狄更斯《艰难时世》对以功利主义为出发点的现代经济学的批判与讽刺,"狄更斯的《艰难时世》包含了一幅关于科学政治经济学和科学政治想象的标准图景。很显然,它提出这种标准是将其作为尖锐的讽刺对象",她认为《艰难时世》给人们发出了一种警示,"如果经济学的政策制定不承认每一个人类内心道德生活的复杂性,不承认它的抗争和奋斗,它复杂的情感,它为理解而付出的努力和恐惧,如果经济学的政策制定不能把一个人的生命和机器区分开来,那么我们就应该对它管理一个国家的人民的主张提出质疑"[1]。由此,努斯鲍姆认为,文学想象是公共理性的一部分,应该成为司法和公共政策制定的

---

[1] 玛莎·努斯鲍姆:《诗性正义:文学想象与公共生活》,北京大学出版社2010年版,第12页。

潜在裁判之一，这正是她所谓的"诗性正义"的基本精神核心。对于文学批评而言，这既是一种跨学科的，但又是人本主义和人文主义的分析，同时，也让我们意识到文学批评可能达到的方向，即对文学所具有的"公共想象"能力的多向度的分析。

三 作为方法的"乡愁"

把"乡愁"作为文学批评的一种方法论上的术语，具有很大的风险。因为这一词语包含着过多感性的成分，伤感、追忆、美化、怜悯，等等，都是"乡愁"的基本内容，很难从方法论上加以把握。而在中国特殊的现代化发展语境中，"乡愁"还有着某种保守主义的指向，因为这里的"乡"不只是普遍意义上的"故乡"，而且还是非常具体的"乡村"、"乡土"和"传统"。把"乡愁"作为一种方法，意味着在思维方式上背向现代性发展的方向，这一"背向"会带来单向度思维的可能性，会形成二元对立式的态势。这是作为方法论的"乡愁"所具有的本源缺乏，具有消极意义。但是，这些"消极"因素却恰恰是笔者所想作为"积极"意义来使用的。

日本学者竹内好提出"作为方法的亚洲"给学术界带来很大的启发性，子安宣邦依此提出"作为方法的日本"和"作为方法的江户"，即把"亚洲"、"日本"、"江户"作为一种生成性的存在，而不是本源存在，去考察这一存在的意义的起源、流变，以此来考察近代亚洲的生成和日本的生成。在中国文学研究界，程光炜提出"作为方法的1980年代"[1]，把"1980年代"去神话化和去精英化，以此重新探索1980年代文学和文化的生成。这里面，既有福柯的知识考古学的方法，譬如"溯源论"和"结构关系论"，也有卡尔·曼海姆的知识社会学的方法，"在对某一时期或某一特定的社会阶层的思想进行分析时，所关注的不仅是盛行一时的思想和思维方式，还有这种思想产生的整个社会背景"[2]。

---

[1]　程光炜：《文学讲稿："1980年代"作为方法》，北京大学出版社2009年版。

[2]　路易斯·沃思：《意识形态与乌托邦·序》，商务印书馆2000年版，第21页。

那么，"作为方法的乡愁"这一提法是否成立？"乡愁"不是一种实体存在，也没有具体的时间和空间限定，它是自古以来产生于任何离家怀乡之人的头脑的情感。但是，如果把这一概念限定于自现代社会诞生工业文明发展以来，它就有了某种实在的含义。在这里，"乡愁"不只是一种超越于时空的情感存在，同时也是现代性发展过程中的一个产生物。所谓的"乡愁"是在现代性发展观照下的"乡愁"，只有在现代性的视野下，才能考察它所代表的时间维度和心灵指向的深层原因，"乡愁"才有作为方法论的可能性。因此，"乡愁"既是一种具体的精神指向，也是一种"方法"。

"乡愁"是与现代性相对应的产物。它不是一种终极价值，而是一种思维的起源。现代性是向前的，属于未来，是人类社会发展的必然性，"是过渡、短暂、偶然，就是艺术的一半，另一半是永恒和不变"①。而"乡愁"则是回望性的，是属于"永恒和不变"的那一半。柄谷行人从勒南（Ernest Renan）的文章《什么是民族》中得出一个颇为有趣的结论："勒南表示，民族并非根植于'种族、语言、物质利益、宗教亲近感、地理或军事的必要性'中的任何一项。他认为民族根植于所共有的光荣与悲哀、其中特别是悲哀的'感情'。换句话说，这意味着民族的存在基于同情（sympathy）或怜悯（compassion）。不用说这是历史性的东西，表现在浪漫派的'美学'中。这并非为西洋所仅有，本居宣长也是以'物哀'这一共感为出发点的。假如美学是指'感情'优越于知识、道德而为最基本的东西的话，那么，本质上民族就是'美学'的。"② 换言之，如果说民族是以"美学"的方式而生成，共同的光荣、悲哀、愤怒，那么，包含在这一"美学"中的情感、乡愁、自我则应该是我们思考民族存在时的基本起点。

把"乡愁"作为方法，意味着以此出发，把自己置身于民族生活之流中，去感受民族生活的种种。对于文学批评者来说，则是要以此感受文

---

① 波德莱尔：《现代性》，《波德莱尔美学论文选》，人民文学出版社1987年版，第485页。
② 柄谷行人：《日本现代文学的发生》，三联书店2003年版，第201页。

学中所透露出的情感信息。"乡愁"包含着对词语的回忆，它是我们以人文主义态度进入语言之时的基本方向。以此，我们思考鲁迅的《祝福》。"祝福"既是人与人之间通常意义的互相祝愿，但同时，它也是中国乡村传统中特殊的礼俗仪式，在这一礼俗仪式中，包含着中国人的生命观、幸福观和存在感。因此，当祥林嫂被拒绝碰触祭祀的物品时，她整个人被击垮了，因为她被看作是"不被祝福的不祥之人"，不被"祝福"，意味着不配存在，不配作为一个人而生活。鲁迅以一种充满"乡愁"的情感书写"祝福"，他对祥林嫂并不是简单的"否定"或"怜悯"，而是意识到"祝福"背后深刻的文化属性及这一属性对个体生命的巨大影响。他对"祝福"这一礼俗既有批判、否定，但同时也意识到它是与天、地、人同在的，每一个中国人都会深受影响，包括作者自己都在那"鞭炮、雪花"的拥抱中变得"懒散而且舒适"，就像一个深深的中国梦。这也正是《祝福》中那弥漫整个文本刻骨的哀愁所在。

鲁迅一代知识分子的"乡愁"中包含着启蒙的现代性的目光，它也是民族自我发现之前提。在这一现代性视野下的"乡愁"中，他不只发现了记忆之故乡和现实之故乡自然风景之不同，发现了"村庄"、"乡土"、"国民性"与"民族文化结构"，更重要的是，他发现了"人"的生活之源和精神之规约。但是，鲁迅一代所处的语境是西方现代性观念进入封建帝制的中国之初，"现代性"以绝对的积极因素存在于中国的思想文化和政治经济空间中，在这其中，"乡愁"常常是作为"现代性"的对立面出现的，是被批判的对象。一个世纪以后，除去其中自然的"怀乡"因素，"乡愁"几乎被固定为如前所述的具有保守主义倾向的、反现代性潮流的情绪。

但是，以今天的社会现实和文明发展方向来看，我们却恰恰需要重新反思这一"保守主义倾向"和"反现代性情绪"。因为"现代性"已经成为布满中国生活各个缝隙的事物，尤其是改革开放以来，它以激进的和强势的推进力瓦解了中国社会结构的方方面面，它的"消极"因素开始慢慢呈现出来，"保守主义"和"反现代性情绪"将会起到反向的阻碍作用。

在这一情形下，重返"乡愁"，其实也是重新思考"乡"在中国生活中的独特意义。"乡"既是广义的"乡"，你我的家乡，某一个村庄，某一个小城，我们的民族，也是实际的乡村、大地、山川、河流、树木、花草，还指中国独特的文化意义上的"乡"，乡土、农业文明、亚洲文化、东方生活，等等。我们要思考的是：这一"乡"内部有怎样的生活样态，这些样态哪些应该属于"永恒和不变的那一半"，哪些则是属于"不停变化着的过渡的未来的那一半"。而在当代的中国，"乡"逐渐只剩下政治经济学层面的乡村，而文化、道德和"家"的层面的乡村正在丧失，"永恒和不变的那一半"正在被摧毁、扭曲或彻底消失。

重回"乡愁"，其实也是以"同情之心"——"同一之心"和"同一之情"——回到民族生活的内部，它与人最基本的情感、道德与生命感受相联系，它是观察世界的起点和终点，尤其是，它也应该是当代社会各个制度层面发展的起点与终点。只有充满"同情之心"，才能够正确处理"乡"和"乡村"的问题。笔者以为，这种以"乡愁"为起源的思维与以理性和经济主义为起源的思维成为对照，去重新审视当代社会的发展，后者通常是以工业社会的功利标准计算乡村存在的。1749年，有一项奖金颁给论述艺术与科学对于改善公众道德的作用的最佳论文。卢梭应征撰文，声言科学已经损害了道德。这样，他便开创了从此一直盯着进步鼓吹者们不放的批判。① 把"乡愁"作为一种方法论，考察当代政治实践和文明发展的趋向，也是试图达到对"进步鼓吹者的批判"。

以"乡愁"为视角，还包括重新思考人与自然的关系。农业文明那种天人合一的生活方式和思维形式逐渐为工业文明的科学思维所代替，每一个人生活在一种类似于唯物的清明和新的混沌之中，晨昏日落，风雨雷电，山川河流，都只被看作为可征服的事物而轻蔑处之。老子所思考的天之"道"，康德在仰望星空时所产生的"敬畏"之心越来越少，人与自然的关系在不断疏离，而四时、农业、耕种、农业文明越来越成为要被遗忘的或注定要消失的事物。当以"乡愁"的视野来审视这些变化时，就会

---

① 卡尔·雅斯贝斯：《时代的精神状况》，上海译文出版社2005年版，第4页。

发现，人在越来越远离诗性思维，远离与自身存在之地的亲密关系和互相之间的感知能力。

以"乡愁"为起点，要求写作者和批评者关注自我的身份及自我身份的历史之规定，这和"重回语文学"的内在逻辑是一致的，有重建中国生活的意图在里面，也有以此思维来突破西方霸权包围的意图。它要求一个批评者在面对文学文本的时候，是自下而上、自内向外的视野，摆脱纯粹理论的指引和导向，回到中国生活内部，重新思考文本所涉及的生活、情感。既然每个人都生活在历史与传统中，即生活在民族的过去、现在和未来之中，那么，当我们在面对文学时，就必须思考那些涉及我们的过去、现在和未来的修辞和情感，以此来思考我们的来路和我们的去处。这正是本书所谓文学批评的人文主义态度的基本表征。

四 书稿基本起点和架构

1990 年代以来的中国社会景观日趋复杂，随着社会的深层转型，中国的文化、政治、阶层等都在发生着巨大的变化，权力制度、社会形态、阶级构成、民族的精神状态、文化的内在基因在逐渐发生结构性的转换，思想文化界也呈现出分化的趋势。在此前提下，1990 年代以来的文学创作、审美倾向和基本思潮也呈现出分化、分裂与多元状态。围绕着文学与政治、文学与时代精神、文学与社会文化等重大问题，1990 年代的文学家、知识分子、学者和大众之间引发了一系列争论，它们最终形成具有深刻影响力的文学现象与文学事件。这些"现象"、"事件"以"问题"的方式显现出文学场背后充满矛盾与分裂的知识谱系、思想立场与意识形态诉求，展示 1990 年代文化与思想的心理产生机制、基本精神状态和价值取向。

因此，在上卷中，本书试图从语文学的角度，以"知识考古学"的方法，以弥散于 1990 年代文学和文化空间的重要词语及这一词语背后的事件为中心，重回 1990 年代文学空间和历史现场，对影响 1990 年代文学生活的各个因素进行话语考察，对 1990 年代文学空间中的重要概念，如"人文精神"、"大众文化"、"民间"、"自由主义"、"身体写作"、"中产阶级"等进行社会学与谱系学的分析。并且试图避开一般意义的价值判断，尤其是避免只从文学内部判断，而是从文学与社会、历史之间复杂的关联入手，把"文学现象"与"文学事件"作为一个个生成的过程，分析这一"生成"背后的话语场，考察话语产生背后的社会心理机制和意识形态诉求。通过对1990年代重要的文学现象与文学事件的考察，考察1990年代知识谱系与思想体系的转换与相互之间的冲突，以期对1990年代文学精神与文化精神有整体的把握。它致力于考察的不是"1990年代文学""是什么"，而是"为什么如此"，把"1990年代"本身作为一个"问题"，作为一个"事件"，追溯不同层面话语的产生背景、原因，及相互之间的冲突与消解。

在此基础上，考察1990年代知识谱系与思想体系的建构，这一建构与整个社会的文化倾向，精神状态，社会阶层结构的变化之间的关联，它在多大程度上影响1990年代以来精神生活并成为当代中国思想变革的重要征兆。借此，探讨1990年代文学生成与文化语境、思想转型、知识分子精神变迁之间的相互关系。

下卷把视野从都市文化空间的形成转移到中国新型乡土存在的建构，试图通过对一个乡土文学文本的集中分析，对1990年代以来文学与社会关系进行放大透视，以此寻找当代中国生活精神与结构上的关键矛盾。上卷和下卷既有空间上的对位和观照，即都市与乡村的相互生成，同时，也试图从一个更宽阔背景下去理解"乡土中国"在现代性追求中的形态和命运。选择《受活》作为分析当代"乡土中国"现实与观念想象的文本，其中一个原因自然是因为论者长期跟踪阅读阎连科的作品，对他的创作特点、文学世界有较为深入的了解。同时也因为阎连科是中国当代文坛最受争议的作家，《受活》又是其争议最多的作品，从美学形式、语言方式、创作方法到与乡土现实的关系，都有各种不同的声音和观点，这些争论都涉及当代文学非常本质的问题，譬如文学如何与现实大地相接，文学如何"介入"政治，如何理解中国的社会主义历史和革命史等重要问题。但对于本书的起点而言，更重要的原因是《受活》语言所拥有的巨大想象力和可阐释性。

评论家不约而同地注意到《受活》语言所具有的颠覆性和与民族经验的暗合性，如有的论者所言，"在小说中阎连科汪洋恣肆书写无碍，但他奔涌的想象力和独特的语言方式，并不是为了求得语言狂欢的效果，恰恰相反的是，那些俗语俚语神形兼具地成为尚未开蒙的偏远和愚昧的外壳，这个独特性是中国特殊性的一个表意形式。尤其是中国广大的农村，在融入现代的过程中，它不可能顺理成章畅行无阻。因此，《受活》在表达那段历史残酷性的同时，也从一个方面表达了中国进入'现代'的复杂性和曲折性。阎连科对历史的惊恐感显然不只是来自历史的残酷性和全部苦难，同时也隐含了他对中国社会发展复杂性和曲折性的体悟与认识"①。也有论者看到《受活》语言对小说结构所具有的本质性意义，"阎连科以高超的语言能力建构了一个想象世界，以对人性的深刻剖析和戏剧性凸显为这个世界的核心，并伴有高强度的幽默感和狂欢化叙写。小说在熟悉的寓言外壳和具体活泼的中国经验之间腾挪自如，以汪洋恣肆、极尽夸张的笔态讲述了一个充满血和泪的故事。每个读者都能从'受活庄'的奇特命运中窥见祖先的阴影或者自身经历的一些影子，在阎连科强劲的叙述中领悟到小说超凡的想象力和语言魔力。因此，评论界也把《受活》称为'一部狂想现实主义的力作'"。

语言不只是叙说的工具，它沉淀着民族"一代代人的经验与知识"，理解它们，就意味着重新进入中国生活的经验和记忆内部，可以寻找出民族心理和情感发展之轨迹，也可以审视今日之中国的基本精神特征。《受活》蕴涵着一股不安的、紧张的力量，它似乎有某种能量，在你阅读的时候，它环绕着你，逼迫着你，使你蓦然产生不安，这种力量就是作者试图"颠覆"和"重新塑形"那些已经成为"合法化的确定的事实"的语言的决心，在词语背后的隐约光亮之中，我们似乎发现了这个世界的另外一面。

但是，阅读者和评论家往往把《受活》语言的"不确定性"直接转义到对中国生活和当代政治发展史的颠覆性描述上，这才有把《受活》

---

① 孟繁华：《因荒诞而惊恐 化惊恐为神奇》，《南方都市报》2004年2月9日。

定义为"狂想现实主义"的结论。在数量众多的关于《受活》的论述中，对《受活》语言颠覆性的来源和生成始终没有足够的重视：《受活》如何使用语言，它的修辞特性是什么，以什么样的方式从惯性的历史中摆脱出来，并成功地显示出它的叛逆力量和活性因子？它以何种结构显示出作者对时代重要问题的思考与观点？

选择《受活》，还有一个重要原因就是，它以文学的方式勇敢面对，并且挑战我们这个时代的全部核心问题：乡村与城市、传统与现代、发展与坚守、经济与人性、农民的出路、政治的结构性缺陷。这些问题并非只是间接的文化层面，而是与当代政治意识形态和制度逻辑有直接关系。它对当代发展的逻辑性、晦暗性和可能的后果进行了想象，并且，尽可能地揭示出它所面临的具体的、经验的语境和象征渊源——广阔的、复杂的中国生活经验。就其美学品质和主题思想本身而言，《受活》或者不是完美的，甚至还有很多明显的缺点，也由此引发了观点尖锐对立的争论，但却是丰富的、混杂的、值得分析的，有着独异的启发性。

因此，本书试图从语文学的角度，通过对《受活》核心词语和象征符号背后所涉及的词义变迁、历史语境和种种社会生活冲突性存在的分析，进入言语的语言系统，去寻找它的起源，它背后可能蕴涵的文化心理机制，以及被我们自己和时代所遮蔽的东西。通过对《受活》中所涉及的语言及语言背后的历史、现在进行释义——这一释义实际上是把语言、词语背后的发展路径、轨迹给重新呈现或还原出来——使我们看到在语言意义转换过程中所丢失掉的和所增加的东西，其实，也是使词语呈现出它的确定性和不确定性，从而达到萨义德所言的"对话"的可能性。借此，探讨当代中国政治生活的想象逻辑和当代话语暗喻结构的特点，进而考察文学以何种通道达到对它所描述的生活的展示。

上卷　1990 年代文学关键词

第一章 "狂欢"：大众文化的兴起与 1990 年代文学的发生

　　考察 1990 年代文化语境与文学生成之间的关系，"狂欢"似乎是一个无法回避的词语。它几乎成为 1990 年代的象征与隐喻，渗透在中国生活的方方面面。绕过它，就无法对 1990 年代文化生活和文学文本中复杂的精神生成和美学倾向作出恰切的解释。本章试图通过考察 1990 年代文学"狂欢"现象和"狂欢"话语的生成，重返 1990 年代初期"社会转型"与"文学转型"的现场，探讨 1990 年代文学场域的特点，它与大众文化、市场生产机制之间的关系，在这一背景下，考察 1990 年代文学的发生与精神轨迹。"狂欢"如何成为 1990 年代文学的重要叙事和精神倾向？它与 1980 年代文学，与主流意识形态是怎样的博弈关系？与大众文化的兴起之间是什么样的关系？等等，借此也试图勾勒出 1990 年代中国生活的心理轮廓。如福柯所言，"不存在一种不受权力影响的话语"，分析一个话语的形成即分析某种权力的运作方式，因此，在本章中，"我更愿去了解某种被遗忘、被忽视的非文学的话语是怎样通过一系列的运动和过程进入到文学领域中去的。这里面发生了些什么呢？什么东西被消除了？一种话语被认作是文学的时候，它受到了怎样的修改？"①

---

　　① 福柯：《权力的眼睛——福柯访谈录》，上海人民出版社 1997 年版，第 91 页。

第一节 大众文化与 1990 年代的文学场

2003 年 11 月 6 日，"人文精神大讨论"的发起人之一王晓明在一所大学里发表题为"人文精神讨论十年祭"的演讲，颇有点"悲壮"的意味。[①] 对于大部分知识分子而言，1990 年代是一个让人迷惘的年代。1980 年代末中国意识形态环境的突变，苏联、东欧社会主义国家的解体，然后是邓小平的"南巡讲话"和改革开放的开始，"这一连串事件，从 1989—1992 年，在整个中国当代历史上划出了一道非常明显的界线。同样，它也在中国知识分子的精神历程中划出了一条非常清楚的界线……在知识分子圈中，1980 年代的那种乐观和自信迅速崩溃了，取而代之的是深深的困惑"[②]。知识分子与大众所关心的不再是一个问题，而且有很大的分歧；文学失去了 1980 年代的尊严与地位；精英文化从主导地位上逐渐退出，取而代之的是娱乐文化、消费文化和大众文化。正如王晓明所言，当时"大讨论"所引起的范围之广、争论之复杂令他意想不到，从中可以看出 1990 年代初期中国生活中文化精神的大震荡。让我们回到历史现场，来看看事件发生的 1993 年，这一年，文学界发生两件大事：一是"人文精神大讨论"，二是贾平凹的《废都》出版。

在"人文精神大讨论"的开篇之作《旷野上的废墟——文学和人文精神的危机》一文中，王晓明说出这样的开场白："今天，文学的危机已经非常明显，文学杂志纷纷转向，新作品的质量普遍下降，有鉴赏力的读者日益减少，作家和批评家当中发现自己选错了行当，于是踊跃'下海'的人，倒越来越多。"[③] 在这段话中，"文学危机"分别指向文学生产场地（杂志转向）、文学精神（质量下降）、文学接受群体（好

---

① 王晓明：《人文精神讨论十年祭——在上海交通大学的演讲》，《上海交通大学学报》2004 年第 1 期。

② 同上。

③ 王晓明：《旷野上的废墟——文学和人文精神的危机》，《上海文学》1993 年第 6 期。

读者减少）、作家身份（"下海"）等几个层面，由此看来，当时的文坛正在发生整体层面的裂变，并且，在1993年，这样的话当然有所指。果然，紧接着，讨论者分析了王朔小说"调侃"的负面作用及最终向大众的"献媚"。在这场争论里面，王朔是一个不能忽略的人物，可以说，他才是这场大讨论的始作俑者与假想敌。[1] 1987—1993年是王朔小说获得巨大声望的高峰期，"调侃"、"解构"及"痞子语言"等，这些陌生、刺激而又具有"解放性"的美学风格使王朔小说充满革命性、狂欢性、颠覆性。在此，1980年代文学的"神圣性"被消解，在反抗与嘲讽的同时，却也因为取消了"生存的任何严肃性"，而"迎合了大众的看客心理，正如走江湖者的卖弄噱头"。[2]

在这之前，文学界对1990年代文学特质的变化已经有讨论，如《当代作家评论》1991年组织了"文学走向90年代"的笔谈，其中谢冕和孟繁华的文章都提到了1990年代文学的"游戏化"与"娱乐化"倾向，[3] "人文精神大讨论"以问题的方式把1990年代文学与大众文化之间的复杂纠葛提了出来。在这场涉及颇为广泛的争论中，1990年代的文化特征逐渐显示出它巨大的力量，市场经济、资本改革正在改变着中国民众的生活方式，改变着千百年来的基本道德系统，金钱叙事和大众文化拥有了合法化的地位，启蒙时代的话语无法再解释这些现象的发生，"我们过去的经验正在被全新的感受所替代，过去寻找激情的人们，正在被温情的渴望所指使；守望家园的精神斗士，也正成群结队地走在通往乐园的路上。过去，那种在革命的庆典仪式、飞行集会、宣传论辩、战地歌声、群众游行乃至控诉、批判中获得激情、意义和献身感的冲动，因其骤然而止变得十分遥远，取而代之的则是世界杯足球赛、公

---

① 在以后的争论中，像王蒙、李泽厚等人都很自然地提到"痞子文学"、"躲避崇高"之类的话。

② 王晓明：《旷野上的废墟——文学和人文精神的危机》，《上海文学》1993年第6期。

③ 谢冕：《停止游戏与再度漂流》；孟繁华：《平民的节日》，《文学走向1990年代笔谈》，《当代作家评论》1991年第5期。

牛队总决赛或雅尼那华丽、充满了古代与现代情感的演唱会。人们拥有了属于这个时代的时尚，它是无数个新的狂欢节"①。"文化大革命"时期的政治"狂欢"场景被挪用到娱乐"狂欢"上，其意识形态性发生了根本性的改变，"调侃"、"游戏"、"反讽"开始成为文学的表达形式。它取代启蒙主义的人文精神，成为时代的时尚。个人的世俗化要求被承认并逐渐影响着文化的生成与传播。与此同时，大众文化研究也开始成为学术界的一个热门。②

如果说王朔以小说的狂欢化使得1990年代的文学场域成为大众精神的试验田的话，那么，《废都》的出现及传播方式则使得大众文化语境中文学生产机制的改变及作用呈现出来。并且，它的出现也使"人文精神大讨论"中的"危机意识"得到了"印证"。今天重新论述《废都》，多有"拨乱反正"的意味，但是，一个不能忽略的事实是，《废都》的销售模式与效果的确是文学在文化市场"操作"和"炒作"的成功范本。③《废都》销售模式的成功颇具狂欢化的味道，"此处删去××字"成为最具商业价值的标签，但也被作为知识分子精神陷落的标志。在1993年的文化语境中，它不仅与"人文精神"的文学要求

---

① 孟繁华：《众神狂欢——当代中国的文化冲突问题》，今日中国出版社1997年版，第280页。

② 关于大众文化的定义有很多，但也有基本的共识，即如美国学者麦克唐纳所言："大众文化有时候被叫做通俗文化，但是我认为，大众文化是一个更准确的概念。因为像口香糖一样，它的特殊标志只不过是为大众消费而生产的一种贡品。"1980年代大众文化概念已经被引入中国，但没有大的影响，1990年代初期在受到市场经济的冲击之后，才形成真正的讨论。1992年之后学界发表的大量文章，其中一些是与"人文精神大讨论"结合在一起的，大多是批判的声音，但也有支持的声音，如发表在《东方》杂志1994年第5期上李泽厚与王德胜的对话，认为应"正视大众文化在当前的积极性、正面性功能"，"当前知识分子要与大众文化相联系……它们的联盟有两个作用：一是消解正统意识形态，二是引导大众文化走向健康方向。大众文化不考虑文化批判，唱卡拉OK的人根本不会考虑要改变什么东西，但这种态度却反而能改变一些东西。这就是——对正统体制、对政教合一的中心体制的有效的侵蚀和解构"。参考赵勇《大众文化》，《外国文学》2005年第3期。

③《废都》出来之后，先是有新闻说"《废都》稿酬100万"，接着马上有人辟谣，各种电视访问、专题，然后忽又传出"被禁"，据说"书摊的黑市价格翻了一番"，相配合的还有批评界的争论，等等，"摊主十分得意地对记者大叫：'这本书卖疯啦，说是当代的《金瓶梅》。'书商们也直言不讳：《废都》中诸多的性描写，大大促进了此书的销售，是吸引读者的一个主要原因"。参见李昭醇《评〈废都〉的性包装》，《图书馆论坛》1995年第5期。

不相符合，也因为其夸张的炒作模式而使得它成为大众文化、文化工业成功入侵文学神圣精神的例子。文学作品的主体地位被减弱，而增强的却是生产机制的地位，它影响并参与着文学的发生与传播，也因此，1990 年代的文学批评与文化批评相隔特别近，批评家必须"动用文化批评的武器才能与他的批评对象相称"①，可以说，《废都》的宣传、销售、策划模式，在社会上所引起的轰动效应及文化界的广泛讨论，在 1993 年的文化界引起的骚乱不亚于一场地震。而当这一震动与主人公庄之蝶颓废的形象重合时，1990 年代整个文化精神走向清晰地呈现了出来。

1980 年代的"文学场"是在与政治意识形态和社会主义文学博弈的过程中形成的，所谓"纯文学"、"回到文学自身"都与这一宏大叙事相对应，但是，1990 年代的"文学场"却是在"经济大潮"、"市场化转型"的压力中逐渐蜕变而成，它的"后现代境遇"使得文学面临着要比 1980 年代更为复杂的局面。知识分子、文化界处于"自由"社会即将到来的兴奋、焦虑，甚至恐慌之中。期刊政策的市场化迫使期刊寻找有广泛读者的、面对大众的文学。金钱、世俗欲望作为一种本体存在显示出力量，消费、虚无、调侃、欲望化、世俗化、小丑化、推销、包装、炒作、下海，等等，这些在 1980 年代被认为是品格低下的事情，到了 1990 年代，非但在整个社会蔓延开去，并且被认为是更具典型性的时代精神的标志。

当 1980 年代的"文学青年"，怀揣博尔赫斯、卡夫卡、马尔克斯进入 1990 年代时，却发现一切都是错位而荒诞的，1980 年代的知识谱系无法解释 1990 年代的生活。博尔赫斯、卡夫卡没有给作家们带来文学的荣耀和尊严，相反，却强化了市场经济中人的虚无感和荒谬感。在 1990 年代的文学界与文化界中，昆德拉、巴赫金、卡尔维诺等人的流行并非偶然：他们以"轻"表达"重"，以"游戏"表达"怀疑"的美

---

① 赵勇：《文化批评：为何存在和如何存在——兼论 80 年代以来文学批评的三次转型》，《当代文坛》1999 年第 2 期。

学，最大限度地吻合了时代的特征。① 巴赫金、昆德拉对拉伯雷《巨人传》的"狂欢化"美学解析使得王朔的解构主义得到了理论的支撑，为作家在大众文化氛围中的中国现实找到了似乎最为恰切的书写方法与内容。② 几乎所有当代作家1990年代初期的作品都具有狂欢色彩与解构主义倾向。但是，在如何理解1990年代上，在价值判断与精神倾向上，当代作家们却产生了极大的分歧。曾活跃于1980年代的作家或资深理论家普遍对1990年代的精神品格，对1990年代新型文学特性持否定的态度，而1960年代出生的作家及更年轻的作者则以身处"当代"的敏锐性对新生活产生新的认同。一批颇具"异质"的文学出现在1990年代的文坛，它的感性、欲望化、即时性、情绪化、哲学化、狂欢与理性杂糅的特点使得原有的文学命名与文学理念无法涵盖，它们仿佛是与1990年代的整个氛围共生，加入并强化了狂欢氛围，但又以陌生化的特点使其显得荒谬，从而保持某种批判性和独立性。这些作家的出现使得1990年代的文学景观更加多元、复杂，也更具开放性。

第二节　被不断构造的"狂欢"叙事

上文所提到的"狂欢"更多的是整个社会的氛围与感觉，是由于中国社会结构震动而产生的"众声喧哗"的景象（"众声喧哗"可以说是

---

① 巴赫金的《拉伯雷的创作与中世纪和文艺复兴时期的民间文化》和《陀思妥耶夫斯基诗学问题》是1990年代文艺理论界的热门话题，他提出的"狂欢化"和"复调"理论为1990年代的当代文学提供了非常恰切的入口。笔者在下文会详细分析这一理论术语在当代文学中的形成。昆德拉最被推崇的话："把握真正的世界属于小说的定义本身；但是，如何把握它，并能同时投入一场使人着魔的异想天开的游戏？如何在分析世界时做到严谨，同时在游戏般的梦中不负责任地自由自在？如何把这两个不相容的目的结合起来？卡夫卡解开了这一巨大的谜。"米兰·昆德拉：《被背叛了的遗嘱》，上海人民出版社、牛津大学出版社1995年版，第48页。

② 徐坤在一次访谈中这样说："我在1991年的时候，跟社科院的一些博士硕士一起下乡，下放锻炼，到农村一年，那一年时间里我们基本上就是读昆德拉。后来，我就开始写上了小说……（如何理解'媚俗'）在当时那种情况下，我恐怕更多的是从意识形态那个角度去理解。但是现在，1993年、1994年经济大潮掀起来以后，对于'媚俗'的理解就是另外一层意思了，我会从知识分子对于大众文化，或者精英对于大众的一种妥协这个角度去理解。"张钧：《另一种价值与深度——徐坤访谈录》，《小说的立场——新生代作家访谈录》，广西师范大学出版社2002年版，第243页。

1990 年代以来最流行的词语)。而在文学理论的层面,狂欢化是一个具有可阐释性的名词。它来自于巴赫金对拉伯雷《巨人传》的解读,"狂欢式,意指一切狂欢节式的庆贺、仪式、形式的总和。这是仪式性的混合的游艺形式……狂欢节上形成了整整一套表示象征意义的具体感性形式的语言,从大型复杂的群众性剧到个别的狂欢节表演。狂欢式转化为文学的语言,这就是我们所谓的狂欢化"①。巴赫金通过对中世纪文学中民间文化的分析展示了"狂欢"所具有的对意识形态、专制的解构性与颠覆性,认为"狂欢化"背后蕴涵着强烈的革命特征与反抗性。②

中国当代文化和文学狂欢化的滥觞可以从崔健、王朔那里找到根源。"1986 年 5 月,北京工人体育馆,面对数万名观众,崔健用嘶哑的声音吼出了一曲《一无所有》。那一年,他 26 岁。也是在 1986 年,王朔才终于调理好了自己的感觉,他先推出了《一半是海水一半是火焰》,接着扔来了《橡皮人》,随后到 1987 年,又给人弄了一《顽主》。那一年,他 28 岁。就在那阵儿,张艺谋也才真正被人认识了。就连幼儿园的小屁孩儿也会直着嗓子不拐弯儿地喊叫'妹妹你大胆地往前走哇,往前走,莫回呀头'。那是《红高粱》里的插曲,听了就叫人热血沸腾。不清楚当时的青年人早就积攒好了那么多情绪,也就没法理解崔健、王朔、张艺谋的出现怎么就那么令人感动、狂喜了。"③ 正是这种广场化的表达方式使 1989 年后的民众与青年找到了狂欢节式的宣泄,这是 1980 年代精神受挫、传统道德结构崩溃后文化所寻找的另外一个通道,"在大转折之际,作为转折

---

① 巴赫金:《诗学与访谈》,河北教育出版社 1998 年版,第 160 页。
② 巴赫金不认为小说起始于笛福(这只是其中现代小说的系统),他所看重并分析的是诸如拉伯雷、薄伽丘、但丁及俄国的陀思妥耶夫斯基的作品。他认为,正是这种不断从民俗文化、粗俚杂语中获取语言,并强调怀疑嘲笑、滑稽模仿的文学构成了"小说性"。这类小说专事骚扰和破坏,既造成文学中的杂语变异与形式创新,又瓦解了由史诗传统所形成的正统独白的小说观。狂欢活动使得庶民及其所代表的非正统语言文化有机会公开登台,形成与官方活动相仿但却又亵渎嘲弄的反仪式,由此而生成的话语与符号抵消了单一官方话语的强制与纯化,这种文学语言的狂欢或怪诞,在巴赫金看来,却是人类走向自由平等交流对话的生命动力。
③ 赵勇:《追随大腕儿——从崔健、王朔、张艺谋热看当代青年的偶像崇拜》,《山西青年》1993 年第 6 期。

的准备，总会有某种意识的狂欢化"①。

在知识分子精神受挫，而"市场经济"的发展又催生出不断繁荣的大众文化与都市文化时，世俗意识开始走进历史舞台，而在1980年代文化和社会主义文化中，它一直处于被挤压的位置。"人文精神大讨论"以精英文化模式对大众文化进行批驳，但是，正如王晓明的"十年祭"一样，这一精英模式因为1990年代市场经济全方位的进入而遭遇失败。王朔的"痞子文学"拒绝为1980年代文化精神提供例证，它所叙述的正是那些被1980年代文化精神宣判为"无价值"的市民精神与市民生活，也是被主流意识形态一直忽略或压抑的个人生活。新的"精英"正在崛起。王朔的文学行为中有一个巧妙的概念偷换，以一种市民意识形态对主流意识形态（包括1980年代那种大而空泛的理想话语）进行批判与嘲弄，迎合了时代中个体叛逆的要求，并借此获得"自由、独立"批判立场，但实际上，"叛逆"与"批判"并不是他的终极目的，对市民意识的认同才是他的根本价值取向。

在王朔小说、新写实文本和1990年代中期的文学文本中，充满着巴赫金式的"广场吆喝语言"和"戏仿体"，"这些吆喝当然远远不是老老实实、直截了当、'一本正经'的宣传。它们充满了民间广场的诙谐。吆喝者戏弄着一切他们吹嘘的东西，把刚溜到嘴边的所有'神圣'、'崇高'的事物都引入这种无拘无束的把戏中来……民间的吹嘘总是反讽性的，总是多多少少地自我嘲笑"②。《我是流氓我怕谁》、《玩的就是心跳》、《我是你爸爸》等，仅从小说的名字就可以感受到某种"颠覆"精神，王朔的小说语言是典型的如巴赫金所言的"亲昵的、插科打诨的、俯就的与粗鄙的"狂欢语言和由"社会方言、职业行话、成人语言、流派语言、权威人士语言、小组语言、昙花一现的时髦语言"等组成的"杂语"。③ 刘震云上百万字的长篇巨

---

① 巴赫金：《巴赫金全集》第六卷，河北教育出版社1998年版，第58页。

② 巴赫金：《拉伯雷的创作与中世纪和文艺复兴时期的民间文化》，《巴赫金全集》第六卷，河北教育出版社1998年版，第182页。

③ 巴赫金认为，"杂语"是小说语言的根本性，也是小说体裁的主要特征，各类语言混杂合一。"统一的民族语言的各个内部层次，有社会方言、团体的话语方式、职业行话、体裁性语言、辈分语言、成人语言、流派语言、权威人士语言、小组语言、昙花一现的时髦语言，以及甚至以小时计算的政治语言（每天都有自己的标语、词汇及腔调）。"《巴赫金全集》第三卷，河北教育出版社1998年版，第40页。

著《故乡面和花朵》的卷首辞是:"为什么我的眼里常含泪水,因为这玩笑开得过分。"这样的题词一开始便以戏仿体的方式使诗歌偏离了原来所蕴涵的深沉的民族情感和时代意义,为全书定下了戏谑、狂欢的基调。在刘震云的小说中,常常是当代中国的官方话语、民间俗语、河南方言、脏话、正统的非正统的、严肃的戏谑的,几种不同文化含义的语言形式结合在一起,充满反讽、游戏和调侃意味。文化话语的严肃性和深刻性在作品中被不断拆解,官方话语的权威性和教谕性被混淆变得意义不明语焉不详,尤其是其中已经固化了的意义都被打乱,拒绝崇高、庄严、悲剧,拒绝统一的修辞方式和约定俗成的语言文化意义的使用,使刘震云的小说形成巴赫金所言的众声喧哗的狂欢话语和民间广场语言。①

围绕王朔小说与新写实小说的争议充分体现了1990年代精英价值观与世俗价值观,理想主义与世俗主义之间的矛盾与博弈,而后者广泛的群众基础使得论者不得不看到另一面的价值,"新写实公然宣称自己只对百姓生活作原生态描述,它把文学从神圣而空虚的殿堂带回每时每刻的生存现实中来,从而要为创作者和读者辟划出一个相对独立于政治活动的空间。这是一种自我防卫的手段,为的是躲避官方政治权力所操纵的主流文学话语的干涉。然而正是这种非政治的姿态,这种对大政治的厌倦,在一个国家权力已将社会充分政治化的环境中,却恰恰变成了一种政治态度,一种向国家权力要求独立的民间空间的政治要求"②。此时,论者把新写实小说中的"市民性"与"世俗特点"作为一种"民间性"的政治空间来看待,并且认为它实现了文学对"民间性"的表达,在这里,"市民性"和"个人性"巧妙地重合在了一起,新写实小说的世俗主义被置换为具有现代性的个人主义,并且被看作具有某种知识分子精神的民间立

---

① 摘录其小说《故乡相处流传》中的一段话,狂欢风格可见一斑:在一次曹府内阁会议上,丞相一边"吭哧"地放屁,一边在讲台上走,一边手里玩着健身球说:"活着还是死去,交战还是不交战,妈拉个X,成问题了哩。有的说可以交战,有的说可以不交战。那到底交战还是不交战,这鸡巴延津成事了哩。交战不交战,是个骨气问题;交战不交战,现在又有什么意义了呢?真为一个小X寡妇去吗?那是希腊,那是罗马,这里是中国。这不符合中国国情哩。有道是,能屈能伸是条龙,一根筋到底是条虫。"《故乡相处流传》,《刘震云文集》,江苏文艺出版社。

② 徐贲:《走向后现代与后殖民》,中国社会科学出版社1996年版,第234页。

场，有逐渐进入"精英"行列的可能性。

但是，当这一"独立的民间空间"以世俗化的需求为主体时，它所具有的"民间性"是值得质疑的。巴赫金与拉伯雷的狂欢与当代中国的狂欢语境并不相同，所达到的效果也不尽相同。拉伯雷《巨人传》时代的狂欢化是在欧洲的中世纪，处于前工业时代，政治统治是以单线的方式直接传递给民众，狂欢化的节日庆典是民众唯一的反抗方式。而1990年代的中国，是逐渐去政治化的中国，"狂欢化"的诞生与1980年代文化精神受挫，与世俗化、商业化、都市化的进程紧密联系，是在工业文化的语境下产生的，正如马尔库塞所认为的："大众文化并不是在大众那里自发地形成的文化，而是统治阶级通过文化工业强加在大众身上的一种伪文化。这种文化以商品拜物教为其意识形态，以标准化、模式化、伪个性化、守旧性与欺骗性为其基本特征，以制造人们的虚假需要为其主权的欺骗手段，最终达到的是自上而下整合大众的目的。"① 在民间的狂欢背后，的确有某种自由与解放，个人生活与个体精神的呈现，但是，这种情绪一旦在嬉笑、热闹中被销蚀，反而加强了正常的社会秩序。在"狂欢"中，反抗或叛逆情绪得到暂时的释放，最终达到的是"整合"与"强化"的目的。也因此，"狂欢"有了与政治意识形态共谋的成分，成为消费文化与大众文化的一部分，为新型意识形态的崛起寻找一种掩体。这也是王朔由"狂欢"到"被招安"的基本逻辑。

如果回顾1990年代中后期的当代文学图景，就会发现，王朔逐渐处于失语之中，与此相对应的，则是王小波的"被发现"。王朔的失语不仅仅是因为个人创作遇到了瓶颈，而是到1990年代中后期，以市民为主体的"个人生活"已经不再是某种"被遮蔽的空间"，它们变成一个被过度张扬的话语场，自身的繁殖和势力范围早已超越了小说所呼吁的空间，王朔的反抗失去了对应的空间，也就失去了有效性。都市中新的阶层，中产阶级正在诞生，他们不喜欢那种粗俗的，没有知识性与思辨性的市民主义，不喜欢那种感叹生活艰难并屈从于生活的行为，他们对此找不到共鸣

---

① 赵勇：《大众文化》，《外国文学》2005年第3期。

与呼应。王小波的小说恰恰驱除了这种世俗主义倾向，虽然王小波也是以"狂欢"来构筑自己的小说结构（复调）、语言（杂语）、美学风格（怪诞），但是，他对语言及世界的把握能力，对历史、现实及对知识分子精神的思辨都显示了当代文学另外的可能性，这种对智性、思辨力和对都市经验能力的要求在某种意义上满足了中产阶级对自我的想象（从以后王小波的被时尚化可以看出）。"狂欢"叙事作为一种富于知识分子主体意识的革命美学而被涂上本体论的色彩，在这里，"狂欢"不仅是"喧闹"、"破坏"与形式上的"解放与颠覆"，它还是复杂、多元的世界观和美学观，是传达知识分子精神的新型外套。王小波成为中产阶级和中产阶级文学的代言人，他生前在政治意识形态和主流文化那里所遭遇的禁忌也为其精神分量添砖加瓦，同时，也成为 1990 年代文学非常重要的美学倾向。

1998 年，朱文、韩东所发起的"断裂问卷"又一次成为 1990 年代文坛的"地震"，当被问及"这一行为是否意味着改朝换代"时，韩东给出了明确的答案："我们所继承的乃是革命、创造和艺术的传统。和我们的实践有比照关系的是早期的'今天'、'他们'的民间立场、真实的王小波、不为人知的胡宽、于小韦、不幸的食指以及天才的马原，而绝不是王蒙、刘心武、贾平凹、韩少功、张炜、莫言、王朔、刘震云、余华、舒婷以及所谓的伤痕文学、寻根文学和先锋文学。"[1] 在这里，王朔、刘震云被排除在外，笔者认为，这是对他们小说精神中世俗意识和市井文化的排斥与反对；而以余华为代表的先锋文学被排除在外，则反映了其对先锋姿态及其非历史性的质疑。"革命"、"创造"、"艺术"，在韩东这里，更多地指王小波小说中对意识形态的狂欢化书写和对艺术的把握能力，有一种"优雅"、"知识性"与"复杂性"在里面，它与智力、受教育程度和某种幽默反讽的能力相关。新的阶层，新的"民间"正在诞生，这一"民间"不同于 1980 年代的"民族之根"，也不同于王朔与新写实文学的"市民生活"，它是一种精神的和小说美学的新"空间"，与主流意识形态、庙堂相悖，也嬉笑怒骂，它重新构筑历史，但却并不排斥理想或崇高，它为

---

① 韩东：《备忘：有关断裂行为问卷的回答》，《北京文学》1998 年第 10 期。

新的生活阶层与生活方式寻找一种相对应的表达方式。

这一"民间"的诞生与1990年代中期以后都市化的高度发展和都市经验的发生相关,在更多意义上,它属于都市的"民间性",是都市的日常生活、孤独人性的外现。"孤独的个人"形象被得到充分的阐释,但这一"孤独"不是沉浸在山野自然之中的孤独,而是"人群中的孤独"。是都市形象和都市化思维的一部分。1990年代后期,"都市"已经作为一个具体可感的物质存在影响并决定着都市人的生活方式。破坏的欲望和狂欢化的倾向不仅来自于社会的不公平,更来自于一种莫名的情绪、孤独的情结与荒谬之感,加缪的存在主义在作家的都市体验中得到了充分的验证。① 这些小说总是呈现出荒诞、怪异的狂欢化场景。徐坤的《鸟类》以广场上的塑像"思想者"的遭遇为典型隐喻,最后,腥臊难闻的鸟粪,盲流的肢解,妓女对"思想者"私处的抚摸使得"思想者"在广场的狂欢中成为小丑;韩东的《在码头》展示了生活的荒谬,当一群人浩浩荡荡朝派出所走去时,其场景、心态无异于一场狂欢节,每个人都摩拳擦掌,充满兴奋,但最后,事件的主人公却变成了局外人;李洱的《午后的诗学》无疑是知识分子的狂欢节,此时,狂欢并非是解放、颠覆或革命,相反,他们在语言的狂欢和时代的"轻"中深深陷入精神的困境。

通过不断的实践与理论探讨,通过强化"民间立场"、"众声喧哗的个人性"、"颠覆特性"等与时代特征有暗合性的精神倾向,再加上大众,尤其是都市群体的参与,"狂欢"叙事终于被塑造成为具有现代性特征的文学的一个重要美学立场,并最终成为1990年代精英文学的某种象征和标志。

但是,必须注意的是,大众语境下的"民间性"、狂欢化、革命精神常常与同化、妥协只有一墙之隔,正如先锋文学和王小波后来成为一种时

---

① 存在主义哲学观最基本的特征就是把个体存在的荒谬性给展示出来,它体现为对个体存在的深度书写、虚无美学的推崇及对政治意识形态的疏离,这不仅是一般意义上知识分子批判精神的体现,也是欧洲工业文明下中产阶级社会意识与精神特征的基本表达方式。而这两方面,恰恰与中国1990年代以后的生活景观、文化氛围、政治心态相吻合,它体现为作家对个体、孤独、异化、破碎、忧郁等方面的本体化书写。对这一部分的论述参见拙作《理性乌托邦与中产阶级审美——六十年代出生作家美学思想考察》,《当代作家评论》2008年第5期。

尚一样。孟京辉的先锋戏剧在如今成为都市白领青年的最爱,有固定的"票友",他的《恋爱的犀牛》等婚姻系列成为他们的爱情指南和身份感的象征,王小波被都市青年与文艺青年所崇拜、所构造,同时,也被最大限度地消费。1990年代,从王朔、王小波,到后来的1960年代出生的作家李大卫、李冯、韩东、朱文等都主动成为文坛的"个体户",并把自己的"辞职"作为真正找回文学自由、走向民间的象征行动,是与其怀疑、颠覆精神相一致的。① 从现在的情况看,这一"象征意义"已经被打碎,李冯做了张艺谋的御用编剧,小说越来越少;朱文改行拍电影,倒也是艺术电影,小说基本上不写;李大卫移居国外,曾经发表小说集《卡通猫的美国梦》,没有引起什么反响,多写些随笔,他们的文学事业非但没有获得拓展,反而多少走向萎缩。而另外一批写诗的人,也多成了深谙市场之道的精明的出版商。这正如戴锦华所言:"1990年代,大众文化无疑成了中国文化舞台上的主角。在流光溢彩、盛世繁华的表象下,是远为深刻的隐形书写。在似乎相互对扰的意识形态话语的并置与合谋之中,在种种非/超意识形态的表述之中,大众文化的政治学有效地完成着新的意识形态实践。从某种意义上说,这一新的合法化过程,很少遭遇真正的文化抵抗。"②

第三节 "身体狂欢"的僭越与困境

非常奇怪的是,人们可以接受先锋文学的性暴力、王朔的粗俗,可以接受《废都》的性放纵,尽管也反对它的赤裸和堕落,但是,当面对卫

---

① 韩东在一篇文章中这样看待自己的辞职,"的确,在'自由撰稿人'的队伍中有一大批人是为了挣钱,他们的写作是迎合性的,敏感于供求关系,工作方式是批量生产。'卖文为生'是他们努力的最低目标,更高的目标是发财和尽可能的利益实现……我坚定地认为:今天比以往任何时候都更是一个'文学的时代'……至于我个人,既已选择了文学,同时就意味着脱离了体制或商业的管制。正是它使我获得了某种程度的自由,并尝到了甜头。也许这就是对某种'精神实体'的品尝,滋味虽然苦涩,但妙不可言。我想说的不过是自由的魅力,它完全可能成为我们行动的依据,比如文学写作,虽然它很可能是极为个人化的理由"。《不是"自由撰稿人",而是"自由"》,《山花》2000年第3期。

② 戴锦华:《大众文化的隐形政治学》,《天涯》1999年第2期。

慧、棉棉的欲望化书写，面对朱文《我爱美元》的性爱伦理时，却表现出惊人一致的否定。他们触犯了什么话语而成为公众、主流文化、意识形态的普遍"禁忌"？在《性史》中，福柯认为权力并不害怕性，相反，性常常成为权力得以实施的手段。权力常常通过对性的种种压制和惩罚措施得到彰显。《性史》是一部性与知识关系的考古学，我们不妨也来"考古"一下，1990年代的"狂欢"叙事为什么、何时演变为性的、身体的狂欢？爱情如何缩小为性？欲望怎样变为肉体？在这之中，大众文化、主流意识形态与文学之间如何博弈，它在什么程度上影响着1990年代的文学方向与文学精神？

关于身体的叙事从"寻根文学"已经开始，《男人的一半是女人》、《小城之恋》、《岗上的世纪》、《红高粱》等都是经典之作，他们作为"个人性"的隐喻被广泛地应用于"伤痕"叙事，"性"被纳入新启蒙话语之中，成为控诉当代政治史和展示个人被意识形态压抑的主要工具。《废都》中的性话语第一次溢出了这一评价范畴，这一话语机制无法解释庄之蝶的"淫乱"生活与作者近乎"失控"的性描写。我们无法探究贾平凹在写《废都》时究竟有没有考虑过市场的成分，尤其是在写"性"时，有没有故意渲染以试图获得眼球的企图，但是，从这场运动的结果看，市场很好地利用了这一"性"的狂欢，而稍后《白鹿原》的开篇也颇有此嫌疑，"'纯文学'这块金字招牌不再挂在文学创新的殿堂内，而是挂在文化集贸市场的入口处。在这一意义上，1993年可以看作文学史完成巨大转型的时间界碑。这一年有各种各样的'纯文学'精品和史诗式的巨著和文学活动在社会主义初级市场一展风姿……它主动或被动地卷入市场，则不能不说是一个象征。即使像《白鹿原》这样的史诗式的巨著，也不得不在开篇使用七个女人的故事作为铺垫，它们与其说是出自探求中国民族文化的特殊内容的需要，不如说是进入阅读市场的必要标签"[①]。"性"充当了大众文化与市场经济的急先锋，这使得庄之蝶形象中所蕴涵的超越精神显

---

① 陈晓明：《超越情感：欲望化的叙事法则——1990年代文学流向之一》，《花城》1995年第1期。

得暧昧、不清晰，并且，最终被困在"性/灵魂"与"大众/人文精神"的二元对峙之中，无法找到合适的安置点。

庄之蝶的"被困"在某种意义上象征了 1990 年代知识分子"被困"的精神状态。《废都》所遭受的剧烈围剿最终使得文学/知识分子精神，文人/知识分子被迫分离，[①] 这一剥离是当代文学的一大转折，自此以后，对文学的道德律令被解除，性与爱，文学与人文精神成为两个平行的通道，互不承担责任。身体不再遭遇抵抗，朝着"边缘"与"黑暗"的地方运行，无限下坠，并且，这一"下坠"被视作是精神探索的深入与新的价值观的胜利，是一种对禁忌的超越与解放，是包含革命性的文学行为。从《一个人的战争》到《上海宝贝》，从《废都》到《我爱美元》，以远行寻找身体存在的女孩和颓废的知识分子形象渐行渐远，物质层面的身体本体浮出了历史的地表。身体狂欢与意识形态的禁忌形成紧张的关系，这一紧张关系所引起的兴奋激起大众"偷窥"和"越界"的欲望，它既是娱乐文本（欲望化叙述），同时也被当作政治潜文本来读（某种颠覆与反抗），在津津有味、全身心地投入的阅读中达到如李泽厚所言的"对中心体制的有效的侵蚀与解构"。

物质的肉身试图战胜秩序，进而对伦理提出挑战，希望获得独立的存在，这无疑是对文明的基本边界提出挑战。个人与伦理，性与道德之间的界限坚固而无所不在，在此过程中，伦理与道德以其合秩序性打败了个人本体的存在，这种合秩序性既是习惯，也是社会成为可能的前提，试图打破这些无疑超过了人类精神和政治意识形态所能承受的地步。《我爱美元》尝试挑战这一禁忌，"我说爸爸，你一定要克服住你的心理障碍，那是不必要的，额外强加给你的。我说过，对我来说和像妈妈奶奶那么大的女人睡一觉，以及对你来说和妹妹孙女那样大的女人睡一觉，同样都是我们男人对自己的一次挑战。我们没有理由拒绝这样的挑战，我们不要让自己失望，也不要让别人失望。来吧，和你六亲不认的儿子一起作出个样子

---

① 参见黄平《"人"与"鬼"的纠葛——〈废都〉与 1980 年代"人的文学"》，《当代作家评论》2008 年第 3 期。

来，给他们瞧瞧"①。在朱文这里，人首先是一个有欲望的人，在欲望面前，无论是儿子还是父亲都是平等的。整部小说的叙事都集中于如何通过"嫖娼"使得主人公突破"父子"关系而进入"人"的关系，但是，从行文中可以看出朱文的苦恼，"我"带着父亲去找妓女是冒着"乱伦"的危险，因为个人的存在与伦理道德，与整个社会的公共话语不相符合，"我"还没有做好准备承担这么大的压力，另一方面，还有一种潜在的"弑父"情结，一种令"我"苦恼的亵渎与超越的欲望。

在有关父子行动与冲突的叙述之后，僭越的可能最终受阻于金钱，朱文把问题转移给了外部，没有对问题本身作出任何解释，更没有完成对所谓"人"之存在的更深探讨，"这篇小说的叙述笔调既不赞扬也不嘲笑，是一种平面化的叙述。我想这样的叙述可以看出朱文的思考。但是他挑战的东西是一个太难的课题。他自身无法承担这个课题。他写完这个小说以后，负面效应我觉得大于正面效应，这样最终就没有完成对欲望的穿越"②。这段评论说出了大部分论者和读者的观点，从这里，我们看出，"性"仍然被要求承担基本的使命（这几乎是一种必然性），福柯认为："如今性当然已不再是生活中的唯一秘密了，因为人们至少能表露他们一般的性趣向，而不必因此羞愧或是受到谴责。但是人们仍然认为、并且被鼓励来认为，性的欲望揭示了他们深层的本质。性不再是秘密，但仍是一种征候，一种对我们的个人性的最大的秘密的表白。"③ 反观新时期以来的性描写，从《男人的一半是女人》、《岗上的世纪》到《一个人的战争》，性的确仍然被作为一种文化的"征候"来表达，在这背后一定要隐藏着更深的秘密，才能够符合文化心理要求和文学的基本要求。到了卫慧、棉棉、朱文这里，性的意义缩小到身体本身。《糖》、《上海宝贝》、《我爱美元》既犯了政治意识形态的禁忌（身体狂欢所具有的颠覆性与不可控制性），同时，也违背了1980年代以来形成的文化思想模式（性是

---

① 朱文：《我爱美元》，作家出版社1995年版。
② 吴炫：《穿越当代经典——"晚生代"文学及若干热点作品局限评述》，《山花》2003年第9期。
③ 福柯：《权力的眼睛——福柯访谈录》，上海人民出版社1997年版，第9页。

文化与道德的附着品），是对自文明以来已经被视为普遍性与必要性的知识谱系的僭越，"小说主人公试图建构一个新的自我存在，超越于伦理之外，达到自足的意义，但是，主体总是处于一种从属的地位，它们只不过是一些规范和禁戒手段的运作而已，不存在拥有自主权力的主体"①。这正是《我爱美元》中"我"的历史命运，最终，《我爱美元》中的性叙事仍然被作为肉欲的狂欢而被否定，即使肯定小说价值的论者在评价时，也把身体叙事作为令人遗憾的"缺点"来看。

本雅明在论及大众文化时认为，"通过新型的大众文化形式（电影、摇滚乐等），通过大众文化所执行的新型功能（心神涣散、语言暴动、身体狂欢与爱欲解放等）对大众革命意识与批判态度的培养，最终可以达到颠覆资本主义制度的目的"②。但是，这一"颠覆"并非都能有效完成。身体狂欢本身的暧昧，它对金钱、市场的膜拜，对纯粹个人性的迷恋显示了这一"颠覆"本身的可疑性。从马尔库塞的观点来看，这种试图把爱欲与性欲区分开来的要求，反而显示了工业文明中技术理性思维对大众的控制，因为此时，"爱欲被简化成了性欲，性已经被纳入到了工作与公共关系之中"。在"狂欢"叙事中，爱欲非但没有得到"解放"，其"被压抑性"反而被更清晰地显示了出来，卫慧、棉棉、朱文小说中"身体叙事"的遭遇反映了 1990 年代意识形态的话语方式和大众文化之间这种复杂的存在。身体愈是狂欢，权力对其的规训性就愈是明显，这一权力既包含政治意识形态，也包含主流的文化成规。而身体叙事本身所存在的"意义黑洞"，它与消费主义、大众媒介、后殖民话语等之间显而易见的合作关系，都会使爱欲的"颠覆"有可能转化为肉欲的"放纵"，并彻底消解"颠覆"所具有的内在意义。

由此，"狂欢"叙事作为一种美学方法和世界观，在中国当代作家这里，更多地表现为一种方法论。它所蕴涵的"革命性"、"颠覆性"在 1990 年代大众文化语境下变得复杂、暧昧，从目前中国文学的状态来看，

① 福柯：《权力的眼睛——福柯访谈录》，上海人民出版社 1997 年版，第 9 页。
② 赵勇：《大众文化》，《外国文学》2005 年第 3 期。

"狂欢"更多地是被大众文化"挟持"而以"共谋"的形象出现的，虽然它的"异质性"的确能够达到某种启示，但这种启示不足以形成有效抵抗，反而被"众声喧哗"所淹没。当代文学试图以巴赫金的"广场吆喝"和"狂欢式"来引起关注并达到某种独立性时，其外部环境的复杂及内部精神的不彻底性却使得这场"吆喝"和"狂欢"有加入、强化时代大合唱的危险。文学与外部环境的关系显得前所未有的微妙，不再是压迫/被压迫、反抗/被反抗的关系，它更多地是以多元、杂糅、含混、相互利用、相互制约的方式出现。这些都使得 1990 年代文学始终未能实现真正的突破，未能如 1980 年代"先锋文学"、"寻根文学"那样建立起自我的风格与精神内核。新的诗学方式正在酝酿，却又找不到根本的支撑点。1990 年代文学正是在这样的历史境况中开始了新的旅程。

第二章 "精神危机":1990 年代初期社会精神状况的话语分析

在查建英《1980 年代访谈录》的封底，印着由两组词语组成的两段话：

和 1980 年代有关的常见词：激情 贫乏 热诚 反叛 浪漫理想主义 知识 断层 土傻 牛 肤浅 疯狂 历史 文化 天真简单 沙漠 启蒙 真理 膨胀 思想 权力 常识 使命感 集体 社会主义 精英 人文 饥渴 火辣辣 友情 争论 知青 迟到的青春

和 1990 年代直至现在有关的常见词：现实 利益 金钱 市场信息 新空间 明白 世故 时尚 个人 权力 体制 整容 调整 精明 焦虑 商业 喧嚣 大众 愤青 资本主义 身体 书斋学术 经济 边缘 失落 接轨 国际 多元 可能性①

从一般意义上讲，这是一些看起来完全中性的词语，它似乎只是指出两个年代不同的生活方式和社会结构的变化，但是，当这样的分类与排比放在一起，却又有着非常具体、明确的判断：1980 年代，一个理想主义的、启蒙的、具有价值感的、向上的时代；1990 年代，一个世俗的、物质的，充满精神危机的、向下的时代。这一总结可以说也是中国民众基本的历史意识。而翻阅探讨关于 1990 年代以来文学、文化现

---

① 查建英：《1980 年代访谈录》，三联书店 2007 年版。

象与思想问题的论文与学术文章，无不充斥着"精神危机"、"市场冲击"、"价值失衡"、"颓废"、"虚无主义"等名词，与之相对应的，1980年代则成为一个挽歌式的"黄金时代"，从而在学理层面呼应了民众的时代判断。问题正出在这里。判断一个时代的精神状况似乎非常容易，但是，它如何生成？它是否就是一种本质性的判断？在它背后，有怎样的不同话语之间的博弈？这些是需要探究的。因为在话语生成的背后，可以透视出一个时代主流意识形态、知识分子话语和民间话语的生态状况。本章重点探讨"精神危机"这一社会意识在1980年代末和1990年代初的生成史，它以什么样的逻辑，什么样的方式成为对1990年代时代精神状况的基本判断。在此意义上，"理想"、"正义"、"信念"、"严肃"等这些在1980年代完全正面的、对民众生活具有实际规约作用的词语，到了1990年代，都被看作并且的确成为它本身意义及其存在的反面？

第一节　主流意识形态的悖论及其规约

要想重新了解1990年代前后中国社会的民众情绪和大致精神状态，王朔的小说文本应该能够提供较为形象的解释。从1983年发表《空中小姐》起始，王朔活跃在文坛上，他的写作备受争议，但也因为其犀利独特的经验书写和极具风格的语言而无可替代地成为1980年代中后期和1990年代初期社会情绪和精神状态的代言人。

我们以他著名的中篇小说《一半是海水，一半是火焰》为例。从元结构来说，它讲的是一个浪荡子和一个纯情少女的故事，非常老套的故事模式。但是，这个故事最有意味的是"上篇"和"下篇"所形成的呼应和反转结构，它所产生出的新的意义使得小说拥有了某种深刻的洞察力。故事"上篇"中的"我"是一个浪荡子，街头混混儿，不信任一切与政治相关的训导，讨厌那些正面的词语，但同时，他也是一个叛逆者和嘲讽者。正是因为他的嘲讽，1980年代的道德、清白、秩序、爱情都显得虚伪、不堪一击。"我"也为此而洋洋得意。不过，值得注意的是，"我"的反抗与嘲讽只是对应于这一话语中的政治性和秩序性那一层面，它还是有底线的。因此，当吴迪因爱"我"无望而堕落时，"我"非常愤怒，而吴迪的自杀也使"我"突然醒悟到"爱"与"纯洁"的价值。这说明"我"的骨子里还是有着对"爱情"、"纯洁"等纯粹信念的信任和向往。也因此，结尾处，"我"怀着一种创伤出狱，并试图开始新的生活。

如果故事讲到这里，那么，它也只是一个"新人"的故事，并无更深的启发性。但是，整个故事结构在"下篇"发生了一个反转。当"我"在岛上遇到极似吴迪的胡亦时，"我"对胡亦的玩世不恭和可能陷入的危险非常焦急，开始极力劝说胡亦。于是，"我"一变而成为"训导者"，在形式上和"上篇"所竭力嘲笑与讽刺的"导师"、"警察"、"秩序"成为同一形象，以沉痛的语气讲自己和吴迪的故事。但"我"的严肃及爱的沉痛在年轻女子胡亦那里成了"笑话"和"幽默感"。实际上，"我"所要胡亦相信的并非"上篇"里面那些"爱国"、"严肃"、"正义"之类被完全政治意识形态化的词语，它是"爱"、"自由"、"信念"，是真正的疼痛与黑暗，但是，它们都只是"笑话"，即使在胡亦这样一个单纯的女孩子那里。而胡亦的理由很简单，她讨厌这种"宣讲"，不相信，也不信任"严肃"、"爱"、"疼痛"之类的词，所以，"我"越严肃，她就越觉得好笑。

由此，文本在这里呈现出双重的失落。如果说"上篇"故事中的失落是在与政治意识形态的对抗失败中产生的，"我"的对抗与玩世不恭导致了吴迪的堕落与死亡；那么，"下篇"故事则给我们展示了纯粹信念在中国生活中的失落。"上篇"中的"我"是因为不满意那些陈腐的说教和政治意识形态对人的压抑，不满意社会的虚伪和对精神的桎梏，"我"的行为中有反抗的意义在里面；在"下篇"，胡亦和那两个冒牌作家并没有这种反抗意识，没有辨析，没有挣扎与愤怒，"玩世不恭"、讨厌那些所谓"爱"的教育等行为只是出于一种浑然的本能，已经成为一种生活无意识。吴迪的堕落与死使"我"终于体验到反抗社会的虚无性与有限性，"我"希望重新找到"爱与信仰"的存在，但是，通过与胡亦的相遇，作者告诉我们，纯粹的精神存在在中国生活中已经没有了生存的空间。或者，这是彻底的丧失与真正的绝望，也是"精神危机"到来的标志。

小说有一个非常清晰的结构延展与语义转换，它展示出了1980年代中后期的民众情绪与精神状态的变化轨迹。主流意识形态以一个"训导者"的身份所要求的"道德"与"纯洁"遭遇了民众强烈的不信任，被认为是"虚伪"和"陈腐"的，随着这种不信任的加深与普遍化，民众对所有那些具有更宽广意义的精神存在都持一种否定态度，"调侃"、"玩笑"、"讽刺"成为最为基本的生活态度。王朔的创作在某种意义上也展现了这一精神轨迹。

笔者更想探究的是，在1990年代前后的整体社会生活中，这种与主流意识形态的对抗意识，并且最终扩展到对那些具有终极价值的词语的不信任态度是如何形成的？它如何成为一种基本的民众态度并弥漫于整个文化空间？在这里，笔者的论述重点主要集中在1990年代前后"当下"的社会合力运动，而避开自1980年代以来对1950—1970年代的思想反拨和政治反拨所造成的社会情绪，这是问题的另外一个重要方面。

我们稍微回顾一下自1980年代以来的经济政策和政治政策，便会发现一个非常有意思的现象，政治话语一方面强调坚持改革开放，坚持经济解放和资本改革，同时，却以非常严厉的方式进行意识形态规约，这一规约非常具体，具体到该穿什么衣服，剪什么头发，放什么电影，写什么样的作品，等等。经济的自由度和思想的规约及所遭到的禁忌几乎是同比例增长的，这造成了1980年代非常矛盾的中国生活空间和文化空间。

经济政策的松动和开放语境带来观念上和民众实际日常生活的一系列变化，西方一整套的生活方式与精神方式给保守的中国生活带来极大的冲击，它们迅速地被老百姓所模仿接受。从资料可以看出，整个1980年代是中国生活变化极大的时期，公开亲吻、牛仔裤、流行歌曲、爆炸头、霹雳舞、摇滚等具有极强个性和个人性的事物开始越来越广泛的被接受，道德标准也开始模糊和多元，这一接受过程出现了非常戏剧化的冲突场面，却也正表现了转折时代中国精神方式的复杂性。① 但是，必须看到的是，这一接受史所伴随着的也是政治意识形态的批判史，尤其是，每当有自由倾向的社会现象形成之际，一场批判就会随之而来。从1983年开始，"清除精神污染"、"严打"、"扫黄"、"反资产阶级自由化"等词语开始频繁地出现在政府的工作报告中，并且，在实施过程中，涉及面非常广泛，措施也很严厉。② 在文学领域，作家因言论、作品遭禁或获罪的也不在少数。

在这其中值得关注的是主流话语的矛盾态度。以1987年的"反资产

① 1979年：《大众电影》作为当时唯一一本有彩页的娱乐杂志，在第5期的封底刊登了英国电影《水晶鞋和玫瑰花》的接吻剧照，一个读者愤怒地给编辑部写了封信提出抗议："社会主义中国，当前最重要的是拥抱和接吻吗？"1980年："文化大革命"后的第一代青年偶像在这一年诞生，他们是：邓丽君、刘文正、罗大佑。"歌星"第一次替换了"歌唱家"和"唱歌的"。邓丽君是一些人的梦中情人。1980年：穿白色紧身衣的男子。上海芭蕾舞学校在湖南演出时，当地观众对舞台上出现身穿白色紧身衣的青年男子十分惊讶，在他们看来，这仅次于完全裸体。落幕时，一个很生气的干部打破了静默，他突然喊道："这同中国有什么关系呢？"1982年：黄书充斥。延边人民出版社出版的《玫瑰梦》被查禁，这是中国现代出版史上一个焦点事件。这一年，正式出版社被查禁的淫秽色情图书30多种，6家出版社停业整顿，查处因刊有淫秽色情描写或封面插图低级下流的期刊130多种。1983年：美女封面。鉴于杂志和日历的封面都是美女，有妇联干部提出："难道不能用女英雄代替美女吗？为什么不登卓越的工人、农民或在工作中作出特殊贡献的妇女的照片呢？"并指责出版社侮辱妇女。1983年：精神污染。泰国《星遥日报》1983年11月29日报道，近年来大陆社会上出现的"精神污染"，有下列表现：电视、电影、戏剧追求"完全商品化"，为个人和小团体牟利。出版界胡乱编造之风盛行，"侦探"、"侠义"、"奇案"、"秘闻"之类低级趣味图书充斥，成为书店的热门货，文艺界受西方"现代派"思潮影响，创作无主题无意义的小说诗歌和散文，一些青年追求腐朽生活方式，嗜好裸女相片、色情录像带和黄色读物。1986年本年焦点：崔健和中国摇滚的崛起。1987年：霹雳舞。有些人在大街上跳舞，引得观者如云，堵塞交通。年轻人烫爆炸头。摘自《改革开放三十年：文娱生活大变迁》（http：//china.rednet.cn/c/2007/10/09/1340097.html）。

② 1984年10月31日，中共中央批转中央政法委员会《关于严厉打击严重刑事犯罪活动第一战役总结和第二战役部署的报告》。《报告》中说，一年来的实践证明，在社会治安不稳定的情况下，采取组织战役、统一行动、集中打击的办法，依法从重从快惩处严重刑事犯罪分子，不但十分必要，而且非常见成效。它解决了我们多年来想解决而没有能够解决的问题，为开创政法新局面，争取社会治安根本好转积累了经验。在第一战役中，全国公安机关共逮捕杀人、放火、抢劫、强奸、流氓等罪犯1027000人，检察机关起诉975000人，法院判处861000人，其中判死刑的24000人，司法行政部门接收劳改犯687000人，劳教人员169000人。这是1950年镇反运动以来规模最大的一次集中打击。

人民网资料：http：//www.people.com.cn/GB/historic/1031/3642.html。

阶级自由化"为例，政府总是想把经济活动、日常生活与政治思想的批判运动区分开来，这也是自改革开放以来政府一直在反复强调的事情，希望国家能够在经济上有所发展，但却不希望思想上和行为上过于自由，尤其是，不希望这一"自由"与"资产阶级"挂钩，以保证政党的纯洁性和合法性。但实际上，这种区分很难有效。除却经济方式变革与政党统治理念本身所存在的矛盾性之外，在1980年代的生活空间里，经济开放所带来的解放直接影响着人们的行为、日常生活，也直接造成"社会上的其他消极、腐败现象"，青年们的许多行为往往被看作是"迷失方向"。于是，我们看到这样一种矛盾情形：经济的开放必然带来民众生活、思想与行动上的自由化与个人化，必然带来种种"腐化"与"不公平"，但是，主流意识形态又不允许这种"自由化"作为一种日常行为而存在，随之以反对"腐化"之名对民众生活进行规约，而实际上，主流所定性的"腐化"和真正的"个人化"之间又是难以区分的。这时候，会有各种负面的词语和批判运动来否定这种"自由化"和"个人化"行为，"流行歌曲"是"靡靡之音"，追求金钱被称为"拜金主义"，创作自由被称为"精神污染"，还有"奇装异服"、"不正之风"、"道德败坏"，等等，这些基本的判断逐渐成为民众的无意识，反过来又加深了这些词语在生活中的力量和认知度。在这一思想视野中，这一时期的中国的确处于"道德无序"状态。同时，为了给这种"腐化"和"不正之风"找到恰当的理由，主流意识形态进一步强调这种现象都是西方思想与生活方式入侵的结果，是需要否定与反对的，我们需要挽救中国的道德与生活。这一讲述方式遮蔽了自新中国成立以来主流话语自身的矛盾性给中国生活所带来的负面影响，"德育宣讲团"、"德育教授"正是这一政策和认知下的产物。但越是宣讲，"德育"的虚假与口号化就越是被凸显，它遭遇到实际生活的强大拦截，并且真的成了"笑话"和"闹剧"。① 最后，1980年代中后期到1990年代初期中国生活的物质

① 李云：《"范导者"的失效——当文本遭遇历史：〈顽主〉与"蛇口风波"》，《当代作家评论》2010年第1期。

化、颓废化与金钱主义（首先这样的判断就值得辨析）都被解释成一个通用句式："改革开放以来，在商品经济大潮的冲击下，我们发生了怎样怎样的危机"，等等。这一句式也成为 1990 年代以来民众的，包括大部分知识分子思考问题时的基本起点。

这一矛盾性与悖论性使得 1980 年代的文化空间充满冲突：既开放又保守；既宽容又严厉；既要保证经济自由，又要强调精神的纯洁性（这一纯洁性还是以四五十年代的精神要求为标准），伴随着这一矛盾的是不间断的思想批判运动和政治介入，这样的批判和清理到 1980 年代末达到了一个高潮。在这样反复的规约过程中，主流意识形态作为一个"训导者"，以道德宣讲、批判运动、刑法干预等形式所进行的"训导"在民众那里没有实践的支撑，没有公信力，只成为口号的存在（实际上，这一公信力的丧失自 1950—1970 年代就开始逐渐呈现出来）。一方面，民众既对政治宣讲不信任——所有关于爱、责任、崇高、献身等正面词语都被政治化、符号化，而抽干了其中更为丰富与广阔的含义；另一方面，民众也被迫否定自己的生活与精神——那些富有个人色彩的、具有某种自由思想的生活。这也是王朔小说中强烈的对抗意识与调侃意味的来源。可以说，《一半是海水，一半是火焰》非常典型地反映了这一反复的、自相矛盾的，同时又极其严厉的规约造成了怎样"虚无"、"绝望"的中国情绪与精神方式。

更进一步地说，在 1980 年代和 1990 年代初的社会情绪中，如"严肃"、"崇高"、"上进"这样的词语之所以成为反讽的存在，社会上之所以弥漫着虚无感和挫折感，并不只是如我们通常所判断的"是西方物质主义和资本主义腐朽思想入侵的结果"，它也是主流话语不断从内部对民众进行自我规约和禁忌的结果，这一规约和禁忌从 1950—1970 年代开始，到 1990 年代初以自相矛盾的方式达到了最高点。这样的判断并不是说当时的社会生活就没有真正的腐化和堕落，也并不是说"精神危机"的生成只是因为改革开放时期国家政策的相互矛盾造成的（这一"危机"的生成可以追溯到"五四"，追溯到 1950 年代以来的中国精神生态），而是认为，在时代总体精神生成的过程中，有一些所谓"危机"是本源性的，就是在对我们自身所进行的规约和叙述中产生的。

第二节 知识分子话语的"拘囿"与"被拘囿"

在1990年代"精神危机"逐渐诞生的过程中，知识分子扮演的角色非常值得思考。他们既是"精神危机"的感受者、发现者、反对者，同时也是命名者。这并非指他们自身的精神状况和实际的时代精神状况，而是说，"精神危机"作为一种话语和一种普遍的社会精神状态在被认定的过程中，知识分子扮演了催化、深化的作用，这一催化、深化是在与大众话语、商业文化及民间精神生态相互被隔离的过程中产生的，它也体现了1990年代知识分子话语"被拘囿"的形态。1993年"人文精神大讨论"的发生、传播样态及社会影响力的局限都非常典型地反映了这一点。

在"人文精神大讨论"的开篇之作《旷野上的废墟——文学和人文精神的危机》一文中，王晓明说出这样的开场白："今天，文学的危机已经非常明显，文学杂志纷纷转向，新作品的质量普遍下降，有鉴赏力的读者日益减少，作家和批评家当中发现自己选错了行当，于是踊跃'下海'的人，倒越来越多……文学的危机实际上暴露了当代中国人文精神的危机，整个社会对文学的冷淡，正从一个侧面证实了，我们已经对发展自己的精神生活丧失了兴趣。"[1] 在这段话里，"文学危机"分别指向文学生产场地（杂志转向）、文学精神（质量下降）、文学接受群体（好读者减少）、作家身份（"下海"）等几个层面，这些现象也是1990年代初市场化和大众化的外在表现。

从总体上来讲，1993年发生的"人文精神大讨论"是知识分子对正在资本化、市场化的中国经济生活的一次反抗，是对民众教化降格、精神衰退的一种不满和担忧。但是，如果我们回到历史语境中，去省察1980年代末和1990年代初的政治氛围和自改革开放以来的意识形态特征，便会发现，这一反抗有着某种不易察觉的错位和本质化倾向。1980

---

① 王晓明等：《旷野上的废墟——文学和人文精神的危机》，《上海文学》1993年第6期。

年代末的政治运动使得知识分子清醒、谨慎，当然，也包括颓废与放弃。当知识分子重整旗鼓开始发言的时候，很自然的，它会回避敏感的、政治的东西。从政治实践的角度看，随着转型时期社会生活的繁复，1990 年代的主流话语形式的确变得日常化、细节化，它是曲线形，以间接的方式附着于各个角落、各种事物之上，不易被察觉。这些都会导致论者对民族生活中政治意识形态所进行的压抑有所忽略，而直奔芜杂的民众情绪与民间精神而去。如前所述，1990 年代民众精神的虚无感在很大程度上与主流意识形态的反复规约有着直接的关联，经济和技术是以"纯粹形象"进入中国生活，它导致了一种不顾一切的追求。"人文精神大讨论"对民众精神危机背后主流话语的推手作用没有进行更为深入的探讨，没有看到中国市场化过程中主流话语的矛盾性及这一矛盾性所带来的后果，而仍然用"启蒙"、"理想"等 1980 年代的话语方式谴责民众、知识分子道德水准的下降和精神素质的堕落，并且把它们本质化为"市场化"和"资本化"的恶果。同时，对知识者（包括文学者）自身在 1980 年代向 1990 年代转型过程中的矛盾性存在也缺乏真正的辨析，譬如"纯文学"的内在因子，它对文学的"个人性"与"去政治化"的追求已经暗含着与 1990 年代的共谋性，虽然它提出之初是为了反对"十七年文学"的政治化。甚至可以说，1990 年代文学危机的出现和文学精神的衰退，并不是对 1980 年代启蒙和理想的背叛，正相反，它甚至可以说是一种必然的发展，因为"'80 年代文学'是一个与'改革开放'的国家方案紧密配合并形成的文学时期和文学形态"①，它必然会产生 1990 年代的文学样态。对这些复杂问题的忽视都导致了"人文精神大讨论"批判的失效与错位，而它感性的、激愤的 1980 年代言说方式本身也很难对当时复杂的社会语境进行更深入和更宽广的分析。

这一错位还表现在他们对所选择批判对象的相对单向度的批评上。虽

①　程光炜：《前面的话》，《文学史的多重面孔：1980 年代文学事件再讨论》，北京大学出版社 2009 年版。

然王朔、贾平凹、张艺谋在艺术上、观念上有许多芜杂的地方，但是，却也是当时民间精神生态的代言人。他们的创作从另一层面呈现了新的中国精神和文化状态，这一精神和文化状态并非一无是处。以1980年代的"理想"、"启蒙"、"人文精神"等话语方式无法处理王朔小说所出现的新的道德状态与伦理特征，也很难看到《废都》里面巨大的颓废特征及其可能的启发性，并且这一要求反而从另一侧面彰显出论者暗含的集体主义倾向和泛化的理想主义倾向。

从另一角度看，即使他们的批判有道理，却也很难有效传递到另一面，我们从批判对象的接受态度就可以看出某种端倪。王朔的态度非常鲜明，1994年，他在《新民晚报》发表《王朔脱离文学界启事》，指责论者的"假崇高道德主义理想主义者"。王朔的启事非常有意思，它意味着：人文精神的批判只是对文化圈和文学圈有效，如果我不承认这一圈子，我不把自己当作知识分子，那么，这一批判就是无效的。也意味着，王朔认为他的创作在另一生活阶层是有价值的，这一生活阶层与"人文精神大讨论"的知识者们是完全不同的，甚至是对立的。我们可以由此对应王朔小说中经常出现的"道貌岸然"、"虚伪陈腐"的知识分子形象，他们的"训导者"形象的确与主流意识形态形象有着某种神似与重合的地方，王朔小说对这一形象的批判不能说没有启发性。贾平凹在几年后重谈《废都》当时所遭遇的官方和知识界的围攻，依然心有余悸，认为当时可称得上是"誉满天下，毁满天下"。可以说，对于贾平凹而言，这是主流意识形态和知识界一次完美的"共谋"，从客观上看，知识界对《废都》的"前誉后毁"也给后来《废都》的被禁提供了理论上的合法性（虽然这并不是知识界的本意）。这些反映从另一层面让我们感觉到"人文精神大讨论"的深层裂缝、它的"被拘囿性"和知识分子在1990年代所处的矛盾境遇。

如果说1950—1970年代主流意识形态对文学和知识分子的规训所采取的是一种显在的方式，譬如打"右"派，开批斗会，到农场改造，等等，1980年代的规训采取的是"内在的方式"，"通过言说和语言的运作，通过记忆和遗忘的选择，让外在的知识、思想、意识形态与政治转化为你的内在的要求"①,那么,1990 年代主流意识形态如何实现对文学的规训或控制呢? 二元对立的格局已然消失,在二者中间,横亘着庞杂而多向的、相互冲突的 经济生活和多元文化空间,政治话语很少直接对文学发出指令,而是通过经 济,从经济层面对社会结构、民众生活方式、精神状态进行调整,最终达到 规训的目的。因此,当"人文精神大讨论"在反复探讨中国社会商品化、 市场化对民众精神和文学所带来的伤害,而忽略其背后的意识形态性及其运 作方式与 1950—1970 年代的不同时,某种意义上已经处于权力话语的圈套 之中。"大统一意识形态的日常生活化,细节化,使得'意识形态'这种东 西,变成一股膻味飘散在市场的每一个角落。这正是传统的、专找大家伙 的批评方法束手无策的时候。'人文精神讨论'正是这种束手无策的表 现。它以'宏大叙事'的面目出现,正好被另一种'宏大叙事'所利用。 它注定只能是当代中国文艺产品市场化的一阵开台锣鼓。"②

当时已经有论者指出"人文精神大讨论"对日常生活、商业文化的 单向度理解,"在实践层面,它(人文精神)与一种神学化的写作倾向相 结合,以彻底地否定今天的世俗日常生活为特征,变成了对于普遍人的日 常生活的宗教式的否定,变成了与肯定人的欲望和正当物质精神要求的人 文主义情怀极端对立的狂躁的神学精神"③。陶东风在《人文精神遮蔽了 什么》中认为,人文精神大讨论有以"'是否认同商业文化、市场化运 动'为标准来区分是否真正具有人文情怀和是否是真正的知识分子的嫌 疑"④。在一次以"我们面对什么——萧条?粗鄙?个体户文化?"为小标 题的有关 1990 年代文学的对话中,对话者李光斗这样认为:"今天的中国 文化正趋向一种空前的大萧条状态,这种萧条有很多表征,最主要的表征 有二:一是知识价值的沦落;二是知识分子本身在目前中国社会向商品经 济转型过程中感受到的一种前所未有的压迫。这双重的压迫导致精英文化

① 李杨:《重返 80 年代:为何重返以及如何重返——就"80 年代文学"研究与人大研究生对 话》,《当代作家评论》2007 年第 1 期。

② 张柠:《当代中国文学商品化的起源》,《广州文艺》2002 年第 10 期。

③ 张颐武:《人文精神:一种文化冒险主义》,《光明日报》1995 年 7 月 5 日。

④ 徐友渔:《人文精神讨论》,《社会科学论坛》2005 年第 4 期。

的萧条。在萧条中必然出现艺术的粗鄙化。"① 这样的话语中包含着两重因果关系：经济转型，文化萧条；精英文化衰退，艺术开始粗鄙化。我们换一个约等号，也就是说，精英文化和粗鄙化的艺术处于某种对立的位置。在另一段对话中，论者又对"粗鄙化"作了更为详细的解释，"王朔的小说就竭力地模仿表现北京那些贩夫走卒之流以及新暴发户们的口头语言，那些语言充分表现出市民阶层的趣味：对金钱的迫切向往，对性欲的津津渴望和对传统权威的无情嘲讽。艺术的粗鄙化导致了目前文学中颓废现象的出现"②。

从论者的意义所指不难看出，艺术的粗鄙化就表现在民众话语和市民阶层里，对"性欲"和"金钱"的追求及"暴发户语言"是其基本表现形式。论者对此持否定态度，并认为它是民众精神衰退表现的征兆。这一判断也许并无错处，但真正有意味的是这一判断背后两个对象不同位置所具有的隐喻性。在这里，知识分子话语、精英文化和民众话语、日常话语是处于对立面的，从更广泛的意义来看，知识话语也构成了1990年代批判民众话语的一部分，它与主流意识形态话语虽然出发点各不相同，但却在此结成同谋，共同指向1980年代后期和1990年代初期正在崛起的日常生活和世俗生活。它们形成一种强大的合力把世俗生活所可能拥有的精神向度推出纯粹信念之外，更加强化了它的世俗性与庸俗性。

2003年，王晓明发表了一篇名为《人文精神讨论十年祭》的文章，其失败的悲壮意味尽显。③ 但是，它的失败并不在于人们道德观念的衰退，也不是因为民众精神的真正堕落，而是"人文精神大讨论"所面临的政治语境与社会状态使它不可能得到民众的真正认同和响应。它被拘囿在这样一个矛盾的框架内，所具有的意义无法向外辐射。"人文精神大讨论"所讨论的问题，知识分子所真正担忧的东西始终没有被有效地传达到民众那里。它被"阻隔"在自身之内，这既是意识形态语义转换的结果，也与讨论始终没有站在事物的另一面去思考问题有很大关系。

---

① 陈思和等：《理解1990年代》，人民文学出版社1996年版，第124页。

② 同上。

③ 王晓明：《人文精神讨论十年祭》，《上海交通大学学报》2004年第1期。

于是,我们看到,1990 年代初期中国的文化空间及不同文化话语相互之间呈现出非常奇怪的态势:国家话语似乎在不断退场,但却无处不在,总是在某一界线上伺机而动,也因此具有无形的约束力;知识分子被拘囿在自身,在社会上越来越失去影响力和效力,似乎陷入了一种自说自话的无用怪圈;而大众话语则表现出非常游移的东西,它既经常钻国家话语的空子,做一些投机的事情,同时,也扮演着对立面的角色。而与知识话语则完全是一副不搭界的样子,你再批判,我自岿然不动,甚至如王朔那样,干脆耍赖:"我既不在你圈子,你又拿我奈何。"

在不断抛出与语义反复转换的过程中,国家话语既否定了精英文化的批判关怀,否定了民间生活的世俗,同时,也使知识分子话语所携带的"理想"、"正义"等具有终极价值意义的词语在民众生活中失去了它的崇高性和有效性,因为在不知不觉中,它们被转换为与政治口号、国家意识形态同一性的存在。就像《一半是海水,一半是火焰》的内在结构所展示给大家的那样:文化,那种总体的,对民族生活有着无意识制约的精神向度,如信念、忠诚、爱、自由、坚守,等等,这些为人类共同遵守和向往的基本东西正在逐渐失效。

第三节 被剥离了精神价值的世俗与技术

相互抵牾的主流话语、经济政策与政治运动造成了矛盾的中国生活,1990 年代的中国生活充满暧昧意味。社会各个层面的生活都被裹挟到这一矛盾运动中,最终,一切变革、论争及其有丰富含义的话语都被修改到主流意识形态的指向之中。国家作为一个道德的"训导者"和类宗教的实际作用开始逐渐退场,但越是在退场之际,它试图挽救的决心越清晰地显现出来。1985 年以后到 1990 年代,主流意识形态的各种宣讲、口号、教育越来越多,它们越来越迫切,越来越侧重于道德(政治意义的"道德"),但从另一面来看,它越来越成为一种虚空。

而当必然的"个人性生活"逐渐崛起并"危及"政治时,这时,围绕着这一"个人性生活"便开始进行各种负面命名,"精神污染"、"资产阶级自由化"、"黄色"、"庸俗"、"物质化"、"金钱至上"等词语都被赋予了特殊并具体的含义，它们在诞生的初期蕴涵着强大的政治干预性。虽然这些词语及含义在被不断强大的经济运动和个人生活改写，但是，不可否认的是，正是它们的"围剿"和强大的政治叙事功能，"精神危机"这一判断被逐渐认同、确定，并被看作是时代精神的总体特征。正像我们看《1980年代访谈录》封底上的词语，我们非常认同这些描述，尤其是，我们深切认同这一描述背后的潜台词：1990年代是一个精神危机的时代。

主流话语作为一个道德范导者的力量逐渐消退，知识分子话语的被"拘囿"，被它们所挟裹的那些对人类精神具有深刻影响力的概念和思想也逐渐失去对普通民众的心灵的约束力。国家政策从道德、类信仰治国到经济、技术治国，民众在非常复杂的层面上——它既有被挟裹的成分，同时，也有自身被"解放"的欣悦（虽然这种"解放"是值得质疑的）——逐渐接受了这一退场和新的标准。"世俗"被剥离为"纯粹世俗"，技术也是"纯粹技术"。"人们以轻蔑的态度看待种种粗鄙和琐屑的现象，这类现象无处不有，无论在重大事情中，还是在细小的事情中。另一方面，对义务的恪守以及自我牺牲的忠诚已经消失。我们用无所不施的仁慈（它已不再有人性的内容），用苍白无力的理想主义来为最可怜、最偶然的事情辩护。既然科学已使我们头脑清醒，我们就认识到这个世界已成为无神的世界，而任何无条件的自由律已退出舞台。剩下的只是秩序、参与和不干扰。"① 德国哲学家雅斯贝斯在《时代的精神状况》中认为这种"对义务的恪守以及自我牺牲的忠诚"消失的原因"起始于对人的生活的有意识的世俗化"。应该特别关注的是他所使用的"有意识"这一定语，在此角度上，我们才能够真正理解中国的技术化时代和世俗化时代是以什么样的方式来临，我们如何丧失了重要的精神支撑，才能够去真正思考，在整个西方社会所同样经历的丧失里面，我们的丧失与什么样的中国语境相关？

1990年代的"人文精神大讨论"、"《废都》被禁"、"学术入场、思

---

① 卡尔·雅斯贝斯：《时代的精神状况》，上海译文出版社2005年版，第46—47页。

想退出"、"断裂问卷"等事件在不同层面质疑、批判、自我修正并最终被挟裹到这一世俗化过程中。以"学术入场"为例。在 1990 年代初的语境下,"学术"、"学院派"并非是一个纯粹的学术语言,它的诞生有着特殊的政治含义和政治立场。"学术入场"使得 1980 年代以来学术界思想过于浮泛得到纠正,知识分子,尤其是文科知识分子,开始对自己的专业做科学的、严谨的分析,以学术自救来澄清事物本源。这无疑有着积极意义。1985—1986 年思想界和文学界的"方法论热"虽然有模式化倾向,但也的确对学科产生了启发性的影响。但是,当把这一学术转向的兴起放在 1989 年以后的中国文化语境中时,尤其是把它放在 1990 年代以来主流话语对知识分子的要求和对经济解放程度的追求的语境中,就会发现,无意之中,"学术入场"与国家经济至上、技术至上的要求达成了某种共谋。学术回到了自身,却无法再从自身走出去,而真的成为"专业知识"。知识分子端坐于书桌前,被那一束灯光照射,同时,也被深深地拘围在周围无限的黑暗与虚空之中。"学术入场"、"学院化"为"技术化时代"的合法性提供了论据,它只被从"专业知识"的角度加以肯定或否定。对于文科知识分子来说,这一"专业化"无疑是在把自身"局限"起来,把其与对人类整体精神的表达隔离起来。如雅斯贝斯所言:"相关的知识可以通过对与这种知识有关的方法的实用性研究来获得,而这种知识则可以作为结果而被简化为最简单的形式……每个个人仅仅在一种事情上是专家,他的才能范围通常极为狭窄,并不表现他的真实存在,也未将他带入与那个超越一切的整体的关联中去,而后者乃是一种经过修养的意识之统一体。"① 实际上,这种"超越一切的整体的关联"意识恰恰是个体精神得以坚持,人能够成为自身并超越自身的基本条件。如果没有这些,"学院派"真的只是知识活动本身,而无法把自身建构起来,最终达到一种精神的穿透。

在这种整体的矛盾运动中,1990 年代初的中国民众经历着"教化"、"教养"的贬低化过程,"一种对教化的敌意已经形成,这种敌意

---

① 卡尔·雅斯贝斯:《时代的精神状况》,上海译文出版社 2005 年版,第 85 页。

将精神活动的价值贬低为一种技术的能力，贬低为对最低限度上的粗陋生活的表达。这种态度是同这个星球上的技术化过程相关联的，也同一切民族中的个人生活与历史传统相脱节的过程相关联"①。在普遍"技术化"的氛围中，即使最严肃最有思想的作家或思想者，也在经常怀疑自己是否有足够的"专业性"，并试图使自己达到"专业的"、"技术的"标准。这并没有问题，问题在于，我们对"个人"、"知识"与历史、公共精神之间的内在联系失去了关注力。"个人"不再同民族、历史、传统相联系，民众对"个人"这一概念的看法从对 1950 年代过于政治化的谨慎中而变为一种与社会、历史无关的纯粹个人，"科学的危机不仅仅在于它能力有限，而且也表现在它关于意义的意识中……只要人们认为缺乏整体世界观的知识是正确的，那么这种知识总是按照技术的可用性来评价的，于是，它就沉落到与任何人都无关的无底洞中去了"②。"与任何人都无关的无底洞"，这正是当前中国学术界所面临的困境。再细致、再科学的考察都只是知识而已，它与任何人无关，尤其是，也与自己无关。技术化时代的真正可怕之处在于，它使人类失去某种敬畏，实用主义成为最有理的标准。

当技术至上时，那些不能度量的东西失去了可存在的依托。我们的穿着、行为，我们的职业、说话，我们的生活方式和言论空间，都在越来越趋向个性与自我，宽容的、多元的、个人的时代似乎正在到来，但是，因为缺乏整体意识和历史意识，缺乏对"无用"的尊重——这一"无用"包括"文化"、"艺术"、"尊严"、"理想"等词语，真正的个人性却在衰退。迷信科学、知识，而遗弃信仰、精神，因为它是无用的，没有具体的实用。当"丛林法则"和"生存哲学"被奉为极致，被疯狂追捧并被提高到"真正文学"的高度时，当所有人都习惯于双重话语、多重生活标准时，当所有的文化领域、公共事业领域都一定要与创收、产业、效益相联系时，这个民族的精神危机正在迅速蔓延。政府与民众，医生与患者，

---

① 卡尔·雅斯贝斯：《时代的精神状况》，上海译文出版社 2005 年版，第 85 页。
② 同上书，第 99 页。

老师与学生，知识分子与大众，相互之间没有道德的渗透，没有信任，没有尊严，没有爱与尊重，"这正是个体自我衰弱的征兆"①，也是民族精神衰弱的征兆。

---

① 卡尔·雅斯贝斯：《时代的精神状况》，上海译文出版社 2005 年版，第 102 页。

第三章 "民间"："断裂问卷"与 1990 年代文学的转向

　　1998 年夏天，作家朱文作了一份问卷，寄给 70 位约同年龄段的作家，9 月，这一问卷及其答案以"断裂：一份问卷与五十六份答案"为名在《北京文学》上发表。同时发表的还有韩东的《备忘》，对可能面对的质疑进行未雨绸缪式的回答，可见他们对即将掀起的波澜有充分的认识与准备。

　　果然，如预料的一样，问卷在文坛引起一场轩然大波，且不说问卷所涉及的作家、杂志、机构的反抗，问卷中对鲁迅、宗教和西方哲学等极端的提问方式及作家们否定式的回答也引起文学研究者和一些知识分子的不满，一时间，口诛笔伐，满城风雨，"断裂问卷"也成为 1998 年文坛上的重大事件。"断裂问卷"距离今天已经十年之久，抛却当初双方的意气之争和策略倾向，我们回到事物的核心来重新寻找问题，韩东与朱文为什么发动这一场"断裂"式运动，他们在此中想确立什么样的文学观、世界观？他们想要"断"的是哪一种传统，哪一种文学或文学秩序？这样的要求意味着文学场怎样的新生阶层的诞生，体现了这些新生阶层什么样的历史要求与审美意识？它与 1990 年代文学场、文化政治场构成什么样的关系？对这些问题的探讨将使我们重新回到 1990 年代文学场之中，去发现在"断裂"的背后，究竟哪些声音在涌动，并试图塑造、开辟 1990 年代文学新的方向与新的形象？需要说明的是，笔者所关注的更多的是"问卷"周边的声音，它与周围事物的关联性，最终重回 1990 年代的文学场，至于如何看待这一问卷本身所涉及的价值判断，并不是本书所关注的问题。

第一节 "民间形象"、"民间立场"的建构

朱文在"附录一：问卷说明"中写下这样一段话："这一代或一批作家出现的事实已不容争辩。在有关他们的描绘和议论中存在着通常的误解乃至故意歪曲。同时，这一代作家的道路也到了这样一个关口，即，接受现有的文学秩序成为其中的一环，或是自断退路坚持不断革命和创新。鉴于以上理由我提出这份问卷。我的问题是针对性的，针对现存文学秩序的各个方面以及有关象征符号。通过对这些问题的回答将明确一代作家的基本立场及其形象。"① 正在浮出历史地表的"这一代作家"是谁，在遭受着怎样的"误解"与"故意歪曲"？他们想要确立的"基本立场及其形象"又是什么？我们从这两点出发，看看 1990 年代文学场域究竟出现了怎样的新生力量，韩东、朱文试图在他们与过去之间建构怎样的区别，又试图建构怎样的立场与形象？

首先来看第一个问题。分析一下参与问卷的作家、批评家，很容易就发现，参与者以 1960 年代出生的作家为主，也有"美女写作"的代表 1970 年代出生的作家棉棉、魏微，还有少数 1950 年代出生的如林白、于坚等，但是他们的创作理念似乎可以归入"这一批"作家中。另外，考察这些参与问卷调查人的身份也很有意味。在 56 位作家、批评家中，有相当一部分都处于体制外，韩东、朱文、李大卫、李冯等人都已经主动辞职，离开国家公职单位，成为"自由撰稿人"，而如棉棉这样的作家从来就没有纳入过体制之中，没有固定职业。其他一些没有辞职的人，也大多把自己作为边缘人，工作完全是谋生的手段，与个人精神没有任何关系。参与问卷的南京作家大多聚集在由韩东、朱文创办的"他们"文学团体周围——在 1990 年代，"他们"在一些诗人心中，类似于北岛的"今

---

① 朱文：《断裂：一份问卷与五十六份答案》，"附录一：问卷说明"《北京文学》1998 年第 10 期。以下所引用"问卷"及"附录"中的话，均来自于此。

天"，是具有独立精神和文学目标的"地下秘密组织"。很显然，在发放问卷的时候，朱文不但拒绝了如王蒙这样的老作家，也拒绝了那些在文坛上赢得普遍赞誉，并成为当时"先锋"旗帜的新作家，如莫言、余华等人，因为他们已经成为"现有秩序中的一环"，是其中"误解乃至于歪曲"他们的力量之一。

那么，这批作家受到了怎样的"误解乃至于歪曲"？先来看一下韩东、朱文两位发起人的情况，到"问卷"的1998年为止，韩东、朱文在文坛上已经有相对的知名度，且发表了如《在码头》、《美元硬过人民币》、《我爱美元》、《弟弟的演奏》等重要作品，但是，当时文坛对他们作品所具有的新的风格与特点并没有真正重视。这些消解大意义、凸显日常生活的小说显得琐碎、啰嗦，没有诗意，也没有标准的章法，编辑根本无法接受，如韩东的《新版黄山游》1991年完成，寄了好几个地方，一直被退稿，1994年才找到地方发表。① 这正如邱华栋在答卷时所言："杂志仍然以'现实主义'作品为主，不能将非常多元和非常激进的各种文学现实表现出来。"批评界对他们作品那种粗俗、放纵、欲望性的东西也无法接受，即使到今天为止，对韩东的《美元硬过人民币》和朱文的《我爱美元》的批评也还是集中在其色情与物质化的描写上。而对于林白、棉棉来说，1990年代中期既是她们暴得大名的时候，也是她们的写作被诟病与误解的时代，被炒得沸沸扬扬的"美女作家"和"欲望化写作"使棉棉写作所具有的意义被遮蔽。还有其他作家如鲁羊、侯马、魏微等人都正处于刚刚萌芽的状态，小说能否得到顺畅的发表还是一个问题。总体看来，主流文学界和批评界对这批作家基本上处于否定或不重视的状态。不应忽略的是，还有一个作家的遭遇是产生这句话的前提之一，即1997年的王小波之死，很显然，朱文们把王小波也归入"这一批作家"之中。王小波的死亡方式，他在主流文学界所遭遇的冷淡与压抑激起许多

---

① 韩东：《新版黄山游》，《花城》1994年第3期。他在"注释二"中这样写道："这篇题为《新版黄山游》的小说完成于1991年，曾几番投稿，未中。感谢《花城》杂志社给了我一个发表此文的机会。三年过去了，'新版'已成了'旧版'。虽然黄山的风景千百年来依旧，但此之外的人文景观却日新月异（即使一支再快捷的笔也无法跟上它的千变万化）。"

文学青年对主流意识形态和主流文学界的愤怒情绪,而他死后所得到的赞誉与广泛的传播也使得这种"边缘写作"变得神圣,充满价值。

为了"明确一代作家的基本立场及其形象",朱文选择了向主流意识形态的象征符号——中国官方的文学体制,如作协、《收获》、《小说月报》和茅盾文学奖——发起进攻。不难看出,韩东、朱文他们在试图寻找新的生存空间与意义空间,这一空间不需要主流的承认,不需要从主流文化空间"继承"种种必需的遗产,他们要自己创造历史。在极富引导性和排他性的问题中,一个词语正慢慢浮出历史的地表——"民间"。"民间立场"的确立首先表现在个人的实际行动上,即辞去公职,专心追求文学,或被动游离于社会体制之外,也包括那些只以公共生活之外的个人生活作为真正精神存在的作家。作家的"个体户"身份为其"民间立场"提供了物质的支撑。如前所述,韩东、朱文、吴晨骏等人都是在经过单位生活长期的压抑之后,最终辞职,然后专心写作,并以写作谋生,被他们认为是少数真正作家之一的王小波也是如此。在某种意义上,1990 年代后期作家辞职写作有向王小波致敬的特殊心理。作为自由写作的个体,作家与体制、制度不再有物质上的任何联系。这是他们对文学态度的一种表达。这既是一种象征,一种不再承担"社会"责任,自由、放诞,只对自我,只对艺术负责的象征;另一方面,它又是一种实际行为,因为它会带来实际的生活问题,及与此相关的精神纯洁性问题。

"辞职写作"还有另外一个名称——"自由撰稿人"。"自由撰稿人"在 1990 年代是一个比较复杂的称呼,它也包括那些为各类流行杂志写稿,编一些庸俗、离奇的人生故事,改头换面到处发表,赚取高额稿费的写作者,并没有把韩东、朱文这样的自由立场写作者区分出来。韩东显然对此很不满,因此,在文章中专门为自己作了区分,"世界并非是非此即彼的","至于我个人,既已选择了文学,同时就意味着脱离了体制或商业的管制。正是它使我获得了某种程度的自由,并尝到了甜头。也许这就是对某种'精神实体'的品尝,滋味虽然苦涩,但妙不可言"。① 在这里,

---

① 韩东:《不是"自由撰稿人",而是"自由"》,《山花》2000 年第 3 期。

韩东把自己的辞职写作作为"脱离体制与商业",并"获得自由"的象征,写作、自由与体制、商业之间形成一个二元对立的价值判断,昭示着作者对新的"空间"建构的强烈愿望。

在1990年代的文化空间中,"民间"与"先锋"、"自由"、"叛逆"和"流浪艺术家"是属于同一词根的词语,它是追求真理、自我与真正精神世界的象征,圆明园画家村中的流浪画家,独自步行穿越大陆的旅行家,拍独立电影的导演,小剧场的演员,贫困潦倒的文学家都被作为真正具有精神价值的象征。"这些被放逐的亚文化群体,也正是以与制度化生存对立的姿态才能迅速获得象征资本,这就像当年法国巴黎的一群波西米亚式的艺术家,以他们的特殊的异类姿态与上流社会作对,鼓吹他们的为艺术而艺术观念,从而迅速建立他们的象征资本。"① 他们已经不为进入"系统"、"体制"和"主流"而焦虑、紧张或骄傲,而致力于建构新的与之相对的存在方式和话语系统,并且,这一话语系统具有公共效力。在这背后,崛起的是一个长期以来,一直被排除在正统文化和主流体制之外的边缘史。这是一种主动的自我放逐,它对社会机体的固定框架提出挑战,对官方意识形态具有某种颠覆性和破坏性。

文学界也是一样。1980年代中期到1990年代"民刊"的繁荣及在青年写作群体中所受到的广泛欢迎,使"民间"空间及其价值得到更大范围内的确认。其实,在进行"问卷"调查之前,1990年代前期,韩东已经是颇为知名的诗人,不但写诗,还借助网络推广民间诗歌,成立了文学团体"非非"和"他们",并先后与于坚、乌青等人创立了"橡皮"和"他们"诗歌网站。诗歌在1990年代后完全成为边缘,主流文学刊物只给诗歌保留极少的版面,而纯诗歌刊物也越来越少,这迫使诗歌寻找另外的生存方式,地下刊物和网络成为其重要阵地,这也决定了1990年代诗歌天然的"民间性"。韩东对"民间"这一词语进行了基本的理论阐释,"真正的'民间'有反对自己的勇气。即,当一种被称为'民间'的诗歌精神沦为新的'权势象征'时,它就已经不再是'民间'了,真正的

---

① 陈晓明:《异类的尖叫:断裂与新的秩序符号》,《大家》1999年第5期。

'民间'就会起来反对它"①。从阐释的意义上看,韩东的"民间"其实是与"先锋"有着同义性的,它是动态的,永远的少数派,而先锋诗人也类似于萨义德所言的"独立知识分子"的身份,一个"局外人、业余者、搅扰现状的人"②。反对权威、反对秩序,不谋求主流的肯定;"民间"虽然是被挤压之后的产物,但其内部的广阔空间却成为作家重要的精神阵地,也是其成名、文学价值得到肯定的主要渠道。

就韩东而言,"民间立场"是一种警醒,是对自己可能成为"主流",不再"民间"的告诫,"我们不是受益者,但我们极有可能成为受益者,正是这样一种危险使我们变得警觉"。"因为眼看着就要德高望重起来,眼看着就要人模狗样起来,眼看着就要衣冠楚楚起来,我觉得这个太可怕啦……我觉得'断裂'出于一种基本保存的本能,这种自我保存就是坚持你文学的初衷。"③ 因此,当有人指责韩东亦是作协会员,也在《收获》等上面发表文章,这些都与他所提倡的精神相悖时,韩东答道:"我们并不是泛泛地反对利益,而是反对在利益的压力下所作出的妥协退让,或以生存发展的名义进行的投机取巧。"④ "民间立场"是一种"反对者"精神姿态,是保持自我与建构主体精神的一种行为,它反对偶像崇拜,而强调个人精神和自我反省精神。1998 年的文学界和文化界正是"陈寅恪、顾准、海子、王小波"等人被推上神坛的时候,因此韩东认为,他们已经由"喂养人的面包成为砸向年轻一代的石头",这与韩东对自己即将进入所谓"主流"的恐惧与警醒是一致的。

"断裂问卷"中的"民间"与"秩序"之争,有假想敌的意味,也很粗率,譬如对所有文学家与批评家都一概而论,有批评家认为:"他们似乎对自己所反对的对象缺少准确的把握,这是一种很粗糙的反抗情绪。"⑤

---

① 韩东:《附庸风雅的时代》,《北京文学》1999 年 7 月。

② 爱德华·W. 萨义德:《知识分子论》(*Representation of The Intellectual*),三联书店 2002 年版,第 6、2—17 页。

③ 汪继芳:《断裂:世纪末的文学事故——自由作家访谈录》,江苏文艺出版社 2000 年版。

④ 韩东:《备忘:有关断裂行为问卷的回答》,《北京文学》1998 年第 10 期。

⑤ 陶东风:《1998—1999 年文学争鸣实录:一份问卷引出一场争论》,《中国文学年鉴(1999—2000)》,中国社会科学出版社 2002 年版。

但另一方面，却使得"民间"与"秩序"之间的对立变得有形，"民间"成为一个有形的主体形象被呈现。包括稍晚一些的"盘峰诗会"，虽然最后陷入了人身攻击，也因为一些人身攻击而使其精神形象显得混杂污浊，但是，其对"民间"的建构企图却无法掩饰。民间写作、个人化写作对知识分子写作形成有效的拦截，虽然后者的概念不甚清晰，但相比较而言，民间却是边缘化、口语化、平民化、个人化的隐蔽写作的代言人。1990年代末期的文学空间有一股强大的"民间"势力场，这一"民间"势力的形成及其意义迄今为止仍然未被充分重视。从更深层次来看，"民间"的建构并不只与"文学场"有关，也并不是"断裂问卷"就能达到的，它与1990年代整个国家意识形态的变化，社会新阶层的兴起，传播方式的改变等都有关系。1990年代以后，主流机构的控制力越来越小，无法对多元的文化现象与新的文学进行有效命名，同时，也没有绝对的控制力，这就为"民间"提供了生存的场地与空间。

然而，"民间"的形成带给韩东、朱文的并不仅仅是欣喜与畅通，相反，它比任何时候都更让他们陷入世俗的纠缠与意气之争。除了正统媒体对其的反驳与压抑外，"民间"内部也混乱不堪。就仿佛释放了一个"潘多拉盒子"，那些原来被文学秩序压迫着的年轻作者忽然找到了价值确立的新空间，在这一空间里面，既可以"自由"写作，放纵才情，嘲笑、反对体制中的一切，获得声誉，还可以以更决绝的"断裂"方式迅速另立山头。沈浩波、伊沙等人以一种江湖匪气和王朔的"顽主"气质试图替代韩东。在一轮几乎陷入人身攻击的争论之后，韩东显得意兴阑珊，不愿再多做回应。这几乎可以说是"自食其果"。当"断裂问卷"发出之后，曾经有朋友认为这种提问方式有过于明显的倾向性，韩东与朱文显得非常"决绝"，并认为只有如此才足以达到目的。现在，更年轻的"断裂者"以他们用过的方式，迫使他们扮演了他们所蔑视的"秩序"角色，因此，我们看到，韩东不得不用一种平和的、客观的与权威的方式（这也是他之前反对的形象）去回答问题。沈浩波在《下半身》的发刊词中说："我那个发刊词是写得很斩钉截铁的，它是一个单元的东西，是一个非此即彼的东西，一个很坚决的东西。"这些话语与韩东、朱文当初的"造反"几乎是一个逻辑。这也是"断裂问卷"的根本问题,极端的情境设置并不能够对常态中的问题进行有效的解释。

第二节 感性写作与"个人生活"的兴起

韩东在《备忘》中写道:"在同一代作家中,在同一时间内存在着两种截然不同甚至不共戴天的写作……我们继承的乃是革命、创造与艺术的传统。和我们的实践有比照关系的是早期的'今天'、'他们'的民间立场、真实的王小波、不为人知的胡宽、于小韦、不幸的食指以及天才的马原,而绝不是王蒙、刘心武、贾平凹、韩少功、张炜、莫言、王朔、刘震云、余华、舒婷以及所谓的伤痕文学、寻根文学和先锋文学。"① 在这里,王蒙、韩少功被排除在外,意味着把以理想主义、民族意义为价值起点的寻根文学排除在外;王朔、刘震云被排除在外,这应该是对他们小说精神中世俗意识和市井文化的排斥与反对;而对以余华为代表的先锋文学的排除则反映了对其先锋姿态和非历史性的怀疑与不满。"革命"、"创造"、"艺术",在韩东这里,更多地指王小波的小说精神及美学形态,充满解构性、怪诞、杂糅、感官化、狂欢化,是另外一种文学质感。

王小波塑造出了巴赫金所言的"怪诞"文学,这一文学与人的肉体、生理、器官相关,它所表达的是对官方意识形态的反对与对大地、生命和民众的热爱,"物质—肉体的因素被看作包罗万象的和全民性的,并且正是作为这样一种东西而同一切脱离世界物质—肉体本源的东西相对立,同一切抽象有理想相对立,同一切与世隔绝和无视大地和身体的重要性的自命不凡相对立。物质—肉体的体现者是人民大众,而且是不断发展、生生不息的人民大众。这种夸张具有积极的、肯定的性质,它的主导因素都是丰腴、生长和情感洋溢"②。这一充塞天地的、丰腴的"肉体"所具有的"全民性"及与抽象事物、主流文化的对立正是王小波小说的基本精神倾

---

① 韩东:《备忘:有关断裂行为问卷的回答》,《北京文学》1998 年第 10 期。
② 巴赫金:《拉伯雷的创作与中世纪和文艺复兴时期的民间文化》,《巴赫金全集》第六卷,河北教育出版社 1998 年版,第 23 页。

向。《万寿寺》、《红拂夜奔》、《寻找无双》都具有怪诞现实主义的特点，"怪诞现实主义的主要特点是降格，即把一切高级的、精神性的、理想的和抽象的东西转移到整个不可分割的物质—肉体层面、大地和身体的层面"①。

这样一种对"理想、精神"进行"降格"的文学，恰恰暗合了1990年代如韩东这样作家的文学美学标准。它强调感性、身体、自我的精神体验，强调真实的、生命的情绪，而非教化后的情感。它试图消解大意义，消解文化、理想、国家等宏大话语对人的压抑与塑造，呈现个人的生活情感和生命体验，它讨厌如先锋文学那样的煞有介事，转以用轻松、游戏、戏谑的方式面对历史的大虚无。韩东的《大雁塔》、《新版黄山游》都是典型的文本。在这里，个体的日常情绪是作为叙述的主体、价值的主体被呈现出来的，它不只是过程，而是结果或目的本身，个人的空间就是小说空间的全部，背后不承载大于个人的意义。当然，不能否认的是，在这背后，有强烈的对巨型话语的解构意识，这种虚无、琐碎和无目的之感恰恰是1990年代生活的最常态呈现，它也包含着一种意识形态叙事。虽然在实际创作上韩东常常表现出理性有余，感性不足，但是，韩东特别强调感性对于小说的重要性，"我以为小说是感性阅读的对象物，它的丰富性、歧义、直观是不可或缺的。这种感性有别于思想性读物，是在个人阅读的感性官能中实现的，其中自然有理性的位置，但那不是全部。而小说正是全部整体的反映"②。回到"个人阅读的感性官能"体验中，这和纳博科夫所言的用"肩胛骨"感受文学是一样的，小说创作要顾及的、重视的正是这一感官状态，这样，它内部的多义才有可能被呈现出来。朱文也特别强调文学的感性存在状态，他认为这一状态才是文学的真实状态，而非你反映了何种道理，"一部作品的最终形成除了与我们熟知的若干显然的环节有关以外，我相信，一定与写作当时的天气有关。写到第三部分的时候窗外忽然下起雨来了，那么第四部分的趋向

---

① 巴赫金：《拉伯雷的创作与中世纪和文艺复兴时期的民间文化》，《巴赫金全集》第六卷，河北教育出版社1998年版，第24页。

② 韩东：《我看昆德拉》，《他们》第4期。

就也许会在不知不觉中发生变化，甚至发生根本的改变"①。这种对创作过程中所具有的随意性的理解与其感性写作的理念是一致的，它强调的还是文学创作的个人性本质与情感性本质。

但是，对感性写作的追求并不意味着作家放弃理性的渗透与升华，恰恰相反，这一感性背后蕴藏着他们对文学与世界新的理解。韩东、朱文、张旻、鲁羊等"断裂丛书"的一批作家，都是塑造情绪、意象的高手，但同时，他们又扮演着哲学家的角色，试图在日常生活图景中传达自己的观念。这在朱文的小说中表现得最为明显，他的《磅、盎司和肉》、《傍晚光线下的一百二十个人物》，对具体生活场景进行最为细致的描述，但抽象的意味却非常明显。这些场景、情绪与人物是作为一个整体，一个完整的意象传达给读者的，没有作者的声音，没有任何议论或说理，完全依靠个人化的情绪使象征溢出，这正如韩东所言："小说可以有议论，但这议论不可当真，思辨、思想、论述亦如此，不过是整体中的一种可以运用的元素，就像是一种色彩。但这种色彩运用得最好的是卡夫卡，他的议论永远是和小说中的具体情形紧密契合的……后者（卡夫卡）的小说写作包括即兴的议论完全服务于另一种东西：感性的生而为人、感性的存在，其间包含心身的痛苦和快乐，也包含思辨的乐趣和虚无。"②

这一感性写作中所包含的身体性、粗俗与欲望特点正是当时主流批评界和学术界所反对的，"从'断裂'这个词、这个行为所表现的不断革命、不断创新的企图，我们也可以在西方早期现代主义中找到痕迹。我是把他们的整个行动理解为一种身体的造反，是对个人身体感性、生命感性的一种张扬和夸大，这样一种思维方式是非常黑格尔主义的"③。实际上，这段话也认识到了韩东们新的文学观，即以"身体"为起点的"日常生活"叙事，但是，从价值倾向上看，却对这种"感性"现象予以批评。

与"感性写作"相一致的，则是作家对意义、价值的多元化的传达，

① 朱文：《关于沟通的三个片断》，《青年文学》1996 年第 7 期。
② 韩东：《我看昆德拉》，《他们》第 4 期。
③ 赵寻：《游戏的是陷阱——关于断裂问卷的对话》（陈骏涛、曲春景、於可训等），《太原日报·双塔文学周刊》1998 年 12 月 21 日、28 日。

是作家对心灵丰富度的无限发掘与呈现，同时，也是对文学"真理性"和"思想性"的排斥。在谈到文学作品中的真理与信仰问题时，鲁羊认为："小说的天敌就是判断。比如张承志，在某些地方我是非常佩服的，但在另一些地方我又觉得没劲就是这个问题。"① 在这一对话中，鲁羊、朱文就张承志作品中的宗教气息与真理气息进行探讨，并认为，"实际上在他们那里神圣似乎不存在。大家都很虚无，但他们从中受益。在虚无主义的这片废墟上充满了僭越的可能性，反正没有上帝，我就是上帝，挟天子以令诸侯，就是这种感觉。真正的对神圣之物的那种卑微、那种诚信看不到。看到的就是这种僭越的欲望，太强烈了！"② 这一强烈的反对表达了他们另外的文学观。他们强调文学的体验性与个体性，反对布道式的文学，"有时我觉得，他们所说的'苦难'、'焦虑'对我来说并不比这场两天前开始的牙痛更为真实。牙痛使我们不得不正视我们的身体，使我们不得不与我们的身体进行沟通。有时这样的沟通是更有效、更有价值的。因为，真理同样存在于我们的身体中"③。"身体的感受"也应该属于"真理"的范畴，这无疑是一个大胆的判断。

在中国的文化史上，身体从来都是从属地位，必须有所依附，才可能有所伸展。朱文试图把"身体"提高到价值本体的范畴，物质的肉身试图战胜秩序，进而对伦理提出挑战，希望获得独立的存在，这无疑是对文明的基本边界提出挑战。《我爱美元》的所有叙事与思考点都集中于如何通过"嫖娼"使得主人公突破"父与子"的关系而进入"人与人"之间的关系，让"父亲"（也是秩序、权威、道德的代名词）在儿子面前也可能以"人"（自由、同样充满欲望的纯粹个体）的形象出现。但是，这一努力显然是徒劳的，"女友"那一巴掌正是世俗最有力的回答。这是文明的困境与难题，而绝不仅仅是秩序、权威与个体之间的问题。

但是，韩东、朱文所塑造的"民间形象"和强调的"感性写作"并不是萨义德的"知识分子"式的，相反，他们反对那种"知识分子"式

---

① 鲁羊：《小说问题》（王干、鲁羊、朱文、韩东对话），《上海文学》1994 年第 11 期。
② 韩东：《小说问题》（王干、鲁羊、朱文、韩东对话），《上海文学》1994 年第 11 期。
③ 朱文：《关于沟通的三个片断》，《青年文学》1996 年第 7 期。

的"真理"在握的教诲与肯定，也没有那种强烈的"社会责任感"，他们强调的是一种个人化的态度，表达自我的声音，有关身体的、情绪的、疼痛的，而"对集体行为需要保持距离，以免丧失个人的态度"[①]。也正是这一"民间形象"和"感性写作"的塑造，使得 1990 年代作家更多地具有"艺术家"的气质，任性、怪诞、放纵、自我，致力于表达自我情感的颓废，欲望的痛苦与庸常生活的空虚，强调语言和修辞的能力，强调身体所具有的理性穿透力。实际上，作家们也不以为自己就是只关注个人的艺术家，而是把这种"艺术家"气质看作具有革命意义的新型知识分子精神的展现，从身体出发反抗社会的庸俗、秩序的压抑与主流意识形态的控制。这是他们"介入"现实和革命的方式，通过对个人生活的建构来达到对公共生活与公共规则的解构与嘲笑。因此，他们反对文学的知识化与学术化，并认为这是向主流意识形态与商业文化妥协的标志，当在问到对《读书》、《收获》杂志的看法时，于坚回答道："有企图将一切降低到知识的水平"，在这里，暗含着对文学知识化的不认同，张新颖也认为，"白领阶层价格不菲的皮包里可能就装着《读书》和《收获》"，《读书》已经成为中产阶级精神的点缀品和消费品，是一种标示、优雅、知识、有责任心，等等，但与精神灵魂无关。棉棉则认为《收获》"像一锅温柔糨糊，但愿有一天我可以改变它的温度"，这是对《收获》中庸、保守立场的不满和不屑。

可以这样说，"感性写作"是韩东、朱文的理性选择，它不是潜意识的产物，不是青春期的情绪写作，而是一种有意识的立场展示，"感性"在这里承载着传达理性的美学任务。个人/集体、官方/民间、公共/私人成为完全对立的概念，为了强化这种二元对立态势，为了表达自己这种"断裂"式的历史感，作家不惜"降格"自己的写作，在理论与操作实践上都"降格"，这正如朱朱在回答"鲁迅是否是自己写作楷模"时所说的，"可能我的历史是颓废的历史，激情和肉体史，是南朝臣民的裸宴，是罗马的狂欢……在此，川端康成的样子远比鲁迅清晰"。虽然具有戏谑

---

① 韩东：《备忘：有关断裂行为问卷的回答》，《北京文学》1998 年第 10 期。

的意味，但是这恰恰是这批作家内在精神的传达："肉体历史"具有更本质的意义，作家的任务是通过"肉体历史"来表达对正统文化与体制的反抗。对这一看法的本质化倾向也导致了1990年代后期"身体理论"的泛滥，这才出现了沈浩波的"下半身"论，"所谓下半身写作，追求的是一种肉体的在场感。注意，甚至是肉体而不是身体，是下半身而不是整个身体。因为我们的身体在很大程度上已经被传统、文化、知识等外在之物异化了，污染了，已经不纯粹了……而回到肉体，追求肉体的在场感，意味着让我们的体验返回到本质的、原初的、动物性的肉体体验中去。我们是一具具在场的肉体，肉体在进行，所以诗歌在进行，肉体在场，所以诗歌在场。仅此而已"[1]。在这里，"传统、文化、知识"都被作为抽象的、毫无意义的存在而被否定，相反，"肉体"却被赋予了某种历史性的意义，是个体"在场"的暗喻。如果说韩东、朱文所提出的"感性写作"重在强调个体所具有的意义性与完满性的话，那么，在沈浩波这里，"感性"已经缩小为"肉体"，虽然它也能形成新的、具有革命性的文学方向，并塑造新的文学形态与美学方向，但这一"革命性"的意义有多大是让人质疑的。

第三节 "民间"、"个人"与"历史"的可辨析性

在某种意义上，"断裂问卷"是一次改写历史的努力，从"庙堂"文学到"民间"文学，从"知识分子"的文学到"艺术家"的文学，从理性的、责任的、形式的文学到感性的、身体的、个人的文学，这无疑是当代文学又一次深刻的转向。但是，这其中所涉及的概念又是需要辨析的，并不就是字面所具有的意义，这也使得"断裂问卷"所试图塑造的新立场、新形象暧昧、复杂。它们与时代各种流行的话语纠缠在一块儿，并以另外的方式呈现在1990年代的文学场中。因此，对以下问题的追问就变得非常有必要：韩东、朱文所试图建构的是谁的民间？谁的个人生活？它

---

① 沈浩波：《下半身写作与反对上半身》，《下半身》（民刊）2000年第1期。

们与"历史"之间究竟是怎样的关系？

我们从这 56 份答案中，可以感觉到，作家们在寻找一种自由的，能够嬉笑怒骂，释放压抑情绪的新的意义空间。这一"民间空间"不同于1980 年代初期的"伤痕"，不同于王朔与新写实文学的"市民生活"空间，更不是广大的乡村民间生活和被遮蔽的"底层空间"，它与社会学意义的"民间"关系不大，是以个人为本体，以个体价值为起点的精神空间。这一"民间"的诞生与 1990 年代中期以后都市化的高度发展和都市经验的发生有紧密联系，1990 年代后期，"都市"作为一个具体可感的物质存在已经影响并决定着都市人的生活方式。破坏的欲望和狂欢化的倾向不仅来自于社会体制的不公平，更来自于一种莫名的情绪、孤独的情结与荒谬之感，加缪的存在主义在作家的都市体验中得到了充分的验证。宏大的民族话语已经无法涵盖都市里日益复杂的个人生活和个人情绪，更无法使这些话语得到合法性的阐释，新的精神体验必须找到新的话语方式。这一个人化的扩张和不稳定性存在使得他们对秩序、机构等代表社会稳定层面的东西有一种本质的反抗。因此，这里的"民间"更多的属于都市的"民间性"，是都市的日常生活、孤独人性与精神需求的外现。

朱文等人小说的"狂欢化"倾向，对日常生活"无聊"、"多余"的细致书写，都显示了中国 1990 年代都市生活的文化密码与内在逻辑，所谓"个人生活的兴起"其实是都市新生活形态的兴起。都市化进程使得中国城市产生了西方现代意义上"孤独的个体"，但这一"孤独"不是沉浸在山野自然之中的孤独，而是"人群中的孤独"，是都市形象和都市化思维的一部分。他们需要新的方式来书写自己内心新的诉求，而这些新的诉求又与共和国复杂的当代史纠缠在一起，因此，作家总是在一种暧昧状态下书写新生活。他们的书写与都市节奏相一致，充满生理的紧张、刺激、眩晕与碎片化。邱华栋 1990 年代中期的作品《公关人》、《直销人》等是最典型的"新都市小说"，揭示了都市生活形态，是具体的、细致的城市，韩东、朱文则是在形而上的层面对都市的文化意识形态进行惊人的本质化书写，并加以鞭挞。对形式、哲学的迷恋，也是城市化的象征之一。他们热爱加缪、卡夫卡，而不是萨特，喜欢微言大义，对情感、自我世界的关注不再局限于生活层面，他们从此出发，思考人的存在。这些作品虽然着眼于个体，并以个体书写见长，但最终却表现为一种都市生存的政治态度，向政治意识形态、启蒙、道德和市场要求独立的政治空间和生活空间，要求他们的身体欲望、情感方式、历史存在的合法性。从这一意义上讲，"断裂问卷"也可以说是一场新阶层运动，也使得作家所谓的"民间立场"充满了暧昧意味。

我们不妨再进一步追问，这一"民间"与当时流行的大众文化、消费文化之间是什么关系？与整个民族的解构主义倾向、虚无主义倾向之间是什么样的关系？与都市化及都市生存的多元之间又是什么样的关系？对"民间立场"的确立及全民性的追捧使1990年代的隐蔽话语、边缘生存、个人性得到张扬，他们通过自我放逐，以与制度相对立的姿态获得象征资本，进而塑造一种更能代表自由精神的"民间立场"与"民间形象"。但同时，它也与整个时代的虚无主义情绪相一致，甚至是其中一个非常重要的元素，这一"民间"所具有的放任、乖张及其对任何宏大话语的否定与1990年代大众文化氛围中的民众情绪相一致，它加速了时代精神的崩溃，虽然这一崩溃背后有新的事物出现，但抵挡不住"崩溃"所带来的快感及对文本精神倾向的巨大制约性，"在似乎相互对扰的意识形态话语的并置与合谋之中，在种种非/超意识形态的表述之中，大众文化的政治学有效地完成着新的意识形态实践。从某种意义上说，这一新的合法化过程，很少遭遇真正的文化抵抗"①。从韩东、朱文的"民间"与"感性写作"，到卫慧、棉棉们在"欲望化写作"的名义下发布的"美女照"，然后到宣称"下半身"才是真正的"民间"与"文学"，"民间"所具有的隐喻，它的独立性、边缘位置、自省意识、先锋性已经变得暧昧不清，很难辨认。

由此，作家与历史、传统之间的关系变得前所未有的紧张。在韩东、朱文、楚尘等人那里，时间修辞完全变了，作品中的时间从"过去"转换为"现在"，从"历史"进入"日常"。作家对"现在"进行空间性书

---

① 戴锦华：《大众文化的隐形政治学》，《天涯》1999年第2期。

写，只描述事物的进行时，但也不是所谓"直面现实"之类。对于韩东
他们来说，时间从"今天"和北岛开始，"我们反抗'传统'吗？但'传
统'何在？在文学上，我们就像孤儿，实际上并无任何传承可依。这里，
引申出我的一个观点，即当代汉语文学是以'今天'和北岛为起始的，
它的时间标志是 1976 年。无论人们是否同意我的划分，这却是我的实际
感受。这种孤独无助感持续在几代（其实是几批）诗人作家中。1990 年
代所谓'知识分子写作'乃是一种否认自身贫贱的努力，试图把自己嫁
接到西方的传统之上。如今有人倡导回到唐朝、唐诗宋词，回到李白，亦
是幻觉"①。韩东给出的当代文学概念的发生是从 1976 年开始，这颇为耐
人寻味。他们无法找到精神之源，无法从"传统"中汲取营养，当个体
意识觉醒并深深受伤之后，传统文化不再能够激起生命的热情，现实更是
贫乏得可笑。

实际上，从整个当代文学来看，批判传统精神、当代政治史并寻找一
种独立精神也是当代作家的基本立场，但是，却都只是在简单意义上进行
否定与批判，较少有一种思辨意识和历史意识。当代作家在不同程度上都
有一种"断裂"心理。一个新的时间起点意味着新的意义起点，历史从
这里开始才发生意义，而"过去"，及与"过去"相联系的传统、生存方
式、精神价值都被宣称为是"无意义的"，是要被断然抛弃的东西，甚至
连回望与思辨的价值都没有。这是典型的"断裂"论，它与之前的中国
各类"革命"的思维方式并无本质的差异，它们缺乏一种"整体"的历
史观，缺乏如鲁迅那样将"自我"置于民族历史长河中进行涤荡的痛苦
与矛盾，只是一种决绝的快意。笔者认为，这一理性的、包容的历史意识
的匮乏才是 1990 年代文学场域的根本问题。"传统"并非仅指过去，历
史意识并不仅限于对具体事件的判断，而是一种关联意识，是作家自我与
时代、历史、民族之间的关联感，它要求作家以纵深的、情感的、理性的
眼光去触摸民族过去的种种，并赋予其渗透于当代生活的当代意识，"不
但要理解过去的过去性，而且还要理解过去的现存性；历史的意识不但使

①　韩东：《长兄为父》，《他们》2003 年第 2 期。

71

人写作时有他自己那一代的背景，而且还要感到从荷马以来欧洲整个的文学及其本国整个的文学有一个同时的存在，组成一个同时的局面……就是这个意识使一个作家最敏锐地意识到自己在时间中的地位，自己和当代的关系"①。作为"象征"的断裂有其历史价值，但是作为思想过程，却应该谨慎。其实，"断裂"之后韩东等人的创作也无一不显示这批作家在朝着"传统"与"历史"的方向行进。韩东的长篇小说《扎根》对整个1960年代历史语境的塑造与对人内在精神的挖掘都传达了他"生活在其中"的当代意识，东西的《后悔录》则以近乎戏仿的方式对"文化大革命"中人性的变异进行书写，等等。

第四节　作为"行为艺术"的"断裂问卷"

朱文和韩东把"断裂问卷"称之为"行为艺术"，"不是炒作，而是一次行为。炒作的方式总是平庸乏味，甚至卑劣，无条件地服务于其利益目的，在今天通常是金钱……行为则以行为本身为目的，整个过程必须是生动有力的，它是创造性的、艺术的，它不是表演，而是演出本身"②。很显然，他们更看重这次行为所具有的"象征性"，否定性的语言，挑衅的意味，都是其策略之一。其目的在于引起重视。身在1990年代，他们谙熟市场的潜规则，必须用一场闹剧式的"狂欢仪式"，借助于一种极端化话语，才能引起注意，一般的话语是不会有任何反响的。应该说，广泛的"非议"正是他们想要的效果。这就使整个事件颇具意味，他们试图借助于大众文化传播的特点来达到反对启蒙秩序与消费文化的目的，而批判鲁迅，否定权威的期刊杂志，都只是此一"表演"过程中的一个符号和隐喻。至于"鲁迅"究竟应该是什么样的位置，并不是真正要追究的问题。在一次访问中，韩东承认"问卷"的游戏与恶作剧倾向，并坚持，他对"断裂问卷"所引起的责难与批评并不寻求理解，因为他试图刺激

---

① T. S. 艾略特：《传统与个人的才能》，《二十世纪文学评论》（上），上海译文出版社1987年版，第130页。
② 韩东：《备忘：有关断裂行为问卷的回答》，《北京文学》1998年第10期。

的是传统价值观和主流意识,提醒大家对个体化文学给予应有的价值鉴
定,并以此达到使人们对理想的文学氛围、精神价值重建命题的重视。
"游戏、恶作剧的心理",这道出了"断裂"的潜在起源,虽然它想表达
的是一种哲学上与观念上的新意义空间,但这一意义空间无法以正统的手
段得到彰显,它必须以与时代"同构"的方式出现。这种做法本身就包
含着巨大的矛盾性。

在1990年代的后半叶及新世纪初,像"断裂"这样"出位"的行为
在文坛上几乎蔚然成风。市场的运行规则及其效果已经基本上显露出来,
文学并非文学本身,它还需要"场"的烘托,需要"吆喝",前有贾平凹
《废都》的宣传策略及其书的疯狂销量,近有卫慧、棉棉们的表演与成
功,以出位的言与行而博取知名度已经成为进入文学场的捷径。后有批评
家葛红兵以一种近乎"道德评价"的姿态高调写出《为二十世纪中国文
学写一份悼词》、《为二十世纪中国文艺理论批评写一份悼词》,[1] 一时间,
"酷评"成为文学批评界的流行之语,而作者本人也的确因此而成名。紧
接着,"盘峰诗会"中"知识分子诗人"与"民间诗人"之间发生了近乎
人身攻击式的争论,然后,韩东与沈浩波之间又有水火不相容般的论战,
王朔又开始骂鲁迅,又有"二余之战",余杰质问余秋雨"你为什么不忏
悔"?语言之狠,也是前所未有。

这些"断裂"型话语逻辑里面本身有着专制的倾向性,因此,虽然
能够引起警醒,能够确立一些东西,但同时,负面的产物会淹没这些声
音,正如有论者所言,"韩东式的'宣言'、'备忘'没有逻辑,没有推
理,没有中间过程,只有结论,只有判决,因而是'专制'的,和自由、
平等的原则不相符"[2],"断裂问卷"中所蕴涵的严肃的反思被这一"专制
性"消解,作家本人的精神内核也被各种声音淹没,反而是其中一些潜藏
的世俗因素被无限放大,并覆盖了其他元素。"断裂"成为"争权夺名"
等的代名词,并且,所造成的"恶果"如今还在。除开作家自身由于逐

---

① 葛红兵:《为二十世纪中国文学写一份悼词》,《芙蓉》1999年第6期;《为二十世纪中
国文艺理论批评写一份悼词》,《芙蓉》2000年第1期。

② 《断裂还是沟通》,《人民日报·华东新闻》1998年10月8日第3版。

渐成名、逐渐世故，并且与主流杂志、作协机构保持良好关系，在一定程度上自我否定了自己的宣言之外，具体的人际关系问题并没有随着时间流逝而消弭。在偶然听到的声音和笔者所感知到的印象中，一些曾经参与"问卷"的人对此次公开参与有些后悔，而大部分人对这一行为的动机与所达到的目的仍然持质疑态度。还有一个重要原因是，当年态度最为激烈的作家相当一部分在文坛上消失了，这也使得"问卷"内容所具有的有效性被怀疑。2007年，《收获》副主编程永新在所编著的《一个人的文学史》中还提到了这件事，对韩东当年的"落魄"情形和《收获》对他的"恩情"进行了详细叙述。十年之后，重提此事，人事因素还清晰可见，可见当年影响之深远。① 对于当事人来说，事情的本质意义与所表现的形式是相一致的，不可能做到像韩东所言的"区分"，而他人的"说好话"更证实了韩东的"错误"。"断裂"问卷是对时代专制主义和庸俗精神的一次反抗，但无意间却成为更大的同谋。"革命话语"，无论是从历史上，还是从当代看，从来都不像表层意义那样斩钉截铁，而如抽刀断水，充满着暧昧与混杂的意味。

---

① 程永新：《一个人的文学史（1983—2007）》，天津人民出版社2007年版，第180—181页。

第四章 "王小波之死":自由主义乌托邦的建构及其未完成性

　　1997 年 4 月 11 日凌晨,王小波猝然死于心脏病发,享年 44 岁。

　　4 月 26 日这一天,八宝山一号大厅外,大约来了 300 多人。除了少部分是王小波的亲友,大部分是自发的吊唁者。他们是首都传媒界的年轻人,哲学界、历史学界、社会学界和经济学界的学者,还有相当部分是与王小波从未谋面的读者,有的甚至自千里之外赶来。奇怪的是,当中没有作家协会的人,没有一个小说家。要知道,王小波首先将自己看成是小说家,但是,到他死的时候,他的作品还没有进入主流文学的视野之内,今天仍然没有。

　　……王小波遗容安详,只是额头有一块褐色的伤痕。据说,他是独自于郊外的写作间去世的。被人发现的时候,他头抵着墙壁,墙上有牙齿刮过的痕迹,地上有墙灰,他是挣扎了一段时间,再孤独地离去的。

　　王小波没有单位,也没有加入作协,生前他说过:"听说有一个文学圈,我不知道它在哪里。"他是一个局外人,但却是一个真正的作家,一个为自己的真理观服务的自由撰稿人。①

　　紧接着,该文的作者,也是王小波小说"时代三部曲"的初版编辑,回忆了王小波去世时的遗容和三次见到王小波的情形,并给我们描述了一

---

① 钟洁玲:《三见王小波》,《羊城晚报》2004 年 9 月 8 日。

个独行侠般孤独，有着顽强内心追求和坚定信仰的王小波。而关于王小波遗容的描写，在某种意义上，几乎可以说是一个受难的耶稣形象，让人有一种悲怆之感。从这些叙述中，可以明显感受到言说者的愤怒情绪，咄咄逼人的指责隐含其中，一个基本的对立面已经形成：文坛、社会、体制与王小波、真理、民间知识分子之间不相兼容，并且前者对后者是一种压迫性的存在。这一段话写于 2004 年，距王小波去世已经七年之久，关于王小波的想象，他的存在方式、精神特征、文学叙述等几乎都可以从这段话中找到影子。

据统计，在王小波去世后的一个多月里，共有约 140 多家海内外媒体发布了有关报道、评论和悼念文章，互联网上，有人制作了王小波专页，全文输入《黄金时代》。王小波的某些话像格言一般被流传，"一个人只拥有此生此世是不够的，他还应该拥有诗意的世界"。在王小波去世之前，《黄金时代》几经曲折才由花城出版社接手决定出版，出版社本来还为书的销路担忧，但是，随着王小波的非正常死亡，一切问题都迎刃而解，"出版社每天收到来自五湖四海的问询，购书单雪片似的飞来"。"时代三部曲"经历了"洛阳纸贵"的阶段，登上各地排行榜。一位资深记者说："多年来，没有哪一部严肃小说受到这样广泛的关注，它几乎是家喻户晓了。"

如果说短时期内的种种纪念、谴责及其小说杂文的畅销只是一种自发的行为，很快，围绕着王小波，主流意识形态、学术界、网络、媒体开始了某种倾向性的塑造，出现了诸如"自由知识分子"、"受难者"、"中国最有希望获诺贝尔奖的作家"、"天才顽童"、"浪漫骑士"、"行吟诗人"、"自由分子"等命名。关于"王小波"的叙事可以说是 1990 年代文学界、文化界与思想界的一个大事件，它超越了学术界与知识界，在普通民众中同样产生巨大的反响，并且形成一种真实的文化力量影响并改变着 1990年代的文化格局。非常奇怪的是，一反 1990 年代常有的民间/体制、政治/学术之间巨大的分歧，在关于王小波的叙事中，官方、主流意识形态与民间之间并没有产生直接的冲突，甚至在某种意义上，"王小波之死"之所以最终成为 1997 年、1998 年最热点的文化事件，与意识形态某种

"宽容"与"共谋"有直接关系。即使是一直被指责的文坛及作家们,也多保持沉默。当然,这也引起了公众更大的愤怒,也因此,"文坛"被扩大化为"体制"、"权威"、"陈腐"等的代名词,从一个意指的角度对主流意识形态进行间接的批判。

如今,距离王小波去世已经12年。短短的12年,但当回顾这一文学现象或文化事件时,却有沧海桑田之感。每年王小波的祭日,都有媒体的报道,也有网络青年自发的纪念,但却几近重复,波澜不惊。还有王小波遗孀,社会学家李银河女士的言论,虽然其心真诚,却也有说得"过多",过于"拔高"之嫌。读者反应已不如当初那么狂热,而是做以理性的分析。① 对此,笔者并不打算重点评论。但可以看出,"王小波之死"所引起的涟漪正渐行渐远,慢慢沉淀下去,一切都将止未止,处于历史与现实的临界点。或者,此时,正是我们反观这一文学事件、文化事件与媒体事件的恰当时刻。

因此,在本章中,笔者所致力于追寻的不是"王小波"与"王小波之死""是"什么样子(关于此,已经有相当多的研究文章从各个角度进行考察),而是它"为什么"会如此。概括来说,笔者所考察的是话语产生背后的社会心理机制和意识形态诉求,它传达了怎样的知识谱系与思维体系的建立,这一建立与整个社会的文化倾向、精神状态、阶层结构的变化有着什么样的关系?它在多大程度上影响了1990年代的精神生活并成为当代中国社会思想变革的征兆之一?本章试图从学者、青年、媒体对王小波的不同命名谈起,分析不同层面话语的产生背景,及相互之间的冲突与消解,借此重回1990年代的文学空间与文化空间,去探索1990年代的面目及知识分子的精神轨迹。

---

① 李银河女士在其博客中写道:"重读小波的小说,不知不觉就产生了一个罪恶的感觉:别人写的小说跟王小波比太小儿科。中国小说家们的小说总是不脱中学生作文的痕迹,只有王小波是一个异数(忘了这是孙郁先生还是谁的评价),他跟所有的人都不一样。我觉得这个区别就是文学和非文学的区别,是天才和工匠的区别。"(2009年1月4日)这段话引起了很大的争议。

第一节　"自由知识分子"：启蒙新传统的设想与标本

王小波去世并形成热潮之后，自由主义学者朱学勤、秦晖、许纪霖首先发表文章，并从"自由主义"的高度对王小波进行中国知识分子思想史的定位与总结。其中，以朱学勤的《1998 年：关于自由主义的言说》为代表，他在文中把王小波热与顾准热、陈寅恪热相提并论，认为它们在1990 年代思想空间的出现意味着自由主义立场的发声。

当代以来，对五四启蒙传统的质疑就不绝于耳，即使被看作是第二次五四的 1980 年代，其启蒙目标及其中的悖论性都遭到质疑。在反思的过程中，一个最普遍的观点是，五四启蒙传统缺乏理性，尤其是缺乏知识理性，这样使得很多思想与审美的起源只来自于概念、信仰或激情，较少知识谱系性的根基。并且认为，之所以启蒙会有这样的倾向，与东方式思维与哲学起点相关，"五四时代的知识分子相信思想与文化的变迁必须优于社会、政治、经济的变迁；反之则非是。反传统知识分子或明或暗地假定：最根本的变迁是思想本身的改变……笔者以为五四反儒家思想的整体性（the totalistic nature of the May Fourth anti – Confucianism）是受了先秦以后儒家强调'心的理知与道德功能'及思想力量与优先性的思想模式的影响所致。五四反传统主义者虽然要求打倒整个传统文化，但他们之所以做这种整体性的要求，实因他们未能从'借思想、文化以解决问题的方法'那种有机式的一元论思想模式中解放出来的缘故。这种思想模式，因为是一元论式和主知主义的，本身具有发展主知主义整体观（holistic）的可能"①。论者认为，这种"心的理知与道德功能"和"整体性的一元论思想模式"是五四知识分子的心理机制，即使接受了西方的一些现代思想，但在运行过程中，中国知识分子仍然以"整体性"为原则，承担着"智者与牧师的双重职责"。在知识与信仰、道德之间，无论是中国传统

---

① 林毓生：《五四时代的激烈反传统思想与中国自由主义的前途》，《中国传统的创造性转化》，三联书店 1998 年版，第 166、179 页。

知识分子，还是现代知识分子，都没有被认真区分，更没有逻辑、学科与科学的概念。

胡适在新文化运动的后期曾经提出"多谈些问题，少谈点主义"，具有重新回到"知识"与"学科"之中的意味，这一点曾经遭到激进主义和革命话语的双重批判，从根本上看，胡适的学术提倡只是基于一种对新文化运动形势的判断和姿态，并非一种有意识的知识回归。1980年代中期，新启蒙话语的兴起虽然达到激活五四启蒙传统的作用，但是，一条非常清晰的运行轨迹是，当把李泽厚所归结的"启蒙与救亡的双重变奏"作为中国启蒙主义的基本模式时，1980年代末的那场社会动荡似乎是启蒙的必然结果。"（启蒙在）晚清时候表现为宣传保种救国，反满反帝的思想；在五四时期表现为提倡民主与科学，以及爱国主义的思想；到了1930年代，也就从反帝爱国一路发展为救亡意识。与其如李泽厚所说，1930年代救亡主题压倒启蒙主题，倒毋宁说，中国新文化的启蒙意识本身就包含了走向它的反面的因素。"① 对于1990年代的知识分子来说，一个问题必须思考：中国的启蒙主义到底缺乏什么？在什么意义上才能重拾启蒙传统，并对现实的文化、政治、思想产生作用？

王小波可以说适时出现，而他的非正常死亡方式及生前的遭遇一下子点亮了晦暗的思考，一切都变得似乎明朗起来。笔者认为，王小波之所以被贴上"自由主义知识分子"的标签，一个重要原因就是，自由主义知识分子试图在反思五四启蒙传统的基础上，重新接续或创造性转换五四启蒙传统，从而让它与自由主义相对接，在当代思想史与文化史上继续发挥它的作用。这是王小波杂文的思想立场、独特的思考方式与生存方式所透露出的可能性。

王小波的杂文及其思维方式有两个特点：一强调知识性；二强调经验。这样一种思维模式及由此而产生的对中国当代政治史的反思具有相当大的启发性和原创性。它以反证的方式使我们看到了启蒙主义的基本匮乏：科学性、专业知识谱系、学理及经验性的缺失。"对于一位知识分子

---

① 陈思和：《五四与当代——对一种学术萎缩现象的断想》，《复旦学报》1989年第3期。

来说，成为思维的精英，比成为道德精英更重要。"① 道德与知识的一体性是中国古代以来知识分子和儒家体系的基本特征，因此，中国历史对知识分子的批判或肯定历来都是道德先行，"中国知识分子关注社会的伦理道德，经常赤膊上阵，论说是非；而外国的知识分子则是以科学为基点，关注人类的未来，就是讨论道德问题，也是以理性为基础来讨论……我只能凭思维能力来负这份责任，说那些说得清的事；把那些说不清的事，交付给公论。现代的欧美知识分子就是这么讨论社会问题：从人类的立场，从科学的立场，从理性的立场，把价值的立场剩给别人"②。

王小波大胆作出判断，"如果说中国知识分子真的有罪孽的话，绝不是在道德方面，而是在知识上拿不出一流的成果，不够知识分子的资格"③。这种从"科学、学科、知识"立场出发思考中国知识分子精神存在的角度，揭示了自现代以来知识分子的一个巨大误区，"中国知识分子的道德激情有余，知识理性不足。道德激情一旦失去了知识理性的基础，就会成为没有思想底蕴的滥情，成为虚伪不堪的肉麻"④。这也是自1980年代启蒙主义再次兴起并逐渐走向衰败的过程中，知识分子所逐渐意识到的问题，"在西方，知识分子本来有他们的学术传统，从古希腊时代就形成的对知识的绝对追求精神。但随着近代民主政治的兴起，特别是宗教在社会政治领域的至上的地位衰弱以后，西方知识分子入世的兴趣强化了……西方知识分子在强调责任感的时候，他们是有资本的，那资本就是知识，是他们的专业。但是中国自五四以来，知识分子一直强调一种入世的精神，却很少强调追求知识的前提"⑤。

许纪霖从哲学角度对王小波的知识谱系和哲学起点进行分析，他认为

---

① 王小波：《思维的乐趣》，北岳文艺出版社1996年版，第9页。
② 王小波：《中国知识分子与中古遗风》，《思维的乐趣》，北岳文艺出版社1996年版。
③ 王小波：《道德堕落与知识分子》，《思维的乐趣》，北岳文艺出版社1996年版，第27页。
④ 王小波致李银河信《浪漫骑士》，《浪漫骑士：追忆王小波》，中国青年出版社1997年版，第160页。
⑤ 陈思和等：《理解1990年代》，人民文学出版社1996年版，第134页。陈思和在后记中注释，这本书虽然是1996年出版，但其中的对话其实是在1994—1995年完成。从时间上看，里面所涉及的想法及思考可能更在这之前。

王小波选择了"英美的经验理性"，"那种清晰的、冷静的英国式的经验理性。具有这样理性精神的人，即使在当代中国自由知识分子中间，也属于凤毛麟角"。"在经验理性的世界里面，没有抽象的理念，没有目标的预设，也没有终极的价值，只有人们的生活经验和实实在在的现实功利。王小波喜欢马基雅维里，是因为'他胆敢把信义、信仰全抛开，赤裸裸地谈到利害'，而'赤裸裸地谈利害，就接近于理智'。基于同样的理由，他也喜欢中国的墨子，墨子思路缜密，具有实证精神，而且也赤裸裸地谈'交相利'。""英美经验主义"是一种相对保守的知识分子传统，与政治、宗教、体制的关系并不十分紧张，虽然也批判，但却多是一种纠错型的，以一种保守、相互妥协的思维在体制内寻找变革。许纪霖认为，王小波的"英美经验理性"恰恰是中国文化思维里面最为匮乏的东西，也是之前五四启蒙思想中所忽略的地方。也正是这一匮乏，导致了中国当代政治史的灾难，"在他看来，许多被意识形态和乌托邦理念搞得稀里糊涂的问题，只要按照日常生活的经验理性去判断，立即会变得心明眼亮。比如，大跃进期间放卫星，粮食亩产放到三十万斤，某些大名鼎鼎的科学家还昏昏沉沉地为之论证，但王小波的姥姥，一位裹着小脚的农村老太太，却死也不信。不信的理由十分简单，只是自己的生活常识而已。王小波后来多次提到这件事，认为他姥姥的态度就叫做有理性"①。

在此意义上，朱学勤把陈寅恪热、顾准热、王小波热作为1990年代"自由主义第一次言说"，并认为王小波以科学（工科）的知识结构和经验主义进入文学，进入对中国知识分子思想体系和政治问题的思考中，这一思维方式摆脱了之前知识分子常有的文人旧习，"从五四以来，如果说中国近现代人文知识分子有什么集体性格一以贯之，那就是人文性格与文人旧习难分难解。所谓文人旧习，不仅仅是传统的文人情趣，更重要的是文人化的思维惯性：凌空蹈虚，逻辑跳跃，在越界讨论社会政治问题时，带球越位，将文学思维穿入严肃的理论论证，多半具有'目的狂'、'方法盲'或者是'批判狂'、'操作盲'的病态激越，用韦伯所言，即意图

---

① 许纪霖：《他思故他在——王小波的思想世界》，《上海文学》1997年第12期。

伦理过剩，责任伦理匮乏"①。无论是朱学勤，还是许纪霖，都非常看重王小波的"工科"出身，经验主义的理性态度和对知识分子学科知识的强调。

由此，自由主义知识分子"借壳上市"，以"王小波之死"为契机，对五四启蒙思想进行纠偏，并建构自由主义的基本面目与原则，认为必须以知识理性和经验理性为基础，回到"常识"和"现实功利"里面，回到自己的"岗位"之中，这样，才能够建构一种真正的知识分子精神，以此来驱除由意识形态与乌托邦理念带来的误区和政治灾难。从整个中国知识分子精神史来看，它试图改变中国知识分子以感悟、道德为中心的思维方式，把知识与道德分割开来，并且强调，对于现代知识分子来说，专业知识、理性大于价值判断。这一理念在学术界得到某种呼应，如学者陈思和在1980年代末，并在1990年代中后期以系统的理论体系，提出知识分子应有"岗位意识"，要把"学术责任"与"社会责任"区分开来。并认为知识分子应该在完成"学术责任"的基础上履行其"社会责任"。②李泽厚在1994年左右提出"思想家淡出，学术家凸显"，王元化也强调，"我们不想遵循目前流传起来的说法，把学术和思想截然分开……倘不是在非常时期，知识分子毕竟应在知识领域中发挥作用，而不应抛弃自己的本来职责"③。李泽厚与王元化的观点虽有分歧，但是都不约而同地注意到思想的"学术性"，并且，有把知识分子的"学理性"与"思想性"区分开来的意图。"这是专业化时代的公共知识分子，正是他们将学院生活与公共空间连接起来，并赋予超越的批判性意义。从这点而言，或许我们又重新获得了一丝希望，传统的公共知识分子死亡了，在整体话语的废墟上，新的一代公共知识分子凤凰涅槃，走向新生。"④ 这也许是1990年代知识分子最理想、最乐观的设想，而王小波这种颇具知识性与经验性的思

---

① 朱学勤：《1998年：关于陈寅恪、顾准、王小波》，《知识分子立场——自由主义之争与中国思想界的分化》，时代文艺出版社1998年版。
② 陈思和：《五四与当代——对一种学术萎缩现象的断想》，《复旦学报》1989年第3期。
③ 王元化：《学术集林》（卷一·序），远东出版社1994年版。
④ 许纪霖：《从特殊走向普遍——专业化时代的公共知识分子如何可能?》，《知识分子论丛》第1辑，江苏人民出版社2002年版。

考方式恰恰满足了这一基本的设想。

但是，并不能因此就把"自由主义知识分子王小波"的称号本质化，我们不能忽略的是，"自由主义知识分子王小波"形象背后自由主义知识分子立场与中国新经济的某种暗合性。自 1989 年之后，启蒙精神受挫，知识分子在反思自我的基础上，寻找新的生存基点和话语方式，以适应 1990 年代初期较为严峻的意识形态氛围。与此同时，中国经济改革与全球化正在展现出蓬勃的发展趋势，"发展"理论与市场经济运动的自足性使得一般意义上的知识分子被边缘化，但同时，自由主义立场却找到了实践上的支撑。在此意义上，自由主义立场与国家意识形态之间有着微妙的共谋关系，依靠经济政策、国家现代化转型的渴求及 1990 年代以后以经济学为中心的理论思维模式建立自己的话语霸权与学理上的支撑。

与此同时，自由主义往往又是以"反政治"、"自由"的方式展示自己的立场，表达自身立场与国家意识形态之间的矛盾（这一点在 1989 年之后更明显），"王小波受难者"的形象也被置换为自由知识分子的遭遇，这样的置换也可以理解为"自由"在 1990 年代中国的命运。这一塑造无疑具有极大的煽动力。所以，自由主义知识分子特别强调王小波是"身体力行的自由主义者"，"这样的生活态度不是用来标榜自己拥有多少流行词汇，如'多元化'、如'边缘化'、如'殖民化'、如'现代性'，最后如'自由主义'这个名词本身。自由主义不是用来谈论的，它是用来走路的，贴着地面步行。今日所论自由主义，不是黑格尔式的'内在自由'，它是提醒你直面外在不自由的现实，首先面对权力体制，包括面对那个有软性包装能与国际接轨的学术体制或作协体制"。"学术体制"与"作协体制"又一次成为最直接的可批驳的靶子，能够被读者直接感知到，并用以证明自由主义的"贴着地面步行"，但却从反面也说明了自由主义与殖民化、市场经济等概念之间的某种"同质"关系。

而从现实层面来看，自由主义知识分子建构这样一个传统，在某种意义上也为了抵抗 1990 年代文化的虚无主义与犬儒主义。这几乎是当时整个知识界共同的愿望。从"人文精神大讨论"到作家、批评家之间的争论，知识分子都意识到整个时代精神的颓败与涣散，即使里面蕴涵着自觉或自发的反抗专制的意识，但也无法抵抗这种"下滑"之势。王朔式的激愤虽然被认为具有反体制、反权威的特性，但却遭到1990年代知识分子的集体批判，因为他们从中嗅到某种并不陌生也并不遥远的思维方式，它曾经给中国当代带来巨大的灾难。而王小波之所以得到自由主义的提升，与他作品中的理性反思有直接关系，"守住必要的精神底线，可避虚无主义之泥沼"，它使得以虚无主义和解构主义为特征的1990年代反抗精神回到理性的层面，整个时代文化精神有了扭转的可能性。

第二节 "受难者"与"文学先锋"：世纪末 青年的精神救赎

毫无疑问，网络青年和文学青年们基本上接受自由主义知识分子对王小波的言说和媒体所强化的"受难者"形象，并且，他们也以此作为自己言论的价值基点。但是，其中又有非常微妙的不同，自由主义者们从学理上塑造王小波的精神立场，而青年们则从行动上进行模仿，他们也认同朱学勤们的说法，但他们对其中的学理并没有真正加以辨析，因此，激情、狂热、愤懑、模仿成为基本的情绪特征。在此意义上，王小波被作为反秩序、反权威、反压抑的代表成为青年的偶像。

1990年代成长起来的一代青年并不甘心成为"时代的弃儿"，他们也在寻找"抵抗虚无"的方法。正如一位论者所言："'70后'一代之所以不停地追念王小波，只能说明一件事：自他逝去之后，我们既未能找到与他的智慧、理性、魅力及健全程度不相上下的精神兄长，自己也没能成为与他不相上下的成熟的个人。"① "70年代"出生的青年没有经历过大的政治事件，"文化大革命"时代他们刚刚或还没有出生，甚至并不遥远的1989年在他们也只是一个不甚清晰的记忆，社会主义的系统教育使得他们循规蹈矩，而市场资本主义的迅速进入又让一切变得错位，时代的一切都在双轨运行，基本的价值体系遭到破坏。从成长心理学来说，他们的确

---

① 李静：《王小波：这一代的精神兄长》，《南风窗》2004年4月16日（下）。

没有"精神兄长",还有一个非常重要的原因是,1990年代的整个精神氛围不能够给青年以稳定的价值观和具有超越精神的思想启蒙。在1980年代,尽管有各种话语的纠缠,社会主义话语、启蒙话语、现代主义话语等,但是,在这些话语的背后,有一个总体的思想起点和知识体系,即对社会主义实践(政治实践和美学实践)的反思及对启蒙运动的再次深化。但是,在1990年代,这一思想的共同体及背后的理想主义精神都没有了,知识分子处于"沉默"状态,或以"学术"、"边缘"的面目出现。与此同时,各种学派林立,"自由主义"、"左派"、"国学"等之间价值观几乎没有共通的地方,一个统一的思想界已然不存在。对于一代青年来说,在成长过程中,没有本源的、普遍的价值观支撑他们的精神生成。

在这样的情况下,王小波的"受难者形象"、边缘化的存在方式及文学的另类使他们找到了精神的依托点。引论中笔者所提到的关于王小波遗容的描述具有极强的感染力,这一感染力并不仅仅来自于"遗容"本身的可怕,更在于其背后巨大的象征源头,即一个受难的真理者。怀着真理拯救世人,但却被世人所污所拒。这是一位孤独的哲人、先知、思想者、革命家,犹如耶稣、尼采、切·格瓦拉等,后两人在世纪之交的文化空间具有特殊的革命力量。这样一种象征性使"王小波之死"升华为民族文明史和精神史上的事件,在历史时间与空间中找到了对应点。这对缺失精神之根的青年来说,无疑具有极大的震撼力。

同时,王小波不是以"导师"、"权威"的身份出现,而是以"非传统的"、"游戏的"、"不正经的"形象出现,剔除教谕,在飞扬、灵动的文字中达到理性的升华与通透。"导师"、"训导者"的形象,及其与之相对应的"理想"、"信仰"、"统一的价值观"等在1990年代的多重文化空间中早已失去了其精神权威和存在场域,相反,叛逆、个性、另类成为具有现代意义的个人形象的基本特征。"王小波的魅力之一,来自于他断然拒绝了20世纪的知识分子无可逃脱的'宿命':他拒绝成为某类'专家'、学院知识分子……他的选择似乎更接近于一个经典的人文知识分子:一个自由人、一个通才、一个自由的写作者、思想者与创造者,离群索居,特立独行。从某种意义上说,这正是本世纪以来,中国精英知识分子所渴望的选择与梦想。然而，这并非事实的全部。如果说王小波选择的是一个经典人文知识分子的角色；那么，一个不可忽略的现象，是他无疑从这一角色中剔除了真理的持有者、护卫者与阐释者的内容，剔除了关于绝对正义的判断权；如果说他事实上保有了一个人文知识分子所必需的怀疑精神，那么他同时明确地示意退出了压迫/反抗的权力游戏格局。他所不断强调的，是智慧、创造、思维的乐趣，是游戏与公正的游戏规则，是文本自身的欣悦与颠覆，是严肃文学所必需的专业态度——从某种意义上说，这却正是20世纪、尤其是60年代欧洲革命退潮之后的文化精神的精髓。"① 对于青年来说，在被王小波的才华吸引的背后，"浪漫骑士"的"离群索居，特立独行"的行为是更直接的行动号召，这种"侠士"的实践行为最能冲击青年的灵魂，因此，当王小波成为"受难者"和"文学另类"而被不断塑造、夸大的时候，最先激动的是青年。它从另外意义上迎合了青年对打破秩序和对时尚的隐秘心理渴求。

王小波不但身体力行走边缘化道路，而且以文学的方式使青年看到了这一美学方式的革命性和创造性。他塑造出了巴赫金所言的"怪诞"文学，这一文学与人的肉体、生理、器官相关，它所表达的是对官方意识形态的反对与对大地、生命与民众的热爱。这一充塞天地的、丰腴的"肉体"所具有的"全民性"及与抽象事物、主流文化的对立正是1990年代青年基本的心理感受。它强调感性、身体、自我的精神体验，强调真实的、生命的情绪，而非教化后的情感。它试图消解大意义，消解文化、理想、国家等宏大话语对人的压抑与塑造，呈现个人的生活情感和生命体验，它讨厌如先锋文学那样的煞有介事，转以用轻松、游戏、戏谑的方式面对历史的大虚无。在这背后，有强烈的对巨型话语的解构意识，这种虚无、琐碎和无目的之感恰恰是1990年代生活的最常态呈现，这其中也包含着一种意识形态叙事。在某种意义上，巴赫金在1990年代后期的学术界流行并产生巨大的影响也正是因为它与整个时代精神相契合。

而这些，都得力于王小波对欧洲另类文学历史及文学精神的发掘。对

---

① 　戴锦华：《智者戏谑——阅读王小波》，《当代作家评论》1998年第2期。

于中国当代文学而言,正统的西方文学是卡夫卡、福楼拜、托尔斯泰、陀思妥耶夫斯基,也包括马尔克斯这样的拉美文学。但是,王小波继承的却是卡尔维诺、玛格丽特·杜拉斯、奥威尔、尤瑟娜尔、君特·格拉斯、莫迪阿诺的传统。这些名字在1980年代的启蒙系统里都很少见,即使在欧洲,他们也是以自由独立、怪诞、夸张而又富于创见而知名的,他们的文学总是以一种民间化、大众化和狂欢化的美学方式展现独特的精神立场与情感世界。

但是,1990年代的精神方式,即使是向上的某种精神选择与价值选择,也不是以通常的肯定、激情或理想主义的方式呈现,而是以否定与消解的方式出现。国家权威与意识形态在整体层面遭到青年的质疑(虽然在本质上他们仍接受国家主义的暗示并按其模式成长),以网络为基本平台,"狂欢化"美学弥漫了整个时代的现代青年。这种"狂欢化"美学并非巴赫金意义上的"狂欢化",而是王朔意义上的激愤,是一种颓废、非理性,甚至专横的反抗。对于王小波来说,选择这样一种"欣悦与颠覆"的美学方式既来自于他对主流意识形态的某种认知,同时,也来自于他所吸收的欧洲另类文学的营养,甚至,在某种意义上,后者占据的比重更大。它是一种自在的审美行为,是文学上的叛逆与革新,并非就一定出于政治革命性的考虑。但是,当这样一种自在的审美行为被放到1990年代的精神空间时,却和消费文化模式,和弥漫在时代空间中的虚无主义情绪结合在一起,产生了巨大的化合作用。对于青年而言,它起到一种意识形态的塑造功能。它虽以智慧、知识的方式培育了青年的反抗、叛逆,但是,当这种反抗成为普遍的精神状态时,它的非理性又驱除了最初的智慧与知识,而加入到了时代的合唱之中。从这个意义上讲,是时代选择了王小波,王小波和时代精神状况之间是一种共谋关系,当然,这种"共谋"并不代表着完全一致。它勾起的是青年越轨的快感,打破禁忌,在文明的边缘行走,在1990年代,"边缘"常常是"先锋"、"真理"的代名词。而文坛的沉默及对王小波的拒绝刚好也印证了这样的存在。追随王小波,意味着在精神上能够达到真正的叛逆,是某种意义的成人式。在这个意义上,"王小波之死"成为世纪末青年的精神救赎。

值得辨析的一个问题是，1990年代青年的"虚无"从哪里来？它与1980年代之前的"社会主义政治"，与1990年代的"自由"、"市场化"、"全球化"之间是怎样的关系？如果仅仅把"虚无"理解为民众对前者的绝望而产生的情绪，毫无疑问是片面的。"虚无"既不与"社会主义政治"呈绝对的对立关系，也不与"自由化"的提倡呈对立关系，而恰恰是在二者的不能包容之间产生的。因此，我们看到，1990年代的中国知识分子，包括中国民众的精神呈现出一种"无家可归"的状态，"国家、民族、集体"在中国生活中成为完全负面的词语，"个体"的狂欢、民众宣泄式的情感方式及对主流意识形态的嘲弄既被看作是"自由"、"思想"诞生的契机，同时，也可看作是中国语境内虚无主义诞生的契机。这一切是双重并且同时发生的，"自由"一词在公众、民间领域内非常暧昧，意义并不明朗。而1990年代的青年，恰恰是在这样混沌的状态下理解王小波，自然也会产生一些意义上的错位。

除了购买书籍，青年们还在网络上以各种方式纪念并传播王小波精神，譬如"王小波门下走狗联盟"网站，青年不但以其"门下走狗"为荣，而且也在文学上模仿王小波的文风、修辞、结构方式及其精神性格，但是，青年们对王小波的接受基本上还是一个思想者的王小波，并没有真正理解王小波小说的文学性。这种模仿本身固然有向王小波致敬的意味，但是，另一方面，当一种文学美学成为权威的时候，它也就失去了最初的革命性。

网络青年的崇拜及大规模的模仿或提倡在客观上有扩大王小波精神影响之作用，但是从结果来看，却使得王小波有时尚化与偶像化的倾向，这也使得王小波之死内在的严肃性、启发性被局限起来。陈寅恪热、顾准热和王小波热，是知识分子在1990年代的政治空间寻找一点话语权，寻找"自由之思想，独立之精神"的存在空间，它们所遭遇的不是政治强有力的否定或禁忌，而是市场话语的强大销蚀力。最后，虽然在某种意义上具有了精神传播之形态，但只是一个壳，真正的精神变为了时尚元素，成为青年消费文化与标榜自我的一个象征符号。

正如本书"引论"所言，在"王小波之死"所引起的王小波热中，不论是学者激昂的言说，还是青年的狂热、激愤，以及对体制、权威的反抗，几乎没有遭遇到政治意识形态的压力。而从媒体关于这件事发表的文章数量、王小波小说的发行量及渠道的畅通来看，主流意识形态如果没有某种鼓励，至少也是一种沉默的"宽容"状态，包括学界中的陈寅恪事件，1998年"反右书籍出版热"等，都很少表态。自由主义立场几乎是以畅通的方式出现在1990年代后期的权力机制中。这里面有一个值得思考的问题：自由主义与1990年代的现代化改革，青年的"独立"、"个性"与"现代性"话语，与1990年代主流意识形态之间是什么样的多重关系？如果剥去自由主义的"自由"外衣会发现，自由主义的思想核心与中国1980年代以来的"发展"理论是相一致的，而"发展"理论所依赖的正是"英美的经验主义"与"功利主义"。可以说，对传统思维、陈腐条规的反抗也是处于现代化转型过程中国家意识形态的诉求，因此，我们看到，1980年代中后期，几乎每一个领域中政治体制、经济体制都是双轨制运行，所谓的"公有"与"私有"同时并存于社会生活与权力机制中，这是转型社会特有的现象。

必须注意的是，无论是"计划经济"还是"市场经济"，无论是如"蛇口风波"中李燕杰这样的精神"范导者"[1]，还是蛇口青年的"金钱观"与"效率观"，都是国家意识形态其中的一个层面，是转型社会内部的观念在打架，是意识形态内部的分裂产生的，而不是我们之前所理解的，二者处于截然不同的立场。同时，当那些坚持社会主义价值观的"范导者"们被坚持市场经济的"青年们"反对、嘲弄时，国家意识形态对后者并没有打压，相反，从当时官方媒体、政府官员发言来看，他们是支持后者的，也可以说，代表社会主义美德的"范导者"是被国家意识形态抛弃的。从这个意义上，我们理解王朔的"叛逆"、"自由"、"反权威"，理解王小波追随者的"个性"、"另类"，就会发现，这些性格的"发生"与整个国家意识形态内在的结构变化具有某种同构性相一致。它

---

[1]　参考人民大学博士生李云的《"范导者"的失效——当文本遭遇历史：〈顽主〉与"蛇口风波"》，《当代作家评论》2010年第1期。

们从另一个层面恰恰彰显了国家意识形态的"进步"与"现代化"。对于权力话语来说，是肯定性的存在，而非一种否定性存在。对于民众来说，虽然它可能会激起民众反抗的激情与对自我的追求，但是，他们所反抗的，正是国家意识形态在"发展"过程中试图剥离出来的东西。通过这样一种"解放"与"自由"话语，国家话语顺畅地完成了"华丽"转身。当然，笔者这样分析并不是否定青年"叛逆"所拥有的根本意义，也并不是否定中国"现代化转型"的意义，而是认为，在1990年代，"现代性"话语所谓的"个性"、"叛逆"、"自由"等词语背后有与国家意识形态复杂的纠缠，而不是截然的对立。

第三节　"自由分子"：精英中产阶级的象征符号

在"王小波之死"事件中，媒体的塑造、宣传及影响力被充分展示出来。可以说，1990年代末期"王小波之死"之所以能够成为一个重大的文化事件与思想事件，媒体功不可没。关于此，也有很多论述。[①]

有论者认为，媒体"想象出一个'高度对抗'的'话语谱系'，诸如对有关陈寅恪、顾准、王小波、王小波门下走狗的谱系链接；又比如说，《三联生活周刊》是通过所谓'自由/专制'的话语对立来实现这种'想象的对抗性'的，那么《南方周末》则是通过'王小波/中国文坛'的话语对立来实现'对抗性想象'的"[②]。论者非常详细地推演了媒体文化人制造神话的过程，但是却忽略了一个更深层的追问，即媒体人为何如此？他们的精神期待是什么？我们从《三联生活周刊》对王小波纪念的描述中可以看到某些端倪。苗炜在"王小波五年祭"中这样描述："王小波致力于将一个'无趣'的世界变得'有趣'，而这浩大的工程需要更多人更

① 郑宾：《1990年代文化语境中媒体对王小波身份的塑造》，《当代作家评论》2004年第4期；房伟：《十年：一个神话的诞生——王小波形象接受境遇考察》，《山东社会科学》2006年第9期；等等。

② 房伟：《十年：一个神话的诞生——王小波形象接受境遇考察》，《山东社会科学》2006年第9期。

丰富更自由的表达……他的小说富有美学热情, 他的杂文随笔饱含历史冲动和政治目的, 而他的个人主义则超越了对文字的操控层面。只有少部分具天分的人才能够随心所欲地生活, 遗憾的是, 这样的人死后, 没有别的自由知识分子能填补空白, 而精英嘴脸与世俗生活之间的鸿沟在加剧。王小波可以欣慰的是, 许许多多因才华、职业所限没能成为自由知识分子的人成了自由分子, 他们渴望过自己能支配、主宰自己生活的日子, 对任何希望影响别人的意识形态把戏失去兴趣。"① 在同一期杂志里面, 苗炜为我们塑造了一个自由分子的生活, "连岳继续写他的专栏, 他对生活并没有更多的物质要求, 他已经有了基本的东西, 也不打算追求更大的房子和诸如此类。他喜欢和生活没有任何逻辑联系的东西, 非常遥远的, 比如听佛——每天连岳都会看一个小时的佛教电视台, 系统地看自己计划的书, 泡功夫茶, 和朋友聊天喝咖啡。连岳用'清凉'形容自己目前的生活"②。追捧王小波的是哪些人? 除了自由主义人士、对社会绝望、叛逆、激愤的青年人之外, 还有一个相当大的群体, 就是以媒体为依托的、有良好修养和知识追求的城市中年白领, 王小波的知识性、趣味性和特立独行恰恰符合了他们的基本精神特征。稍加辨析, 就可以感觉出, 这种生活实际上是典型的中产阶级生活, 基本的物质保证之后, "趣味"、"雅致"和"欣赏"才有可能, 这也是保持一个自由分子形象的重要组成部分。

事实上, 与1990年代其他著名的文化事件与文学事件, 如"美女写作"等那种恶炒或俗化相比较, 在关于"王小波之死"的报道中, 媒体的立场出现了难得的鲜明、肯定, 并且具有理想主义色彩, 积极参与者往往是媒体中有文人气质的有识之士, 或者, 至少在这件事上, 他们是严肃而又悲壮的。可以说, 在王小波身上, 他们发现与自身精神气质投合的东西: 智识、幽默、理性、有趣味, 当然, 还有可以相对自由、自我的生活。后者既看作一种日常生活审美态度, 同时也被当事人自己看作与社会保持某种距离, 即表达某种态度的行为。"去其反对极权的坚定, 而保留

---

① 苗炜:《一个自由分子》,《三联生活周刊》2002年11月5日。
② 苗炜:《熵增时代的自由分子》,《三联生活周刊》2002年11月5日。

其智力因素和强调公共秩序的'精英意识'，以适应中产阶级'有智慧'、'有教养'的形象需要。"① 如果把事件剥离开来看会发现，这一现象及归类背后有一个大的原因，在经过经济改革及全球资本的发展后，在1990年代末期，一个新的阶层正在产生，即中产阶级的形成。

自由知识分子竭力把王小波往一个精神独立体的维度升华，王小波的自由生存方式，杂文的犀利与常识主义及对主流意识形态、权力体制的反讽都使得他获得超越于一般意义知识分子的资本与自由度。媒体精英也在做同样的事情，但是，其内核的驱动力却是不同的，他们是为了寻找作为一个阶层的身份认同与精神认同，与整个时代的发展与社会结构的变迁是共生的，是工业社会中新兴阶层对自我认知的确定。有一个前提和语境不能忘记，王小波的这些杂文是发表于《三联生活周刊》和《南方周末》，这两份中国最著名的文化周刊和报纸，两者都带有明显的文化时尚元素和精英趋向，它们在市场商品与文化思想，妥协共谋与边缘先锋之间打非常微妙的擦边球，它们的基本阅读对象，是城市白领、小资群体和有点公共关怀的智识分子。而王小波杂文的俏皮、跳跃、独立的文风基本符合他们对自我的精神想象。

这种对"智识、幽默、趣味"的绝对化追求在王小波的小说、杂文中都有体现。王小波曾经说过："我认为低智、偏执、思想贫乏是最大的邪恶。"这句话表现出王小波对智力与知识的等级化价值判断。以此来推论，那广大民众，或者庸众，就是"邪恶"的，阅读者也有同样的感觉，"坦率地讲，阅读王小波使我产生了既爱又怨的复杂情感：爱的是他作为自由主义者的智慧，怨的是他的等级意识。王小波在杂文中宣传得最多的是个体主义，其大意是，我是个体，你也是个体，咱们相互独立，想对话就对话，但是你别老想对我进行道德评判，我也别总算计着领导和拯救你，也就是说，人类社会的理想境界是每一个人都成为'独立特行的猪'（王小波语）。这个观点很合我的心意，以至于有段时间我把王小波当作

---

① 房伟：《十年：一个神话的诞生——王小波形象接受境遇考察》，《山东社会科学》2006年第9期。

20 世纪下半叶中国最伟大的杂文家。但是由此而产生的好心情并未维持多久:我很快就发现王小波在调侃别人时,经常表现出高智商者特有的优越感。再细读他的《文化之争》文章,又发现了令我不高兴的东西来:他主张人可以通过知识来划分等级。这把我吓了一大跳:如果这条准则获得普遍承认,爱因斯坦岂不成了新的超人,大多数没文化的个体岂不要被划分为处于社会最底层的无知识阶级?"①

从改革开放至 1990 年代中后期,中国在 20 年间跨越了西方几百年的历史,这不仅表现在物质财富、生活方式上,也表现在中国新阶层的分化上。在中国都市,随着跨国公司、各种经济方式、文化方式的成熟,一大批各个层面的专业技术人员和白领正在产生。他们拥有基本的财富,有知识,有修养,有理想,有品位。一个标准的、优良的中产阶级,应该是精英中产阶级的"行动派"和"实践派"。在泛意识形态化的时代,中产阶级的文化方式及精神存在方式常常被认为是一种本质性的存在,并且具有极大的影响力。

如果回顾 1990 年代中后期的当代文学图景,就会发现一个非常有意思的现象,即 1980 年代被文学青年视为偶像的王朔正逐渐处于失语之中,与此相对应的,则是王小波的"被发现"。王朔的失语不仅仅是因为个人创作遇到了瓶颈,同时也因为,到 1990 年代中后期,以市民为主体的"个人生活"已经不再是某种"被遮蔽的空间",它们变成一个被过度张扬的话语场,自身的繁殖和势力范围早已超越了小说所呼吁的空间,王朔的反抗失去了对应的空间,也就失去了有效性。都市中新的阶层,中产阶级正在诞生,他们不喜欢那种粗俗的,没有知识性与思辨性的市民主义,不喜欢那种感叹生活艰难并屈从于生活的行为,他们对此找不到共鸣与呼应。王小波的小说恰恰驱除了这种世俗主义倾向,虽然王小波也是以"狂欢"来构筑自己的小说结构(复调)、语言(杂语)、美学风格(怪诞),但是,他对语言及世界的把握能力,对历史、现实及对知识分子精神的思辨都显示出了当代文学另外的可能性,这种对智性、思辨力和对都市经验

---

① 王晓华:《王小波的另一面》,《粤海风》1999 年第 5 期。

能力的要求在某种意义上满足了中产阶级对自我的想象。

"一个历史学家只需要转变他的观点或改变他的视角的范围就可以把一个悲剧境遇转变为一个喜剧境遇。"① 媒体以一个"历史学家"的视角，前所未有采用了"理性"与"思辨"的方式制造热点，在一定程度上，这种有意识的身份塑造的确获得了成功。但是，在一个擅长"消除深度"的时代，所有的理想、信仰及内省都会被过度阐释，最终都会成为大众时代一个过剩的符号，虽然有敬仰，但却也有厌倦，并且有被喜剧化的倾向。而从根本上讲，自由分子的"自由"是在什么意义上的自由？一个每天过着悠闲、雅致的时尚生活的文化人能否称得上真正的"自由"？这种"自由"是否太过有限，也太过容易？在这个意义上，虽然媒体文化人以一种超越于体制的眼光看到了王小波身上所蕴涵的可能性，但是，当把这种可能性简单地理解为某一"生活实践"时，一切都发生了错位。

第四节　重回1990年代：自由的"窄化"与"泛化"

从 1993 年、1994 年"人文精神大讨论"起始，关于知识分子精神的存在方式就一直不断被讨论。在反对虚无主义的同时，知识者在试图建构一个新的道德伦理，这种道德伦理不同于传统知识分子的"智者"与"牧师"的统一，而是认为应该从学理上加以区分，各司其职。这背后的理论支撑是西方现代知识分子的存在模式，"宗教掌管道德，知识分子专攻学术"，知识者首先应以"知识"来说话，然后，才能谈其他人类精神价值，等等。这一"知识"的存在是知识分子的基本伦理。并且，论者往往把这一观点上升到回答百年来知识分子思想的"黑洞"和启蒙运动之所以失败的原因的高度。这一要求或许的确可以改变中国知识分子那种"凌空蹈虚"的习性，并且对中国政治发展及民众思维产生启发性。

但是，这一"责任与学术"之间的区分在 1990 年代却被"窄化"理

---

① 海登·怀特：《作为文学虚构的历史文本》，《新历史主义与文学批评》，北京大学出版社1993 年版，第 165 页。

解。作家的精神走向是最为明显的例子。"我就是一个'手艺人','爬格子的'",这样的叙述一度非常时髦,并且被看作是具有自由意识的宣言。不止一位作家公开拒绝"知识分子"的称谓。这固然是对1980年代及其整个当代文学及思想史的一种反动,它包含了作家疏离主流意识形态,寻找文学自我的愿望,但是,另一方面,也必须承认,对"岗位意识"和"职业角色"的过于绝对化认知使得文学失去了它广阔的社会性与人文性。"医生、教师、诗人、作家、律师、艺术家"在不同程度上都变成了"被雇用者",其中的精神价值层面被驱除。自由知识分子所强调的"知识"、"专业"与"经验"被绝对化与本质化,而与之相辅的另一面,责任意识与伦理精神却被忽略或扬弃。

我们有必要检视一下1990年代的基本语境。1980年代末的政治事件使得知识分子的精神遭到了打击,在如何理解启蒙主义运动及中国的经济政治走向上,知识界发生了尖锐的冲突。李泽厚所言的"1980年代文化思想在突进,1990年代文化思想在分化"忽略了一个基本的背景,即许多1990年代的问题正来自于1980年代文化导向的累积。1980年代的思想解放与启蒙运动虽然在批判旧意识形态方面起了重要作用,但是并没有为社会提供可行的社会目标与行动纲领,也无法超越世界话语中的冷战意识形态,尤其是,这一思想运动忽略了正在经济层面进行改革的中国现代化进程所带来的新的社会矛盾和新的文化因子。市场经济、消费主义、物质主义正在崭露头角,而在全球范围内,社会主义阵营的解体与资本化似乎也预示着新的历史的来临,这些都为新理论的产生提供了坚实的物质支撑。

自由主义知识分子为什么要塑造王小波这样一个神话?除开"利益"的成分(在激烈的派别之争时经常会有这样的说法),这背后是什么样的精神驱动?如前所述,一个根本的原因是,自由知识分子试图改写一个传统,建构一套新的精神生态和话语体系,以此重振一种理想精神。而这背后,是西方自由主义思想的理念和全球化语境的潜在影响。还有一个逻辑叙事在里面,即今天的知识分子只能以非官方、非体制的方式存在,才能够真正显示其独立性。但从另外一个层面来看,这一"非官方、非体制"

的存在必须有市场经济体制的支撑，个体才有可能从单位人、体制人成为自由撰稿人，所以，我们在思考这一"自由知识分子"形象时，必须同时思考的是1990年代市场经济，全球资本化的大背景。

从1990年代初期人文精神的失落，到王朔的"痞子书写"，再到贾平凹的《废都》，公共知识分子在不断溃败，1980年代末的政治运动给中国知识分子及公共空间所带来的巨大影响越来越被清晰地感知。1990年代末期的精神空间如一盘散沙，无法凝聚在一起。"毫无疑问，王小波的出现是一次反抗的机会，充当了文化英雄。各个层面、各种文化势力都可从他那里找到自己的话语资源。到1990年代实际上已经没有乌托邦的时候，一种畸形的'反乌托邦文学'（从王朔到贾平凹的《废都》）反而迅速发展，然而它与其说是自由主义的，不如说是犬儒主义的了。"① 王朔那种感性的，没有依据的反抗与叛逆，正如王小波所言，缺乏某种有趣的东西，特别是智慧、智趣方面，有非常明显的反智倾向，只是一种简单的激愤与发泄。

公共语境需要"王小波"这样一位文化英雄来填写某种空白和缺失。但是，我们不能简单化地把这种"空白"和"缺失"作为本质性的存在，并把它理解为：自1970年代末以来，经过1980年代末期的打击，自由知识分子的历史叙述一直处于暧昧和压抑的历史叙事中，在1990年代特定的意识形态氛围中，自由知识分子终于找到了代言人，等等，这样的叙述会忽略历史的复杂性。如果我们结合学者的具体言论，就会发现，在对王小波"自由知识分子形象"的塑造中，学者们也在塑造一个自由主义的文化形态与话语体系。于是，我们看到，这一思潮背后的思维逻辑是这样的：经过1980年代的思想解放，西方思潮的再次进入，自由主义开始初露头角，紧接着，1989年的政治风波使得这一自由思潮遭到了极大打击，但是，一个重要的语境是，中国的市场经济改革仍在如火如荼地进行，经济的自由化和思想的禁忌成为不对等的存在，这才有朱学勤在面对1998

---

① 秦晖：《流水前波唤后波——论王小波与当代批判现实主义文学之命运》，《不再沉默——人文学者论王小波》，时代文艺出版社1998年版。

年"王小波之死"所引起的轰动、陈寅恪热和顾准热时发出的"自由主义的第一次应该说"的感叹。而在这一场新运动的塑造中，"左派"或以"左派"为代表的文化保守主义者则遭到大众范围内的攻击。并且，一个非常明显的倾向是：自由主义者把中国知识分子那种"意图伦理过剩，责任伦理匮乏"的毛病都归结为"左派"的毛病，认为正是左派的激情主义导致了中国当代政治史上的种种灾难性事件。由此，"左派"被驱逐出中国启蒙运动的系列，而成为某种落后的、体制的代言。

如果联系学者、媒体所塑造的"王小波/中国文坛"、"自由/专制"等象征性对立价值体系，1998 年知识界的某种面目逐渐形成，"中国知识分子"这一名词已经不具备整体性，并演化为自由主义/新左派、自由/秩序、独立/体制的二元对峙格局。在此叙述中，自由主义拥有绝对的精神优势，并获得网络青年（包括一般意义上的知识青年）、媒体的广泛支持。而"左派"及与此相关的当代中国体制、历史事件都有被简化理解的倾向。

有这样一层判断隐含于其中，"在现代（尤其是当代中国），只有这样的自由知识分子保持了知识者的尊严，实践了知识分子的'批判'功能。而这样一种思路，在 1990 年代知识界反省历史时，似乎是一种较为流行的观点，那就是从'左翼'的一极走向'自由主义'的一极。在对历史人物、历史事件和文学作品的重新评价中，被赋予'自由主义'称谓往往同时意味着被赋予了更崇高的思想和更'高尚'的道德力量"①。自由主义学者在否定当代体制与政治的同时，也否定了为之奋斗、挣扎过的，仍然属于体制内的知识分子，否定了他们信仰的价值观与意义。唯有自由知识分子才能保持知识分子的尊严与独立性，与之处于对立面的，则是体制内的作家、批评家及大批知识分子。以个体政治学、自由撰稿、杂文抨击的王小波经过自由主义学者、青年和媒体的塑造，由一个与政治意识形态对抗的自由知识分子变为一个经由知识和文学才华彰显自身存在的

---

① 贺桂梅：《世纪末的自我救赎之路——对 1998 年"反右"书籍出版的文化分析》，《上海文学》2000 年第 4 期。

学术派知识分子。

　　至此，我们发现，就"王小波之死"的发言，其实是知识分子在思想史上的一个争夺。它是自由主义文化与保守主义文化之间的斗争，与1990年代后期"西学热"和国家意识形态的导向相一致。① 并且，在这场争夺中，很显然，保守主义与"左派"是处于劣势，并且被简化为权威、体制，或懦弱、保守的体制内文人，等等。但是，如果我们以此来简单理解"王小波之死"的文化情境和不同立场的话语诉求，无疑会忽略围绕这一事件的各种因素的复杂性，前者更多地是基于学理层面的分析，是自由知识分子希望达到的目标，而从1990年代复杂的文化空间来看，多元话语之间的相互冲突必然造成抵牾和相互消解，由此，也会使目标发生偏移，甚至完全违背了最初的设想。从表面上看来，学者、网络青年、媒体是在共同塑造王小波"自由主义知识分子"的形象，在此目的上，学术和大众达到了前所未有的一致性。但是，如果细究则不难发现，网络青年对王小波的认同带有明显的"向下拉齐"的痕迹，在消费主义和狂欢主义语境下，王小波的思想在青年的"模仿"与"趋同"中被模式化、符号化，青年沉浸于一种情绪的激愤之中，这种情绪在网络世界极容易被感染，王小波逐渐成为身份认同的一种象征，类似于某种时尚元素。在经过这一系列的能指之后，"王小波之死"由启蒙的契机逐渐变为反启蒙，由"抵抗虚无主义的泥沼"滑向更泥泞复杂的空间，王小波的"知识化"、"经验化"与"理性"被他的崇拜者消费化和娱乐化。这并不是否定网络青年的真诚及对自由精神的向往，而是这个时代的各种势力在个体生命那

---

　　① 李泽厚认为，从1980年代到1990年代末，中国思想界产生了"四个热潮"，依次是"美学热—文化热—国学热—西学热"，而"西学热"就发生在90年代中晚期。"这个时期翻译出版了可称为'大量'的西方著作。海耶克（Friedrich A. Von Hayek）、罗尔斯（John Rawls）、诺齐克（Robert Nozick）、吉登斯（Anthony Giddens）、福柯（Michel Foucault）、哈贝马斯（Jurgen Habermas）、华伦斯坦（Immanuel Wallerstein）、萨义德（Edward Said）……后殖民、后解构、后现代、保守主义、自由主义、社群主义、民族主义……以及对它们的各种解读、阐释、论说，形形色色，几乎应有尽有，目不暇接，其引进范围之广，品种之多，翻译之迅速，读者之普泛，都为以前所未见。更不用说现代科技、经济管理、文学艺术等了。我以为，这是某种真实意义上的'西学热'：新一代学人在深入地接受、了解、传布以致信仰西方现代的各种学理，要求与'国际接轨'。"《"四个热潮之后"》，《原道》2000年第7辑。

里涂色过多，混合之后，一切都发生错位，产生巨大的歧义。消费时代的政治意识形态并不依靠专制或压抑，而是通过情绪的释放和某种乌托邦般的自由度来实现的。这一点在青年对文化的接受方式中表现得最为明显。

媒体的中产化塑造更是以典型的"阶层"塑造使王小波"泛化"为一个阶层的精神特征和生活方式，高尚的、自由的，甚至类似于"雅痞"的生活方式。自由主义知识分子对王小波的"学理化"企图被泛化为与全球化语境、与中国资产生活相适应的某种身份象征。

在21世纪的第一个十年，我们可以清晰地看到，自由主义立场正在失去自己的话语场和1990年代后期的那种强势态度，经过历时的运动，自由主义已经由最初的叛逆、独立、抗争变为中产阶级的形象代言，精英的反抗变为大众的狂欢，而其所强调的知识分子的学术责任、岗位意识及学科意识也常常成为知识分子放弃社会责任的一个很好遁词，这从另一层面显露了它的缺陷，即自由主义，尤其是经由"王小波之死"事件之后改造而成的强调科学和智识的基本立场与底层大众之间的关系并没有改善。因此，在21世纪，当中国现代化转型所积累的社会矛盾，尤其是城乡之间差距不断加大，数亿农民流离失所成为一个显性的无法回避的问题时，"左翼"很轻易就获得了话语权。并且，当"新左派"迎头痛击自由知识分子的中产化或沉默中的大部分知识分子与现实的脱离时（我们从近十年的文学倾向和文学批评倾向便可看出整个社会思潮和文学思潮的左翼倾向），自由主义几乎没有任何抵抗的力量。从这一层面来讲，我们很难说"新左派"的激进没有道理，新的社会现实给我们提出了新的问题，如果一个知识分子对这些完全忽视，在精神及其进行专业创造的过程中，必然会有很大的漏洞。① 与此同时，道德的利剑再一次悬于中国知识分子的头顶，但是，这一道德质疑并不是中古知识分子的遗风造成的，而是经

---

① 但是，当具有"新左"倾向的文学评论家与知识分子以此来抨击当代中国知识分子公共关怀意识的贫乏时，其对"社会现实"和"社会主义文学/政治"的理解也容易概念化和绝对化，颇有历史怀旧的意味。当历史被超越具体语境而从原型的、抽象的角度去理解时，常常会与具体情境中的运行产生巨大的偏差。基于此，笔者以为，对于社会主义文学、政治及其美学原则的判断还应当回到历史语境，既要有历史的"同情"，还要"去弊"。

由中国现代化转型以来最触目惊心的社会现实所显示出来的，这一巨大的颓败、矛盾与背后无数生命的困境是当代知识分子无法回避的问题。自由主义的"宽容、理性、个体、市场、资本"等概念显现出它的意识形态性和局限性。于是，一个最基本的疑问产生了：以"王小波之死"为契机建构起来的自由主义神话，与中国的现代转型、传统思维、全球化诉求之间究竟是什么样的关系？是哪些因素使得自由主义的思想与精神成为一个"未完成的事件"重又被搁置起来？

下卷　《受活》与"中国想象"

第五章 时间

第一节 六月飞雪："异"的象征世界

一 "六月飞雪"的今世前生

你看哟，炎炎热热的酷夏里，人本不受活，却又落了一场雪。是场大热雪。

一夜间，冬天又折身回来了。也许是转眼里夏天走去了，秋天未及来，冬天紧步儿赶到了。这年的酷夏里，时序乱了纲常了，神经错乱了，有了羊角风，在一天的夜里飘飘落落乱了规矩了，没有王法了，下了大雪了。

真是的，时光有病啦，神经错乱啦。

……你看哟，酷夏里落了一场大热雪，茫茫白白的一片哩。

洁洁素素一世界。

不消说，农历属龙的庚辰年，癸未六月，耙耧山脉的这场雪，让整个山脉和山脉间的受活庄人遭了天灾了。①

（刽子云）你还有甚的说话？此时不对监斩大人说，几时说那？（正旦再跪科，云）大人，如今是三伏天道，若窦娥委实冤枉，身死之后，天降三尺瑞雪，遮掩了窦娥尸首。（监斩官云）这等三伏天道，你便有冲天的怨气，也召不得一片雪来，可不胡说！（正旦唱）

【二煞】你道是暑气暄，不是那下雪天；岂不闻飞霜六月因邹衍？

---

① 阎连科：《受活》，春风文艺出版社 2003 年版，第 3 页。

若果有一腔怨气喷如火,定要感的六出冰花滚似锦,免着我尸骸现;要什么素车白马,断送出古陌荒阡!

(正旦再跪科,云)大人,我窦娥死的委实冤枉,从今以后,着这楚州亢旱三年!(监斩官云)打嘴!那有这等说话!(正旦唱)

【一煞】你道是天公不可期,人心不可怜,不知皇天也肯从人愿。做甚么三年不见甘霖降?也只为东海曾经孝妇冤,如今轮到你山阳县。这都是官吏每无心正法,使百姓有口难言!

(刽子做磨旗科,云)怎么这一会儿天色阴了也?(内做风科,刽子云)好冷风也!(正旦唱)

【煞尾】浮云为我阴,悲风为我旋,三桩儿誓愿明题遍。(做哭科,云)婆婆也,直等待雪飞六月,亢旱三年呵,(唱)那其间才把你个屈死的冤魂这窦娥显!

(刽子做开刀,正旦倒科)(监斩官惊云)呀,真个下雪了,有这等异事!(刽子云)我也道平日杀人,满地都是鲜血,这个窦娥的血都飞在那丈二白练上,并无半点落地,委实奇怪。(监斩官云)这死罪必有冤枉。早两桩儿应验了,不知亢旱三年的说话,准也不准?且看后来如何。左右,也不必等待雪晴,便与我抬他尸首,还了那蔡婆婆去罢。(众应科,抬尸下)①

没来由的,一场罕见的六月飞雪降落到了耙耧山脉深处的受活庄里。受活人忐忑不安,不明白这漫天飞雪为何而来,"时序乱了纲常",这是不祥的事件,"麦熟季节落了大热雪,耙耧山脉间的许多地处儿,都皑皑白出了一隅冷世了……你站在山脉上,站在田头上,还能闻到一丝的麦香味,就像抬走棺材后灵棚里的一丝香火味儿"。

这天地如"灵棚"一样的死亡之感,这"棺材的香火味儿"来自于哪里?这六月的飞雪为什么会让受活人(包括作者)联想到"棺材"、"乱了纲常"这些指向人的毁灭和社会道德失范的词语呢?一切都很怪

---

① 关汉卿:《感天动地窦娥冤》,吉林出版集团 2010 年版,第 11—12 页。

异，但如果我们把"六月飞雪"放在中国文化的语境中，把它指向我们的思维记忆和经验的深处，就会发现，它背后蕴藏着独特的文化心理结构和象征性。

"六月飞雪"最初出自六月霜的典故。《太平御览》记述："邹衍事燕惠王尽忠，左右谮之王，王系之狱。仰天哭，夏五月为之下霜。"后以"六月霜"、"六月雪"来比喻人所遭到的冤屈。而文学史上，也包括民间精神史上，最富于激情的"六月飞雪"事件是《窦娥冤》中的窦娥之冤——它早已超越了文学文本，而成为一个民族生活内的日常隐喻。作为善良的女子，她遭遇了社会所有层面给予她的不幸：从小被父亲卖掉，嫁人不久即丧夫，后遭遇恶人张驴儿欺凌婆媳两人，受到冤屈后又遭遇政治腐败，审判不公正。在临死之前，遭受了冤屈的窦娥许下三个惊天地泣鬼神的愿，以证明自己的清白：六月飞雪，亢旱三年，血溅白练。让"不可能"变为"可能"，以无比愤怒的内心激情来达到和"天地"共感应的存在。"六月飞雪"意味着对人世间不公正的巨大控诉，"天空异象"、"万物歉收"、"血脉倒流"昭示冤屈的存在。这一不公正包括人伦颠倒，道德沦丧，也包括政治的不公正。卢梭在谈到语言的起源时讲道，"最早呈现于我们眼前之物，是因激情而产生的幻象，与此相应的语言便是原始语言。只是到了后来，人类摆脱了蒙昧状态，意识到原因的错误，并且仅仅是在因所形成的同样的激情的感动下，才使用这种最初语言的表达方式，此时，它就成为了隐喻"①。"因激情而产生的幻象"，这句话能够最恰当地解释"六月飞雪"所蕴涵的内在能量。当巨大的冤屈无以诉说，命运被推到绝境时，窦娥无法在现实之中找到对应的词语和存在来申诉自己的苦难，只有骂天咒地，因为在她的文化经验中，"天、地"和"政治"、"道德"是有某种对应的。因此，她心中和口中的"六月飞雪"是一种比喻和象征，"激情是使人开口说话的始因，比喻则是人的最初的表达方式。最初的语言是象征性的，而本义或字面义是后来才形成的。只是当人们认识到事物的真实形式，这些事物才具有真正的名字。最初人们说的只

---

① 卢梭：《论语言的起源》，上海人民出版社 2003 年版，第 19 页。

是诗"①。在此意义上，我们可以说，《受活》是以原始的诗和隐喻的方式
开始讲述的。

天灾和人祸，在中国人的思维里面，一直都存在着神秘的因与果的关
系。以天象的"常"与"异"来衡量政治的好坏在中国文化史上非常久
远。战国时期有《五行始终》，用五行说来解释政治的更替，认为皇帝的
行为一旦不符合五行，就会发生政治变动。西汉时期，董仲舒首次完善天
谴论，《春秋繁露》中所谈到的全是天谴异象，用来解释政治的好与坏，
这对君主有一定的约束和暗示作用。"天地之物有不常之变者，谓之异，
小者谓之灾。灾常先至而异乃随。灾者，天之谴也；异者，天之威也。
谴之而不知，乃畏之以威。《诗》云：'畏天之威。'殆此谓也。凡灾异之
本，尽生于国家之失。国家之失乃始萌芽，而天出灾害以谴告知；谴告之
而不知变，乃见怪异以惊骇之，惊骇之尚不知畏恐，其殃咎乃至。以此见
天意之仁而不欲陷人也……楚庄王以天不见灾，地不见孽，则祷之于山川
曰：'天其将亡予邪？不说吾过，极吾罪也。'"②

君王不德，天以异象告之，故"灾异之本，尽生于国家之失"。在民
间精神史中，这一思维方式已经转化为一种抽象的原型结构浸透于人的情
感体验和生活方式之中。如人为了证明自己是清白的，就会下诅咒，说
"天打五雷轰"。反过来，如果做了亏心事，天空恰好起了响雷，就会不
自觉地有所恐慌，恐遭了"天谴"。此时，"天象"成为一种隐喻和象征，
与人类社会的政治、道德和具体行为有了直接的对应和因果关系。

恰如窦娥的"誓愿"，"六月飞雪"既是物理意义上天空的"异象"，
同时，也暗含着某种这一族群中所有人都明白的象征性。按照索绪尔的语
言和言语的理论区分，"六月飞雪"既是一个物理的存在，是自然界异常

---

① 卢梭：《论语言的起源》，上海人民出版社 2003 年版，第 18 页。
② 董仲舒：《春秋繁露》，中州古籍出版社 2010 年版，第 94 页。依据这一版本，这段话的
大致意思如下：灾害是上天对人的责备，怪异是上天威严的表现。所有灾害变异的本源，都是国
家的失误。一开始，上天会用灾害来谴告他，谴告之后仍不知改变，就以异象使之害怕。若还不
知因害怕而改变，大的祸患就会出现。楚庄王曾经向上天山川祈祷，认为上天不降灾祸是因为遗
忘了他。由此看出，上天的灾害是为回应人的过错而出现的，而明显怪异情况的出现也是可畏惧
的。

行为的一部分，是在某天某时发生的，是一次言语行为，是不可逆的。但同时，它又是语言系统的一部分，它是有结构的，在时间上是可逆的，可以在过去的时间中寻找到原型。这一结构是由中国过去的文化事件、文学事件和多次叙述而形成的，"是一连串过去的事件，可以在一种社会结构中发现"，它属于神话的范畴，蕴涵着一个民族特殊的情感经验和政治指向。在这里，可以把"六月飞雪"称之为一个民族的"原型话语"，因为它包含着为这一文化族群所共知的象征性意义。

《受活》中有多处这样的人灾与天灾共时共应的描述，茅枝婆被强奸时的大雨，受活庄人辛苦挣来的钱被抢时的天象。天、地、人，形成一个浑然的象征体，共同感应，倾诉着冤屈，反抗着不公。小说一开始所出现的"六月飞雪"相当于巫师开始施法之初所施放的烟雾，制造一种异于常态的"形式"和"仪式"，是一种超出常态经验的预兆，天地加入其中，使得文本呈现出一种象征结构。受活庄的历史就是在这样一个巨大的"颠倒"的象征结构和神话结构中展开的。

二　重新开启历史

那一场"六月热雪"把受活庄放置于一个深具象征意味，而非纯粹现实的世界中去。在这当口，怀揣野心的柳县长也来到了受活庄，名曰"救灾"。从表面上看，柳县长的到来和这场六月飞雪没有任何关系，但是，当阅读到柳县长进入受活庄，进而读到柳县长的政治野心时，我们似乎嗅到了那如"棺材"一样危险的和不祥的气息。在"柳县长"和"六月飞雪"的指称之间，模糊地呈现出了关联性。在此之后，集中了各式残疾人的受活庄，技惊世人的绝术团，如过狂欢节般的都市，那匪夷所思的购买列宁遗体的发财梦，那气势磅礴的列宁纪念堂，纷纷登场，如汇集了世间所有奇异人和奇异事件的狂欢节、庙会，一场声势浩大、而又怪诞粗鄙的表演开始了。

于此，阎连科以象征的、而非现实的结构，以怪诞的、夸张的甚至华丽的，而非朴素的、真实的叙述开始塑造世界，吹出了如梅瑞狄斯、康拉德、亨利·詹姆斯以及哈代那样的"巨大的内容丰富的缤纷的气泡"，并且人物"只有在那气泡的世界中他们才能获得充分的真实性"①（从这个角度来看，受活庄的残、怪、荒诞就不足为奇了）。并以此方式展开对中国当代生活巨大矛盾和危机的叙述。

从20世纪初开始的现代性想象来看，从晚清丰富繁荣的小说种类到现代文学逐渐走向以现实主义中心这一流变来看，中国文学也在以自己的方式接受并实践着启蒙思想的要求，其中，对"现实世界"叙述的渴望战胜了对"想象世界"的塑造，"启蒙主义在摒弃以前的那种迷人的充满未知领域色彩的文学（一种理想和乌托邦世界的光怪陆离的文学）时，它使18世纪的想象世界贫瘠、它压缩削弱了这个想象的世界，使它干枯了。但是这种奇思幻想的减少有它'积极的生产性'，这使我们尤其可以从歌德的作品中看到，在新的现实主义中，这个世界的图像清晰了，它变得'真切'而完整。到了18世纪下半期，在具体的地理意义和历史意义上，有了一种新的'真正的时间'感和空间感"②。"现实"对文学的强大规约性使得文学充满了"新质"："真正的时间"感，在真实世界可以找到映照，因此强调"常识"、严肃的教谕、"再现"式的表述、揭示世界总体存在规律和人生意义的强大愿望，等等。但是，同时也使"文学"被局限于"地面"，局限于具体的时间、空间和常识之中。

"正如巴赫金所说的，启蒙主义倾向于使这个世界贫瘠，它坚持'真实的世界'，却牺牲了古风、白日梦和奇思幻想。启蒙主义作家忙于删改和削减过去的伟大作品，特别是像莎士比亚、塞万提斯和拉伯雷这样激进作家的作品。"③ 的确，那种富于神话意味的"奇思幻想"的出现是自18世纪以来世界文学的最大特征。《哈姆雷特》、《堂吉诃德》、《巨人传》被作为一种富于古典意义的过去被尊崇并"搁置"起来，取而代之的是《人间喜剧》、《战争与和平》这样具有道德律令和"真正的时间感"的作品。这并非说后者不如前者，而是说，在此转换过程中，那种夸张、荒诞、想象所带来的文学诗性逐渐丧失了。

---

① 勒内·韦勒克、奥斯汀·沃伦：《文学理论》，江苏教育出版社2005年版，第249页。
② 约翰·多克：《后现代主义与大众文化》，辽宁教育出版社2001年版，第256页。
③ 同上书，第252页。

实际上，自人类文明诞生以来，文学就越来越走向想象力的"贫乏"，如《圣经》、《荷马史诗》、《诗经》、《山海经》这样充满诗性语言和奇思妙想的神话越来越少，这也符合人类认知的基本规律。当科学、技术日益把人类的存在及与自然的关系变得越来越清晰化和实在化时，由蒙昧而产生的象征性和诗性，包括语言、思维、艺术的诗性也在逐渐丧失，卢梭的《论语言的起源》、维柯的《新科学》从人类语言、神话故事、宗教符号等角度论述了诗性语言的诞生和消失，它是与人类社会结构、政治体制的变化相一致的。在文学的发展历史上，从17世纪开始，世界文学也经历了从神话主义、浪漫主义到现实主义、现代主义的变化（就宽泛意义而言），文学的轨迹与人类认知的规律相一致，虽然在很多时候它是以反向的批判为起点的。

就中国20世纪文学传统而言，在启蒙主义的影响下，作家把目光投向了一直被遮蔽的"现实"——关注社会，关注"普通人的悲欢离合"，发掘人的内心生活，发掘人的复杂性及存在的怀疑性，而在美学结构上，也要求与之相符的"现实主义"叙述方法，要符合人类认知和社会存在的基本"常识"。如《西游记》、《聊斋志异》那样的夸张叙述和怪异世界被逐渐遗弃或压抑。当代的文学批评者也更接受启蒙主义的批评观，而对莫言、阎连科式的狂欢和怪诞倾向则始终不适应。

从这个意义上看，《受活》撇开20世纪以来中国现代文学的启蒙传统——真实的世界、社会的教谕和严谨的现实，而接续上中国传统小说的"志怪"传统——异象、异人、异景。它也绕过19世纪启蒙主义的理性，重续18世纪怪诞、离奇的小说传统——夸张的人物和情节。在《受活》中，实在意义的时间感和空间感消失，狂欢、戏谑、夸张，充塞天地的蒙昧再次回到文学的视野中。"文明"和"愚昧"的冲突既被清晰化，又被无限模糊，因为双方都身处无边无际的时间荒野之中，作者打破20世纪以来对社会共同体和现代性的想象，超越之上，建立一个新的意义秩序。

从"原型话语"进入，也即意味着从民族最原始的文化史和心灵史进入，它展示出来的是一个被遮蔽的方言世界——与它相对应的是"西方"、"全球化"、"普通话"、"理性主义"，等等，这一方言世界既是历史的，又有具体的时间和空间。因为语言的不断流转和旅行，词语的内容和含义在不断增减，因此，它既包含着历史，又涵盖当下，过去和现在包裹在一起，混杂互生，使得"六月飞雪"和它意指下的受活庄既古老又崭新，它的命运并不是突然的某一现实政策的转折结果，而是过去的逻辑所致。"爱默生在说到语言时，称它是'远古的诗歌'，'事实上，要求我们顺从的那些社会形式和文字形式，本身就是在反抗早先的惯例中创造出来的。甚至在现在看来陈腐或死亡的言词中，我们也能够发现曾经鼓舞它们进行转型的欲望。任何言词，在其意义的变换甚至矛盾中，证明了早先的相反的用法；而正是这一点，鼓励我们再次开启它们，使它们产生更进一步的变化或转折、比喻。'"①

再次"开启"，意味着重新打开历史，词语的转折本身包含着顺从或反抗的过程，尽管它可能是未完成的反抗。《受活》作者采取"絮语"和"正文"方式以形成某种互文作用，它们之间既是形式的，也是时间的相互观照，把语言变迁的历史给展示出来。就像窦娥的"六月飞雪"，这一词语是对中国这个民族过去所有巨大冤屈和内在世界观的"招魂"，同时，也是对未来所有可能的"诅咒"和"预言"。

果然，在受活庄，一场前所未有的"六月热雪"降落了。

第二节　天干地支年：中国的轮回

一　当"时间"成为问题

也许很多读者都对《受活》的时间形式感到不适，甚至认为作者有点故弄玄虚。一改"西历公元多少年"的时间方法，《受活》把叙事时间放回到中国农历时代，"农历属 X"的天干地支年，"丙午马年到丙辰龙年"、"过了己丑牛年到了庚寅虎年"、"朱德乙巳蛇年二十三岁"，即使写到马克思逝世，也是"癸未羊年不到七十三岁，于雨水与惊蛰间逝世"……甚至，作者以一种顽强的，几乎有些偏执的笔触不断让西历时间回到农历时间。

---

① 爱德华·W. 萨义德：《人文主义与民主批评》，新星出版社 2006 年版，第 69 页。

　　发现在斯大林的塔格的底层里写着己卯兔年斯大林生于格鲁吉亚一个穷人家里，父母都是农奴，一家人靠父亲做鞋为生的字下面画了三条红；在顶层塔格写着甲子鼠年、民国十三年列宁病逝，斯大林接班成为苏联共产党总书记的下面也有三条红；发现在毛泽东的塔格的底层里写着癸巳蛇年毛主席出生于韶山冲一户农家的字下面画着两条红，而在第九格里写着丁卯兔年4月蒋介石发动反革命政变，全国处于一片白色恐怖，共产党在汉口召开八七会议，毛泽东被补选为中央政治局候补委员的字下面画着两条红；在第十层格里写着秋收起义四个字的下面画着三条红，在乙亥年毛主席42岁在遵义会议上确立了他在中央的核心领导地位的下画了四条红，在乙酉年毛主席52岁当选为中共中央主席的字下画了六条红线；在顶格里写着壬子年成为党的主席、国家主席、军委主席一行字上画着九条红……①

　　这样的叙述有点太过突兀，中国的读者对共和国的这段历史应该都非常熟悉，但作者却刻意加入这样的纪年方式，让人产生一种陌生感，甚至有一种遥远的模糊感。习惯了以西历计算时间的现代人根本无法认知这农历年到底是什么样的时间。笔者相信，很少有读者一下子就能明白"农历属龙的庚辰年"是什么年，因为作为当代的读者，对农历、中国纪年方式的时间早已没有概念，也不会费心去换算它到底是哪一年。并且，笔者大胆猜测，作者阎连科本人也并不认为读者会清楚或会去仔细推敲他所书写到的那些年份。

　　那么，作者的用意在哪里？这样的时间记述试图达到一个什么样的效果？或许，我们首先要追问的是，在中国生活中，"时间"，或者关于时间的感觉，关于时间的意识是在什么时候发生的改变？这背后意味着什么？

　　自有文字记载以来，史书关于时间的记录基本上都以皇帝的年号为起

---

①　阎连科：《受活》，春风文艺出版社2003年版，第163页。

始，如"贞观多少年"、"顺治多少年"，每个皇帝都有自己的年号，这样，每个朝代的开始，每个皇帝的登基都意味着时间的重新开始。在这样的时间观中，蕴涵的是"时间从我这里开始"，它不是连续性的，而是非连续性的，或者说，这里的时间不是进化式的，演进式的，而是循环式的。每一次都是新的开始，而每一次又都被更替，历史、时间因皇帝和朝代的不断更替而反复。即使国民党统治时期也还用的是"民国多少多少年"。近代以来，西方的公元纪年开始进入知识分子的写作和叙述之中，面对中国古代这种较难统一的纪年方法，也产生了焦虑，20 世纪初梁启超在《中国历史研究法》中专门讲中国"纪年"方法在与西方相遇时所遭遇到的困境和现代史书如何"纪年"：

> 吾中国向以帝王称号为纪，一帝王死，辄易符号。以为最野蛮之法。（秦、汉以前各国各以其君主分纪之，尤为野蛮之野蛮），于考史者最不便……故此法必当废弃，似不待辨。惟废弃之后，当采用何者以代之，是今日著中国史一紧要之问题也。甲说曰：当采世界通行之符号，仍以耶稣降生纪元……泰东史与耶稣关系甚浅，用之种种不合。且以中国民族固守国粹之性质，欲强使改用耶稣纪年，终属空言耳。乙说曰：当用我国民之初祖黄帝为纪元，以唤起国民同胞之思想，增长团结力之一良法也。虽然，自黄帝以后，中经夏、殷，以迄春秋之初年，其史记实在若茫若昧之中，无真确之年代可据，终不能据一书之私言，以武断立定之。是亦犹有憾者也……于无完备之中，惟以孔子纪年之一法，为最合于中国。孔子为泰东教主、中国第一之人物，此全国所公认也，而中国史之繁密而可纪者，皆在于孔子以后，故援耶教回教之例，以孔子为纪，似可为至当不易之公典。司马迁作《史记》，既频用之，但皆云孔子卒后若干年。是亦与耶稣教会初以耶稣死年为纪，不谋而合……但取对勘之便，故本书纪年以孔子为正文，而以历代帝王年号及现在通行西历分注于其下。①

---

① 梁启超：《中国历史研究法》，中华书局 2009 年版，第 169—170 页。

　　面对"时间"产生焦虑，这可能是中华帝国面对庞大的西方和西方文明时的初始焦虑，这恰是中国"近代"的开始，可谓是"现代性的潜焦虑"。"时间"从何开始？如何与"世界史"对接？在这段话里，有一个非常明显的信息，就是梁启超试图以孔子的出生年为民族时间的起点，希望以此作为现代中国纪年的开始，因为孔子之于中国文明，恰如耶稣之于西方文明，都有"起始"和"源头"之意。颇具意味的是，梁启超最终在他的历史研究中作了一个折中：以孔子为正文中的时间，而以"历代帝王年号及现在通行西历分注于其下"。也就是说，梁启超既不愿意完全按照西方的时间作为中国历史的时间，但同时，却又无法摆脱现实中西历的通行性和便捷性。

　　如今，距梁启超写作该文的时间已经整整90年了，我们看到的结果是，无论是历史研究还是其他学科的研究，"孔子纪年"的方法都没有被采用，当代史家在写作时多是正文采用"公元多少年"，在接下来的具体叙述中，才会用到如"万历多少年"这样的表述，而中国政治史也从1949年开始正式采用"公元"作为通行的纪年方式，"中国"的时间被"西方"的时间所代替，这其中自然有博弈之后的妥协和认同在内，也有"强/弱"之分。"统一于西历"意味着完全被"纳入"，中国正在不可避免地走向"近代"，走向一个"发展"的"连续"的时间，并以此被纳入"世界史"的范围之中。

　　我们再回到《受活》文本中的时间。《受活》所采用的是中国传统的农历时间，采用的是"天干地支"纪年法（简称"干支"）。天干有十："甲、乙、丙、丁、戊、己、庚、辛、壬、癸"；地支有十二：子、丑、寅、卯、辰、巳、午、未、申、酉、戌、亥"；十干和十二支依次相配，组成六十个基本单位，故称"六十一甲子"。"天干地支"与"五行"相一致，即天地之气的一种反映。因此，"天干"寓意为"干者，犹树之干也"，其中每一干是按照一年之中树木生长之状态所记录的，如"甲"，许慎《说文解字》认为其含义为"东方之孟，阳气萌动"①，"孟"指

---

① 许慎：《说文解字》，中华书局1963年版，第308页。

"初春",意为"万物复苏","草木破土为萌,阳在内而被阴包裹","乙"含义为"草木初生,枝叶柔软屈曲而长",依此,到"癸",《说文》释为"冬时水土平,可揆度也",意指"万物闭藏,再次萌芽"。"地支"寓意为"支者,犹树之枝也",与此相对应,它的每一支是枝条生长的状态,到最后的"亥","十月微阳起,接盛阴",意为"劾也,阴气劾杀万物,到此为极点"。[①]

相对于西历"连续性"的时间观,农历的"天干地支年"是循环性的,"六十一甲子",所依据的原理并非耶稣的诞生和宗教,却是自然界的花开花落,四季变迁,它是植物性的、自然性的,与天地互为一体,同时,却也是周而复始。如果我们再结合作者在目录里所使用的"毛须"、"根"、"干"、"枝"等,作者的确试图在《受活》中建构一个中国式的时间观和时间感,这一时间的生成与东方的农业生活方式、哲学思考,与东方的天地观、生命观相一致。儒、道、释,尤其是前两者,是产生这一时间观念的最根本原因。天、地、人互为一体,自然更替,各自依照生命的成长阶段萌芽、发枝、盛开、衰败。从天地到人类制度,各个朝代的更替也被看作"天下之势,分久必合,合久必分",它是自然哲学的一部分。在这一周而复始的过程中,"时间"、"生命"、"政治"都是循环往复、交替更生的,而不是递进式的、不断进步的,虽然在物质层面的发展是不断积累的。

二 "轮回":对现代性的批判透视

联系梁启超在 20 世纪之初对"时间"的反复思量及历史最终的选择,就会发现,《受活》有意拒绝西方的时间观念,在某种意义上,也是拒绝从"世界史"的角度去理解受活庄,理解中国革命史,而试图把思维拉回到中国的时间观中,以此角度重新思考近代以来的中国变革和中国生活。作者似乎试图塑造一个浑然于历史之中的时间段,所有的人物、故事

①　参考许慎《说文解字》,中华书局 1963 年版,第 308—314 页;邹晓丽:《基础汉字形义释源》,中华书局 2007 年版,第 218—224 页;《中华万年历》,华文出版社 2010 年版,第 10 页。

114

和事件是在此时间的观照下发生的，他也希望读者能够以此时间观来重新审视他所记述的这一段实在的历史。

在某种意义上，这样过于粗暴生硬的使用方法破坏了《受活》文本在美学上的统一，也最容易引起非议，但从另外一个层面来看，这种"长驱直入"的方法的确达到了他想要的效果：他把读者拉回到中国思维内部，从"现代性思维"拉回"中国原始思维"中，以此视角，模糊、混淆那些在脑海中已经被固定化了和确定化了的认知——尤其是关于现当代政治史、经济史、思想史方面的知识。因为在这一百年来的现代性追求中，我们已经把中国在各个方面的追求、发展、奋斗给本质化了，很有"时间从此开始"的意味。通过这种方式，作者把这一世纪的历史与发展放回到阔大无边的中国历史的长河之中，放置于中国式思维的背景中，这样，许多确定的事物呈现出了不确定性，许多被本质化的认知再次呈现出了它的阶段性和生成性，重新质疑如"现代性"、"革命"、"发展"等已经完全控制我们生活的词语。

反过来，即使我们生活在现代性的时间之中，但是，我们经验深处的时间感、时间观是否与此一致？这一问题还涉及中国现代生活的内在生成到底来自于哪里？《阿Q正传》中阿Q在上刑场时喊的是"二十年后又是一条好汉"，土改成功后农民所做的是把地主的财产归自己所有，自己也过一把地主瘾，即使是社会主义政治下培育出来的干部如柳县长，所想的也仍然是升官、发财、永垂不朽。循环的时间观所产生的是循环的历史观和政治观，彼此之间具有同源性。这一历史观影响并塑造着中国现代生活，同时，中国当代政治体制的根本性矛盾也决定了这一历史循环将会继续下去：一个柳县长回到了受活庄，会有另外的柳县长前仆后继去做原来的柳县长。

所以，即使到了21世纪的今天，中国的时间及历史仍有"轮回"的潜在诱因，或者说从来就没有摆脱过。政治制度、农民思维、官员理想和整个发展模式处处可以看到东方思维的特点，但这一东方思维是以扭曲的形象呈现出来的，这一扭曲形象与整个社会思想对传统文化观念，与现代性时间对东方轮回时间观的压抑有一定的关系。《受活》把故事放置于东方"轮回"式的时间观内,既有反现代性叙事的因素在里面,更重要的是,它把被遮蔽的历史空间重新打开,让我们看到历史内在生成的复杂性。

由此我们发现,柳县长虽然身居现代社会的官场,所摆弄的词语、所掌握的方法、所推行的政策是最为现代的、全球化的东西,但那只是浮于表面的思维,真正支配他的行动、动作的仍然是那在中国时间深处生长出来的柳鹰雀,他所有现实中的表演都正在被另一个柳鹰雀观察、嘲笑或强行拉回。更广泛一点说,从表面上看,受活庄和受活人所遭遇的当代生活、中国当代政治的发展史是被具有先进的西方文明和现代性发展所催生的,在这个时代具有先天的正确性和合法性,但是,当我们把目光投回到中国"时间"之中,就会看到那依然强大的原始思维所具有的支配性,看到了"现代性"的模糊不定的另一面,"这是'仿神话',写作者如同一个邪恶残忍的上帝,他把人从日常经验的安全地面上拉起来,让他们变得简洁庞大,让他们的一举一动都具有神话般的光芒、力量和影响,这个作家不再与生活斤斤计较地竞争,在他的笔下,生活不过是'诸神'的戏剧散漫模糊的投影"①。是的,美学上的柳县长、受活人无疑具有"简洁庞大"的特性和"神话般的光芒",但这一光芒来自于文本那沉落于无边无际的过去的时间、那漫天飞舞的愤怒的雪花、那充满野心的英雄般的柳县长、那残疾的受活人永无救赎之日的生活,它们组合在一起,可以对应文学史上最为悲壮的悲剧。

《受活》作者是否对"中国的近代发展"或"现代性发展"持如"天干地支"那样的"轮回"观点:中国历史再次回到原点,回到循环之中?这在文本中似有肯定的展现,如锐意改革的柳县长不惜自断双腿回到受活庄,而受活庄人在经历一番劫难之后,终于退社,重又回到"自然状态"的和"桃花源"的存在,这些情节似乎都暗示着某种"轮回"的东西,但是,这并不是作者的实在结论,这只是精神层面的某种回归。对于一个具有象征性的文本而言,作者更着重的是把"时间"从具体的历史时段

---

① 李敬泽:《2003 年小说之短长》,《南方周末》2003 年 12 月 25 日。

推开，变为中国的任意一段历史，给文本留下更宽阔的空间，让读者自己思考。它达到一种美学上的效果，这一时间观和"六月飞雪"一起构成一个充满象征意味的文本世界。它们本身就是种结构，一种具有"反抗"意味的结构。"六月飞雪"只是"天干地支"中的一次不断发展的事件，只是历史的形成过程之一，没有任何特殊性或先进性，它不是"历史的终结"，还会循环再现。这样，叙事就可以摆脱"现实"的束缚，把视野放置于整个民族的初始时期，在那里，人神共生，人们对世界的理解还是混沌的、象征式的，因此也是诗性的。从这个意义上讲，受活庄既是现实的村庄，也是历史上任何时期所存在的村庄。

第六章　地点

第一节　受活庄

一　"村庄"的被发现

"村庄"在中国应该是一个具有政治功能和道德功能的基本单位。费孝通在《江村经济》中对"村庄"进行了定义,"村庄是一个社区,其特征是,农户聚集在一个紧凑的居住区内,与其他相似的单位隔开相当一段距离(在中国有些地区,农户散居,情况并非如此),它是一个由各种形式的社会活动组成的群体,具有其特定的名称,而且是一个为人们所公认的事实上的社会单位"①。除了这些形态上的、地理意义上的特征之外,这样一个"为人们所公认的事实上的社会单位"具有什么样的文化特征,在《乡土中国》中,费孝通从家族结构模式、村庄道德模式和人际关系等方面进行了深入的探讨,他以"乡土性"作为对这些特征的总结,由此,"村庄"也成为"乡土中国"的基本表征。

在传统诗歌中,关于"村庄"的叙事并不少见,它多是田园生活的某种载体,是普遍的"乡"的象征,蕴涵着"乡愁"、"反抗"和"归隐"等含义,它是与士大夫的政治仕途追求相对应的精神存在。但是,"村庄"作为一个社会结构存在的意义还没有浮现出来,因为没有相对应的另一物理形态出现——"都市",包括与"都市"同时而来的工业文明、现代性思维。同时,"帝国中心主义"的视野也使得"村庄"在中国

① 费孝通:《江村经济》,上海世纪出版集团 2007 年版,第 18 页。

118

政治空间里的重要性一直被遮蔽，它和"天朝"是同一体的存在，所谓的"家国同构"，所有的"家"、"村"都是帝国模式的复制。

"村庄"、"乡村"的被发现与晚清时期西方世界的进入，"帝国中心主义"的被毁灭相一致。因为"家国同构"的基本政治模式，"村庄"作为一个微型复制品能够体现出中国社会的基本结构特征。所谓的"乡土性"正是在"都市性"、"工业性"和"现代性"的视野观照下产生的。

如果没有"西方"的前提，"村庄"作为一个社会基本单位的本体意义可能还很难呈现出来。我们从现代文学文本中可以清晰地看到"村庄"的被发现。鲁迅《故乡》、《阿Q正传》、《祝福》中的"鲁镇"是中国文学史上最早现代意义的"村庄"，之后的乡土文学也一直遵循这一传统，从一个村庄入手，对乡土中国和农民的乡土性进行阐释。① 通过鲁四爷和普通下人对待祥林嫂，祥林嫂对待自身，通过阿Q对待小尼姑，我们看到影响、控制鲁镇性格的正统道德结构和政治结构，但是，通过阿Q"革命"的白日梦、农民对民间戏曲"无常"和"女吊"的塑造和喜爱，我们也看到了潜藏着的农民道德和文化的另一面。

村庄农民的文化意识如何被塑造出来，它依靠哪些途径？在传统的政治体制中，自古以来就有"王权不下县"的说法，也就是说，皇帝的权力统治到县为止。一个村庄的基本运行依靠的是"士绅阶层"，尤其是在道德秩序、文化传承和具体的生活小纠纷等方面。而"士绅阶层"所接受和依循的仍然是儒家伦理秩序，它和大的皇权是相一致的。但是，这只是正统教育和正统文化的一部分，属于"大传统"，而乡人真正接受教育的渠道却是"小传统"②。"中国的大传统与小传统，就意识形态而言，大

---

① 这一传统一直延续到当代文学，如延安时期丁玲的《太阳照在桑干河上》，"十七年"赵树理的《三里湾》，周立波的《山乡巨变》，柳青的《创业史》，"新时期"以来韩少功的"马桥"、莫言的"高密东北乡"，贾平凹的"高老庄"等，都有富有理论意义的"村庄"原型。

② 在学术界，一直有用"大传统"（great tradition）和"小传统"（little tradition）来表达上层文化和下层文化的习惯。较有代表性的是Robert Redfield的说法，"在一个文明中，思辨性的大传统比重少而非思辨性的小传统比重多。大传统完成其教化在学校或寺庙中，而小传统的运作及传承则在其无文的乡村生活中"。而且，"两个传统并非是相互独立的，大传统与小传统一直是相互影响及连续互动的"。转引自张鸣《乡土心中八十年——中国近代化过程中农民意识的变迁》，上海三联书店1997年版，第10页。

传统是主导，儒家典籍讲忠孝节义，民间戏曲也依样画葫芦（虽然往往画走了样）……小传统的文化形态是不完备的，其意识形态在日常情况下需要接受大传统的指导，小传统自身的异端与反叛意识则处于边缘状态……真正对乡下人的世界观起架构作用的应该是乡间戏曲和故事、传说，包括种种舞台戏、地摊戏、说唱艺术及民歌民谣、俚曲、故事、传说、童谣、民谚、民间宗教的各色宝卷等。"①在农业时代，游荡在各个村庄之间的戏曲班子、说书人，庙会上的滑稽剧、酸曲儿等成为"小传统"的最佳传播者。在这些戏曲里面，既有正统的"忠孝节义"，它在某种意义上起到强化正统道德秩序的作用，但更多的却是具有叛逆色彩和平等意味的各色人物。在民间戏曲中，皇帝是昏庸无能、软弱好色的，也可以呼"皇帝老儿"，阿Q的"手执钢鞭将你打"正是来自于这里；正统的门第观念、家族伦理在这里都可以被尽情地嘲笑、戏谑并颠覆。

依此来看，作为中国社会结构中最基层的单位，"村庄"一直并存着两种文化形态，"正统文化"和"民间文化"，它们两者既互相渗透，但同时后者却又时时解构、批判着前者，农民意识正在这一"大传统"和"小传统"的杂糅中被塑造。所以，发现"村庄"，即意味着发现"乡土中国"的基本特性，同时，也意味着发现民间思维生成的源头和样态。

二 受活庄的"摹仿"性

受活庄的诞生来源于真实的历史。中原地带的人，如果你要问他最原始的祖籍是哪儿，肯定是"山西洪洞县大槐树下"。这并非传说，而是具有史书记载的历史事实。中原历来是兵家必争之地，也因此，每有战争，中原必是十室九空，一旦新朝开始执政，第一件事便是从各地迁民至中原，自明朝洪武二年开始的历时数年的规模浩大的移民也是如此。据说，来自山西及南方各省的移民在洪洞县大槐树下登记注册，然后被派往中原各地。随着时间的流逝，关于这一"迁移"，流传着无数的民间故事。

---

① 张鸣：《乡土心中八十年——中国近代化过程中农民意识的变迁》，上海三联书店1997年版，第10—16页。

受活庄的历史始于一个惩罚和救赎的故事。

故事的原型是中国民间故事中最典型的结构。一个恶霸，同时也是义人，有着复仇和报恩的双重性格。落魄之时，遭受污辱，后又得到救助。于是，一旦有合适机会，便会把复仇和报恩做到极致。移民臣胡大海，正是这样的经历。当年行乞到山西洪洞之时，备受富家老翁的羞辱，因此从山西洪洞出发，对于他来说，也是对"洪洞人"惩罚的开始。那双眼盲瞎的老汉和双腿残疾的儿子仿佛是两个"彰显"之人，特意来体现他惩罚和复仇的欲望。而当胡大海看到求情之人中有当年救助过他的聋哑妇人之时，猛然感到羞愧，"放下屠刀，立地成佛"。

> 胡大海不仅把盲父、瘫子留了下来，而且还留下许多银两，并派兵士百人，给他们盖了房屋，开垦了数十亩良田，将河水引至田头村庄，临走时向哑巴老妇、盲人老父、残腿儿子说：耙耧山脉的这条沟壑，水足土肥，你们有银有粮，就住在这儿耕作受活吧。
>
> 从此，位于耙耧山脉间的这条狭谷深沟，就叫了受活沟。听说一个哑巴、一个盲人、一个瘫子在这儿三人合户，把日子过得宛若天堂之后，四邻八村、乃至邻郡、邻县的残疾人便都涌了过来。瞎子、瘸子、聋子、缺胳膊短腿、断腿的残人们，在这儿都从老哑婆手里得到了田地、银两，又都过得自得其乐，成亲繁衍，成了村庄，虽其后代也多有遗传残疾，然却在哑妇的安排之下，家家、人人，都适得其所。因此，村庄就叫了受活庄，老妇就成了受活庄的先祖神明受活婆。①

从这个层面看，受活庄相当于胡大海为自己建造的救赎之地，这些残疾人的存在和"宛若天堂"般的生活是为了彰显这一救赎的巨大威力，它建构了一个崭新的、不同于传统形态中的村庄的存在。作为一个村庄，受活庄和中国现实结构中的"村庄"有着同质性，但也有很大的差异性。

---

① 阎连科：《受活》，春风文艺出版社2003年版，第6页。

首先，就人员结构而言，它不是以家族姓氏为中心"聚族而居"，而是以身体的残缺与否为特征。也就是说，受活庄不是以血缘关系，而是以同类关系组成"村庄"，因此，受活庄的地理存在形式不是以姓氏或财富来决定的，而是以彼此行动的便利来安排居住：

> 受活庄有两棵上了百岁的皂角树，树冠一蓬开，就把一个村庄罩了一大半。村庄是倚了沟崖下的缓地散落成形的，这儿有两户，那儿有三户，两户三户拉成了一条线，一条街，人家都扎在这街的岸沿上。靠着西边梁道下，地势缓平些，人家多一些，住的又大多都是瞎盲户，让他们出门不用磕磕绊绊着，登上道梁近一些。中间地势陡一些，人家少一些，住的多是瘸拐人。虽瘸拐，路也不平坦，可你双眼明亮，有事需要出庄子了，拄上拐，扶着墙，一跳一跳也就脚到事成了。村庄最东、最远的那一边，地势立陡，路面凸凸凹凹，出门最为不易，那就都住了聋哑户。聋哑户里自然是聋子、哑巴多一些，听不得，说不得，可你两眼光明，双脚便利，也就无所谓路的好坏了。受活庄街长有二里，断断续续，脚下是河，背里是山，靠西瞎盲人多的地方叫瞎地儿，靠东聋哑人多的地方叫聋哑地，中间瘸拐人多的地段自然就叫了拐地儿。①

这一地理形态展示了受活庄成员之间自然的"互助法则"，这一"互助法则"也是他们的生存模式和文化模式，因为他们相互需要，瞎眼但腿健全的需要有眼的，瘫痪但眼睛明亮的需要有腿的，双方结合在一起才能够成为一个完整的"人"。这一"互助法则"超越了血缘、地缘和宗教，它之所以能够被村民自觉遵守，完全是因为属性相同和生存需要。村民认同自己的属性及在社会中的差异，自觉遵守规则，是一种自然的契约关系和道德关系。这一法则无疑更符合人性的理想模式，它具有"桃花源"的原型性，但同时它的成员却都只拥有残缺的身体，也就是说，这一"桃

---

① 阎连科：《受活》，春风文艺出版社 2003 年版，第16—17 页。

花源"的实现依靠的是身体的自我降格，是建立在"残缺"基础上的"乌托邦"，这本身就具有反讽意味。同时，受活庄"是这世界以外的一个村落呢"。它不被"世界"承认，"没有哪个郡、哪个县愿意收留过受活庄，没有哪个县愿意把受活规划进他们的地界里"。

其次，作为一个村庄，受活庄也需要领头人。但是，和传统"村庄"不一样——村长或者具有绝对权威的统领者往往是族长、长老或政府派下来的人，受活庄的领头人唯一的标准就是是否德高望重、大公无私，它的第一任领头人受活婆正是这样的人，她也是村庄的缔造者。"道德"是受活庄领头人唯一的标准，但是什么是"好品行"的标准却会发生变化。茅枝婆因为带领受活庄"入社"和那带有神秘色彩的"革命历史"而成为受活庄的领头人，但是，却也因为不能让他们继续过"天堂日子"被受活庄人抛弃。无论茅枝婆如何"大公无私"，都无法抵御受活庄人在经济的诱惑下所形成的新的"好品行"的标准。

从这个意义上，受活庄虽然具有传统村庄结构和农业文明的特点，但其起源却又完全不同，它所有的模式都是对村庄内在逻辑的模仿。这一模仿性也是它致命的漏洞。譬如，茅枝婆因为带领受活庄进入了"世界"，"庄严地成了双槐县柏树子区管理的一个庄"，过上了"天堂日子"，而茅枝婆也自然成了庄里的"主事人"，在这里，她相当于和受活庄签了某种契约，只要你实现了你的"诺言"，那就可以始终保持权威，否则，她就一无是处。她和族长并不一样，后者掌管道德，他的权威是一套象征秩序赋予的，不会因经济的失败而降低。相反，一旦有灾荒年，他可能会因比村民承担更多而更广泛地获得尊敬。这也预示了受活庄"道德救赎"的脆弱性。

三　"受活庆"："小传统"的狂欢式和不彻底性

每年收过麦子之后，庄里都有茅枝婆组办三日大庆哩。各家灶膛熄了火，都到庄头谁家最大的麦场上，要集体儿大吃大喝三天。在那三天里，独腿的瘸子，要和两条腿的小伙比着看谁跑的快；聋子要表演他手摸在别人耳唇上，那个人嘟嘟囔囔，他就知道那人说了啥。他能用手摸出别人说了啥话呢，能摸出人家的声音呢。还有瞎盲人，瞎盲人相自比赛看谁的耳朵灵，把锈针落在石头上，木板上，脚地上，谁都看不见，让他们猜那针是落在他身前还是身后边。还有断臂的，瘸腿的，也都各自有着一手的绝活儿。那三天大庆是和过年一样哩，三邻五村，跑几里、十几里也都有姑女、小伙来看受活庆。这看着看着哩，男的就和女的相识了，有外庄的小伙就把庄里残疾的姑女娶走了。庄里的残小伙，就把好端端的外村姑女娶了回来了。有时节，也是要闹出一些悲剧的。比如说哪个庄的独生子，人长得周正端详，本是来受活庄看看热闹的，这一看，就看上了庄里的一个瘸腿姑女了。她腿虽然瘸，人也长得不甚好，可她一眨眼能认六十到八十根的绣花针，能当众把那小伙子的像绣在一张白布上，他觉得不娶她一辈子无法活了呢，爹娘不同意，他就寻死觅活地闹，或者索性就来住到了受活庄的姑女家。这一住，姑女怀孕了，姑女生了个一男半女的，那男方的爹和娘，就没有法儿了，只好认了这门亲戚了。①

受活庆是受活庄的公共生活。它的存在与农时历有关系，是一种农业文明时代的休闲与村庄的娱乐。因为丰收，所以要感天谢地，所以要唱戏，表演，要尽情地吃喝，放松，快乐，耍杂技，甚至不惜丑化自己，贬低自己。它既是感恩、祈祷、自我祝福，也是农民释放自己、公开表达自己生命感受的唯一时刻，具有类宗教的功能。中国村庄这样的庆祝活动很多，多被称之为"庙会"，一般都是在庄稼收割之后，或者农闲之时的冬天举办。赶庙会，既是农民非常重要的亮相的机会，都会拿出最好的衣服，最好的用具，也是农民集中接受文化，传播信息，展示自己文化方式的时刻。因为在庙会上，会有各个戏台班子进驻到庙会里。中国的农民大多都是戏迷，他们从戏曲中、说书中、祖母的鬼故事中获得最初的对世界的认识。许多时候他们自己就是演员，平时务农，庙会时组织起来，临时搭个草台班子，组织社火、舞狮、秧歌，等等，算做自己村里出的一个节

---

① 阎连科：《受活》，春风文艺出版社2003年版，第44页。

目。在庙会中，苦难、被压迫、贫穷，等等，一切生活中的不如意都暂时被抛开，民众投入到一场纯粹的精神活动中。

受活庆上受活庄对自己残疾的公开演示正是这样一种心理，是为了表达自己的喜悦和感恩而想出的最极致最强烈的方式。他们扭曲自己，也是在释放自己，是他们对自己美好的内在肯定。所以，受活庆也成了受活庄人谈情说爱的好时刻，那个瘸腿姑娘因为精湛的绣花技艺而吸引到了一个健全的小伙子，一个聋子因为自己的贴心而赢得了健全姑女的爱。受活庆的场地成为一个欢快的、平等的广场，舞台上，古老的耙耧调唱着已死的残疾的媳妇儿对人间生活和双眼失明的男人的留恋，既诙谐又深情，唢呐奏着欢快的《鸟朝凤》，舞台下，残疾人和圆全人之间的界限也破天荒地弥合了，消失了，他们自由平等地交流，尝试着走进彼此的心灵。

乡村的庆典、庙会正是所谓的"小传统"被实现的最好时机。戏曲里唱着昏庸的皇帝老儿的故事，他和世人一样目光短浅、老眼昏花，因此，他被观众不停地哄笑，在现实中也上演不分阶层的私奔、戏谑的故事，有钱人和贫穷人在看同一台戏，喝同一家的茶，甚至还有可能一块儿聊聊戏。在这样的超现实的广场之中，正统的道德秩序被消解，阶层、贫富差异被暂时遗忘，权威和正典被戏仿，民众大声吆喝、大声欢笑。巴赫金把这种具有解放意义的仪式和活动称之为"狂欢式，意指一切狂欢节式的庆贺、仪式、形式的总和。这是仪式性的混合的游艺形式……狂欢节上形成了整整一套表示象征意义的具体感性形式的语言，从大型复杂的群众性戏剧到个别的狂欢节表演"[1]。这一"狂欢广场式的自由自在的生活，充满了两重性的笑，充满了对一切神圣物的亵渎和歪曲，充满了不敬和猥亵，充满了同一切人一切事的随意不拘的交往"[2]。巴赫金认为："这种类型的民间节日形象揭示了历史过程更加深刻的含义……在这种数千年来形成的并为人们竭力捍卫的人民观点中揭示了政治事件本身和一个时代所有政治问题令人发笑的相对性。当然，在这令人发笑的相对性里并没有抹杀

---

① 巴赫金：《诗学与访谈》，河北教育出版社 1998 年版，第 160 页。
② 同上书，第 170 页。

正义与非正义、正确与错误、进步与反动在该世纪和相近的现实生活中的差异，不过，这些差异却失去其绝对性、片面性和严格意义上的局限性。"①

这一狂欢也被称之为"庆典"，"庆典，基本上就是一个欢乐的仪式"②。"庆典这一术语可以包括节日、仪式、集会、游行、宴会、假日、狂欢以及由这类成分构成的种种综合体。"③ 庆典的欢乐特征十分明显；而仪式则表明庆典具有一定的对象、功能、形式和意义。更重要的是，在庆典狂欢的背后，往往隐藏着神秘的掠夺、暴力、鲜血、压迫和一个民族的生长史，它不仅反映了诞生它的那个充满冲突和暴力的社会制度，同时也否定该制度的某些方面而强调另一方面。庆典正是通过仪式化和游戏化的方式把它象征并强调了出来。

对于一个村庄的农民来说，庙会的结构方式和日常的秩序完全是两种秩序，前者虽然能够对后者产生某种消解作用，但却有严格的界限。同时，因为它的非组织性和自发性，它也很容易成为政治实现自己的工具和途径。这不，随着柳县长的到来，受活庆的性质发生了变化。往常，受活庆由茅枝婆说两句话，无非是说受活人和来看受活庆的观众放开吃，或直接就是"开始吧"这样简单的话。但是，柳县长的讲话之前却要铺垫出一套"仪式"和"程序"，他以不同于受活人的穿着打扮和不同寻常的姿势使得受活庆和受活人失去了方向，仿佛被施了魔咒。柳县长对他们具有了统治和权威的作用：

县长的军用大衣脱去了几天呢，眼下穿了个圆领白汗褂，下身是灰布大裤衩，汗衫捆束在了裤衩里。平头，红脸，肚子稍稍微微有些外胀哩，头发花花杂杂的白，那样子，一老完全都是县长的模样儿，不像耙耧山脉的农人们，也不像省城或九都的那些总从饭店的门里进

---

① 巴赫金：《拉伯雷的创作与中世纪和文艺复兴时期的民间文化》，《巴赫金全集》第六卷，河北教育出版社1998年版，第520页。

② 维克多·特纳编：《庆典·译者序》，上海文艺出版社1993年版，第4页。

③ 同上书，第20页。

进出出的人物头儿们。他似乎有些土，可和耙耧山脉的受活人立在一块儿，他又是十足的洋派哩；然他那些的洋，和天外大场地的人搁处在一块儿，却又是显土呢。当然哟，重要的不是他的土气和洋气，是他的秘书瘦瘦高高、白白净净，穿了不倒纹的料裤子，雪白白的衬衫扎在裤子里，头发一油黑亮的偏分着，全模样都是大地场的人。你是大地场的人，却又是人家的秘书儿，那就显增了人家主人的做派了。所以哦，县长就空手走在他前边，他就在县长后面替县长端了水杯子。那杯子是盛过酱菜的，可来受活庆的人就只有县长一个人有着水杯子。所以哦，县长走路就昂昂着头，秘书就只能平视着前后和左右，受活人和来看受活庆的人，也就只能仰视着县长和他的秘书了。所有的人都把目光朝着县长和他的秘书旋过去，卖茶蛋、卖豆腐、卖冰糖葫芦一七二八的吆喝声，都哑然无声了，娃儿们也不在人群中钻来跳去了。场子上静得只有了乐匠们不慎把锣鼓锤子弄落脚地的响动了。①

很显然，柳县长一亮相，就震住了缺少见识的受活人。"白白净净"、"不倒纹的料裤子"、"雪白白的衬衫"、"头发偏分"，等等，这些形象和物品对于受活庄、农民和乡村而言，具有绝对的精神统摄力，是他们所能想象得到的最高级别的拥有。这一威严富贵的形象既意味着"上边"的本质，同时，也代表着"圆全人世界"的高贵。受活庆平等、欢快的幻象被戳破，转而被政治的威严所控制。接下来，柳县长开始发救灾款，在发款时所设计的一套台词和吃饭时所索取的"跪谢"也使受活人更加臣服于他。为了让受活人心完全偏向自己，他在发钱的同时赶走了受活庆里最大的明星——会唱耙耧调的草儿，正是她充满趣味的《七回头》使受活人获得了活着的尊严，也使受活人又哭又笑，非常满足。

随着政治意识形态的介入，村庄的公共生活，曾经充满狂欢式和反抗意味的受活庆变为权力显现和强化的手段，成为"感谢政府的受活庆"。

---

① 阎连科：《受活》，春风文艺出版社2003年版，第57页。

它所暗含的平等、解放和欢快及与四时相符的自然法则也被瓦解。

受活人的"绝术团"表演更像一次次政治庆典。受活庄的残疾人只是庆典中的符号和物品,带有神秘的传奇色彩和象征意义,真正在狂欢的是群众和柳县长。或者说,绝术团的表演成为柳县长的政治游戏,是他的政治社交活动和方式。民众的狂欢强化了柳县长的地位和权威,民众和政府达成了和解和共谋,而绝术团则只是一个媒介,受活庄的残疾人仍然是"这世界之外"的存在。即使如此,受活人仍避免不了遭受时代话语的冲击。在柳县长认为列宁遗像就要运到魂魄山上的列宁纪念堂时,他要求绝术团为公众做最后一次表演,实际上是他要为自己加冕,就好比西方狂欢节中的皇帝加冕一样,具有模仿和心理的满足。

民间的"小传统"与"狂欢式"不但没有得到实现,反而被拦腰截回,被硬生生地改变了方向。这一转折和悖论也体现出了民间"小传统"的不完全性和易受控制性。也正是这一错置,当受活人仍然以高涨的热情表演自己的绝活时,柳县长马上看到了契机,"就是在这一场的绝术表演里,许多事情云开日出了,像一场大戏真真正正把幕拉将开了一模样。柳县长也才豁然明朗呢,原来不是救了受活人酷六月的大雪灾,是这场六月救了他,急救了他那购买列宁遗体的天大的计划哩"①。受活人对生命的张扬和对丰收的感激与感恩竟然成了柳县长实现"购买列宁遗体"的手段,成了政治的工具和媒介,这完全违背了"受活庆"最初的意义和价值取向,也违背了受活庄的基本道德结构。

第二节 "乡土中国":起源、生成与形态

一 "乡土中国"的被建构:进入"世界史"的视野

日本思想家子安宣邦认为,自 1850 年始,"东亚"是"被拖到'世界'和'世界史'"中去的,而这一"世界",是以西方和西方文明为中心的"世界"。这一时期发生在中国、日本的一系列东方和西方的冲突具

---

① 阎连科:《受活》,春风文艺出版社 2003 年版,第 76 页。

有非常强大的象征性，"1840 年的鸦片战争、1853 年的佩利渡航日本、1859 年的日本开放口岸、1860 年的英法联军占领北京，以及 1863 年的萨英事件等，只要举出上述年表中的事实，就会清楚 1850 年在东亚所具有的意义。1850 年象征着由于欧美发达国家以军事实力要求开埠使亚洲卷入所谓'资本主义世界体系'的时期。人们认为，发源于欧洲的资本主义这一经济、政治体系正是在此时期作为世界性体系得以完成的"①。"欧洲的资本主义经济政治体系"成为"世界性体系"，而亚洲的"帝制和农业文明经济体系"作为"地方性知识"和"地方性体系"被纳入"世界史"之中。亚洲的"近代"由此发生，开始了所谓的"启蒙"和"发现"之旅，但也决定了它的"第二性"的身份和地位。

"与东亚一起，日本的近代是以被组合到'世界秩序'中来，被编入'世界史'过程而开始的。日本的近代化意味着自愿走向发源于欧洲的'世界秩序'或者'世界史'。"②在子安宣邦这里，"日本"和"亚洲"、"中国"是同质性的存在，因此，这句话也可以转义为中国的近代化意味着自愿走向发源于欧洲的"世界秩序"或者"世界史"。"自愿走向'世界史'也便是将自己编入到欧洲普遍主义的'文明'历史当中。"③以此角度分析中国的近代史和现代性追求的起源很有启发性。

从本源上讲，20 世纪初，中国知识分子是在接受这一"世界史"的过程中开始了对本国现代性的思考，也就是说，这一现代性思考是在"资本主义世界秩序"的视野中思考中国的形象。"乡土中国"正是在此视野下诞生的。"传统"、"本土"、"东方"等词语的诞生正是因为这一"普遍世界"的背景和视野，因为我们的文明只能作为"现代"的背面和对立面存在，若非如此叙述，便找不到合适的词语来讲述这一状态。

"世界史"的视野改变了中国的时空观念，并成为中国现代词语意义诞生的基本起源。当"中国"和"西方"被置于同一空间时，"农业的、儒家的、专制的、技术落后的"中国自然落后于"工业的、宗教的、民

---

① 子安宣邦：《东亚论——日本现代思想批判》，吉林人民出版社 2011 年版，第 5 页。
② 同上书，第 6 页。
③ 同上书，第 7 页。

129

主的、技术发达的"西方,中国的时间一下子呈现出了线性的差距,"西方"成了未来,而"中国"则指向"过去",还有待于"进化"。在这个意义上,"现代"所意指的"当下性、过渡性、暂时性"则被忽略,而成为一个"要好于'传统'的"、代表世界未来走向的、具有绝对价值性的词语。

在晚清至民国时期,"世界史"的视野对中国各个层面的修改显得颇有成效。专制体制的象征物被推翻,"民族国家"渐有雏形,新的文化观念不断被建构,都显示了"世界史"的强大力量。在这其中,最能够展示"世界史(西方)"与"地方史(中国)"的冲突是新型词语的诞生过程。如"革命"、"经济"、"科学"等,它们在中国生活中已经有自己较为固定的语义,但是,在翻译、对应及语境不断改变过程中,这些词语最终发生了词义的改变,如"革命"由原来的王朝主体的转换转向为现代民族主体的重建;[①]"经济"从原来的包含着道德结构的"经世济用"转义为"生计学"、"理财学",即 economy,这一翻译的对应及最后对本民族内部词语的转义过程正是"世界史"不断渗透的结果。[②] 与此同时,知识分子也在为如何界定中国的"时间"而焦虑。[③] 中国开始朝着"世界史"的方向规约自己,试图达到统一性。

但是,外部改造往往会遭遇到内部自我特性的强大抵抗。"世界史"作为一个统摄性的视野对中国内部思维观念进行改造,但作为包含着民族观念轨迹的词语而言,它在转义过程中的某种"顽固性"也显示了民族内在思维的惯性和强大生命力。"革命"一词在现代语境中固然已经具有民主革命和"历史发展必然之洪流"的意义,但同时,在中国当代政治史和民众日常理解中,却不免包含着"王朝更替"和"暴力运动"等意味,这与"革命"在中国古语中的含义是分不开的。

在这样一种"接受/抵抗"的双重视野下,我们重新审视现代革命

---

① 参见陈建华《"革命"的现代性——中国革命话语考论》,上海古籍出版社 2000 年版。

② 参见金观涛、刘青峰《观念史研究:中国现代重要政治术语的形成》,法律出版社 2009 年版。

③ 梁启超:《中国历史研究法》,中华书局 2009 年版,第 169—170 页。

史，就会发现，国共两党内战和日本侵略中国既干扰同时也加速了中国进入"世界史"。"军阀"、"农民战争"、"均贫富"、"土地革命"等均是具有中国特色的话语、身份和社会运动，它们的思维方式无疑是"非现代的"，这也是它们能够在中国广泛发挥作用的基本原因。同时，新中国政治体制的理论来源虽然是"马克思主义"，但是，其能够被利用的内在原因却是，它所提倡的"共产主义"思想恰恰应对了中国革命的原动力——"均贫富"，而经济上的公有制也在某种意义上类似于封建帝制时的"中央集权制"（这些概念都被作了微妙而确然的中国式换算），随着这一换算不断被扩大、实践，"世界史"的力量开始逐渐消退，而"地方史"的力量也因为一味强调其正确性而走向膨胀并被扭曲。我们从"军阀"的自治政策，"土改"中广泛存在的暴力和非理性，从新中国成立初期对西方世界的排斥中都可以看到这一"接受/抵抗"双重视野所产生的西方/本土混杂观念的巨大影响力。

"资本主义经济方式"是中国完成"近代化和现代化"的必然方式，也是进入"资本主义世界史"的必然表现形式。中国"改革开放"的潜在思路正是依据这一基本逻辑，所以，自"改革开放"以来，"社会主义"越来越被符号化、象征化，具体的政治实践、生活方式与之处于严重错位和矛盾状态。阎连科长篇小说《受活》中柳县长试图引进"列宁遗体"以拯救贫困的县城财政，并走上致富的道路，社会主义最有力的符号成为其反面的存在，这本身就具有讽刺意味。而这一努力最后的失败，象征着中国重回经典社会主义秩序的努力和失败。但它又是一种双重的隐喻和象征，因为"社会主义"同样也是引进来的理论，它在中国所具有的适应性是因为中国民间文化中"均贫富"的历史要求。而它在中国改革开放过程中的"被泛化"、"被纯粹概念化"和"表象化"，也意味着中国结构内部"均贫富"原始思维的被弱化。

二　"乡土中国"的他者性和异质性

"黑格尔把缺乏精神之内在性的中国作为没有历史进步的停滞大国而排除在世界史之外。黑格尔认为中国缺乏'属于精神的所有东西，如自由的实体精神、道德心、感情、内在宗教、科学、艺术',相信象形文字·汉字是符合缺乏精神自由之发展的中国社会的文字符号。'中国民族的象形文字书写语言,只适合于中国的精神形成中静止的东西'。象形文字·汉字正是中国社会停滞性的象征。"① "停滞的帝国","穿蓝色长袍的国度"②,"难以捉摸的中国人"③,"帝国的没落",这些西方人类学短语勾勒出了"中国"的基本形象,这些可以说是近代欧洲知识分子对中国的基本描述和基本定位。

就像列维·斯特劳斯必须要到遥远的热带去考察"野蛮人"的生活、语言那样,在 20 世纪 30 年代前,欧洲人类学一直是以当时被欧洲人称为"野蛮人"的族群作为研究对象的。当年费孝通的博士论文《江村经济:中国农民的生活》使其导师马林诺夫斯基看到了人类学对"文明民族"研究的可能性。并且认为"作者并不是一个外来人在异国的土地上猎奇而写作的,本书的内容包含着一个公民对自己的人民进行观察的结果"④。但是,有一个小花絮恰恰证明了欧洲人眼中的"中国"已经类似于"古老的、野蛮的"民族,正是黑格尔所言的"停滞的、静止的"形象。在马氏给《江村经济:中国农民的生活》写的序言里,这样写道:"It is the result of work done by a native among natives",由于害怕费孝通误解,马氏特意向费孝通说明"native"指的只是"本地人",并没有"野蛮人"之意。因为在当时的西方语言中,native 一词已经包含着某种贬义,特指殖民地上的本地人或土著人,也是当时人类学最常用的一个词语,西方殖民主义已经深入到民间的语言感觉之中。马氏的特意解释反而证实了当时中国在西方的基本形象。

中国人生、中国文明是业已完成、即将消失的人生,是属于过去的时间和空间的。在这一考察视角下,中国人的生活是如此原始,如此蒙昧。中国的语言、风俗、礼俗、性格,还有那被西方人认为是"过于成熟因此

① 子安宣邦:《东亚论——日本现代思想批判》,吉林人民出版社 2011 年版,第 34 页。
② 阿绮波德·立德:《穿蓝色长袍的国度》,时事出版社 1998 年版。
③ 彭迈克:《难以捉摸的中国人》,辽宁教育出版社 1997 年版。
④ 费孝通:《江村经济·序》,上海世纪出版集团 2007 年版,第 9 页。

走向衰弱"的病态的美的文化，建造出丑陋、怪异和残酷的中国生活，而这些现象的根源是由黑格尔所言的"东洋的专制"造成的。"在黑格尔那里，'东洋'的构成处在作为西洋原理的世界史发展之'外'，在时间、空间上都是与西洋异质的世界。构成'东洋'的乃是'我们西洋'的原理。"① 在"世界史"的视野内，中国知识分子接受了中国文化和政治的这一"异质性"，并以此来评价、判断中国文化的优劣。换句话说，近代以来，知识者一直以"他者"的身份来审视自身民族的种种。种种问题的发现既意味着民族主义的觉醒、民族国家的诞生和现代性思维的渗透，但同时，它的起点和前思维也决定这一审视的非主体性和价值偏向。

以此角度再看"乡土中国"的诞生，它是在观照视野下的产物，是自"天朝中心主义"被打破之后就开始慢慢被呈现出来的"自在物"。这一"自在物"悬浮于民族的观念之中，与新生的思维、新的文明方式形成对峙。它有着来自于久远历史和时间所塑造出来的坚硬和愚昧，但又充满悲伤，因为它是古老中国的象征物。

这一"自在物"和"象征物"一旦被固定化和抽象化，它与现实时代精神之间的冲突会被强化，并且多强调它作为一种固定模式的负面因素，而可能的融合的那一部分，即它作为一个运动着的生活的可塑性则会被忽略。于是，我们看到，"乡土中国"一直是愚昧、落后、"哀其不幸、怒其不争"的形象，而它所拥有的"乡土文化特征、道德礼俗、儒家思想"则是"停滞大国"的精神根源。这是拥有了新思维的五四知识分子站在"现代文明"的高度去审视自己"故乡"的结果，因为有了距离，有了新的视野，才有可能反过来观望原来的自我，这时，是一个全新的"自我"去审视"过去"的自我。很显然，此时的"乡土中国"是完全"异质性"的，这背后的"审视"是以"西洋的原理为基础的"。这是视野的起源问题，它造成二元对立的观念和线性历史发展观，但并非涉及对错，因为中国的"近代"，中国有"变革"的可能性正是从这样的视野开始的。

---

① 子安宣邦：《东亚论——日本现代思想批判》，吉林人民出版社 2011 年版，第 26 页。

　　自五四新文化运动以来，知识分子一直致力于进行乡土中国的构建与想象。想象"乡土中国"的方式，也是他们想象现代性及现代性所代表的意义的方式。从某种意义上讲，"现代性想象"与"乡土中国"并非两个对立的名词，从晚清时期西方文化大规模进入中国生活内部起，譬如传教士的大量进入对乡村民众思想的影响，譬如工业进入乡村内部对中国手工业生产方式的冲击，这在许多作家作品那里都有体现。① "现代性"一直与"乡土中国"融合、排斥、纠缠，它们已经互为一体创造出新的中国生活，但也正是在逐渐深入的渗透过程中，它们各自顽固地呈现出自己的根性。

　　但是，因为"世界史"的视野始终占据上风，"乡土中国"一直是处于被批判、被否定的位置。在文学史上，虽然有废名《竹林的故事》、沈从文《边城》这样的作品，但它们被看作是纯文学和纯粹理想的存在，与现实的乡土不发生关系。这一状况到了延安文学时期和"十七年文学"略有改变，农民、乡村形象第一次变得高大、幸福、欢乐，他们朴素的阶级情感和温柔敦厚也被"发现"，这在《太阳照在桑干河上》、《暴风骤雨》、《山乡巨变》和《创业史》等作品中都有体现，但是，这一"发现"背后强烈的政治意图使其与乡土中国纯粹的自性发掘还有很大距离。1980 年代的"寻根文学"又一次把"乡土中国"陌生化和"异质化"，《爸爸爸》、《棋王》、《厚土》中的人物无一不是具有"原型"意味的乡土中国和传统文化形象，它们如同肿瘤，永远附着在民族的躯体内部。

　　从另一层面看，中国作家对自己的文化，对"乡土中国"始终有一种"耻辱"心理，这也是乡土中国他者化的重要表现。2008 年诺贝尔文学奖获得者帕慕克在谈到他自身的土耳其文化与西方文化关系时，这样说道，"向西方看齐，意味着他们对自己国家和文化持深刻的批判态度。他们认为自己的文化不完全，甚至是毫无价值。这种冲突是西方化、现代化、全球化的，另外一方面是历史、传统的冲突。这些冲突还会导致另外

---

　　① 如茅盾的《春蚕》、《林家铺子》，叶圣陶的《多收了三五斗》，叶紫的《丰收》等作品，都展示了 30 年代复杂的乡村经济结构及对乡村生活的冲击。

一种混乱——耻辱。当我们在土耳其谈论传统与现代紧张关系的时候，当我们谈论土耳其与欧洲含糊其辞的关系的时候，耻辱总是悄悄潜入"①。"耻辱"，这一词语非常恰切地表达了当现代性引入东方时，东方民族最基本的情绪和心理基础。因为有压迫性，所以感到耻辱，因为耻辱，故此更深刻地批判自身文化的缺陷和弱点，这是强势文明和弱势文明交锋时所共有的不自信。

随着当代政治和经济"现代化"的强力推进，整个乡村被摧枯拉朽般地摧毁，这一摧毁不只是乡土中国经济方式、生活方式和政治方式的改变，而是一举摧毁了整个民族原有的心理结构和道德基础。即使经历了将近一百年的"批判"和"质疑"，乡土内部道德结构和文化原型仍然保持着一种均衡性和神圣化的意味，儒家道德主义仍然对每个人有基本的约束力，家庭关系、人际关系、社会结构都仍在这一底线之内。当经济的驱动力成为社会发展的唯一动力和发展方向时，一切曾经神圣的事物都被变为世俗的，工作、生活很难再为人们提供终极意义和终极信念。"一切坚固的东西都烟消云散了，一切神圣的东西都被亵渎了，人们终于不得不冷静地直面他们生活的真实状况和他们的相互关系"，"一切坚固的东西都烟消云散了"，对于中国生活来说，那"坚固的东西"是什么呢？尽管那"神圣的东西"（如中国传统的道德结构）同时也阻碍了民族自由个性和健全政治之发展，但它毕竟是全民族的心理无意识，它类似于宗教，具有一种约束、向上和向善的力量。当整个社会被"经济的解放力"所控制时，社会生活的剧烈变动撼动了民族最深层的文化结构和道德观念，曾经为之自豪的、骄傲的事物变得一文不值，如"教授不如卖茶叶蛋的"；曾经具有天然的神圣契约的关系也开始破碎，譬如父母和孩子，医生和患者，教师和学生，等等。1990年代中国人在精神和人的本质存在层面所发生的精神嬗变并不亚于世纪之初王权坍塌带给中国人的影响。

在这样一种"现代化"的发展思潮中，"乡土中国"的命题似乎不再只是"劣根性"的问题，还涉及它是否还应该存在的根本问题。因为在

①　帕慕克：《小说的艺术》，《东方早报》2008年5月23日。

"现代化"的视野中，"乡土中国"始终是"异质性"的，是线性发展的过去阶段，必须被取代。所以，今天，我们在任何地方重提"传统"、"本土"、"儒家"或与这些词语相关的具体生活时，都首先要面临着被质疑，这一"被质疑"不只是基于质疑者对自身传统的深刻理解和批判视野，而是世界史视野对"乡土中国"定位的结果与外现。

三 对"乡土中心主义"的反思

实际上，当以"世界史"的视野把"乡土中国"作为一个"不变的抽象物"来思考时，在有意无意中，我们把"乡土中国"塑造为一个与"现代中国"对立的存在，就像《爸爸爸》中的"丙崽"。"乡土中国"和"现代中国"，两个二元对立的概念，代表着过去与未来，要想达到"现代"，必须去除"乡土"，当然，也包括在"乡土"上形成的种种生活方式和精神结构。这样一种线性的思维方式也成为当代中国政治和经济改革的基本模式。

诚然，中国的确是一个农业文明的国家，"乡土性"是它的基本特性，但它是否就是一个纯然的"不变的抽象物"？当"世界史"、"近代"、"工业文明"进入中国之时，在面对冲击时，它是否唯有"抵抗"、"溃败"，而没有"接受"？如果我们一味地强调它的"不变的抽象"存在，是否忽略了"乡土中国"的包容性和自我嬗变的能力，并由此形成新的"传统"的能力？进而，忽略它在中国未来生活中的合法性和合理性？正如丸山真男讲所谓"传统"和"外来"思想时所认为的："以传统与非传统的范畴来区分两者，有可能会导致重大的误解。因为外来思想被摄取进来后，便以各种形式融入我们的生活方式和意识中，作为文化它已留下难以消除的烙印。从这种意义上讲，欧洲的思想也已在日本'传统化'了，即使是翻译思想，甚至是误译思想，也相应地形成了我们思考的框架。"[1]其实，所谓的"乡土中国"也是如此，尤其是进入"世界史"以后，它的存在形态、文化方式也在发生变化，并形成新的特质。

---

① 丸山真男：《日本的思想》，三联书店2009年版，第7页。

　　早在20世纪30年代，费孝通在进行《江村经济》考察时就认为，江村传统经济方式的衰败一个最重要的原因就是乡村工业和世界市场之间的关系问题，各种传统工业的迅速衰亡，"完全是由于西方工业扩张的缘故"①，他认为中国已经进入世界的共同体中，西方的政治、经济压力是目前中国文化变迁的重要因素。而上文所提到的现代文学作品也都不约而同地书写到世界经济的进入对乡土中国生活和精神的影响，如叶圣陶的《多收了三五斗》，茅盾的《林家铺子》、《春蚕》、《秋收》，叶紫的《丰收》等小说都有典型的体现。但是，在观念层面，知识分子总是倾向于把"乡土性"作为一个固定不变的抽象物来理解，这也直接影响到具体的科学考察和文学写作。

　　社会学家王铭铭在考察了现代时期著名社会学家许烺光的"喜洲"调查时发现，许烺光有意忽略掉喜洲作为一个曾经的都市所拥有的多元经济和多种文化，忽略了喜洲"都市/乡村"的双重面貌，而是倾向于把它形容为"乡村中国的一个典范村庄"，"急于表白自己对中国的乡土性之看法的许烺光对此没有任何表示，而埋头梳理这个地方在他的中西文化比较研究中的'类型学典范意义'。从一定意义上讲，他的著述与其说是民族志，毋宁说是一种抽象的东西方文化比较的村庄志表述"②。王铭铭认为，这一"乡土性"的界定恰恰是以"西方视野"为中心所产生的。而1949年进入中国的美国人类学家施坚雅（G. William. Skinner）在经过考察后却有另外的看法，"施坚雅有一个基本的观点，认为恰是那些被我们想象为乡村的对立面的事物，才是'乡民社会'的特点。在一生的学术追求中，施坚雅坚持了这个观点，指出中国乃是以城乡这个结构性的'连续体'为特征的"③。这一结论无疑对"乡村中心主义"具有极大的冲击力，它暗含着一种观点，中国的乡村并非封闭的、纯粹农业的社会构成，它本身也包含着城市经济和城市生活的因子，譬如每一个农民在农闲季节

---

　　① 费孝通：《江村经济》，上海世纪出版集团2007年版，第213页。
　　② 王铭铭：《走在乡土上——历史人类学札记》，中国人民大学出版社2009年版，第236页。
　　③ 同上书，第240—241页。

可以随时变为小商贩，而日常的集市、庙会都在村庄的周边，它也是乡村的大型经济场所，传统乡村中已经具备有非乡村因素，"城市"和"乡村"在某种意义上共生于中国社会生活之中。但是，在"乡村中心主义"的观念下，"乡土"被作为"过去"的中国特征被确定下来，而被施氏（施坚雅）和沃氏（沃尔夫）①当成欧亚农民社会重要特征之一的城市，则总是以必然取代乡村的"未来"——而非它的共生物——的面目出现在我们面前。这也可以使我们略微觉察到当代"城市化"发展思维的基本来源。

"知识分子那一'乡村即为中国的缩影'的观念，其政治影响力远比我们想象的要深远得多（至少可以说是对于 20 世纪以来中国社会变迁起到关键影响的思想之一）。将传统中国预设为乡村，既可能使国人在处理国家事务时总是关注乡村，又可能使我们将乡村简单地当作现代社会的前身与'敌人'，使我们总是青睐于'乡村都市化'。"②当然，政治的驱动力并非只是因为思想的影响，但是，我们也可以以此为起点，来重新反思这一百年来关于"乡土中国"的思想，它如何被"发现"，在这一发现过程中，我们又遮蔽了什么？

反思"乡土中心主义"立场，并非是要否定"乡土中国"的存在，更不是要否定中国作为具有独特文明方式的个性的存在，而是试图把"乡土中国"作为一个生成物，一个随着社会变迁内涵也在发生相应变化的生成物，在现代工业文明的高速发展过程中，它同样具有包容与吸纳的力量，这样，才能够摆脱非此即彼（消灭乡村，建造城市）的二元对立发展观念，并且，使之与现代世界具有对话能力。

在现代化视野中，中国传统文化始终被描述为一个静态的、没有生命力的，甚至是虚弱、怪异、荒诞的低级文化模式，它里面的人际关系是多么复杂可笑，人们的观念道德迷信低下，礼仪习俗更是落后。在科学、民

---

① 沃尔夫（Eric Wolf），另外一个和施坚雅有相同观点的人类学者，著有《乡民社会》，以"乡民社会"区别于其他学者关于中国农村的"原始社会民族志模式"的研究方法。

② 王铭铭：《走在乡土上——历史人类学札记》，中国人民大学出版社 2009 年版，第 240 页。

主的涵盖下，中国传统文化是一个腐朽、脆弱又充满着病态美感的文化。更重要的是，它也渐渐为我们所接受、认同，并在此基础上，以全然"革命"的方式进行新的国家建设。中国古老文明的创造力，中国乡村和传统文明所具有的容纳力和包容性，它对美的感受，它的宽阔，它的因为与政治、与天地之间复杂混合而产生的思想、哲学观和世界观都被抛弃掉了。"世界史"的视野能帮助我们找到自身所处的坐标和在星空的位置，但同样，也可能会因为被吸引、被占有而遮蔽了自身的光芒和价值。

但是，文学又与社会学、政治学的实践不一样，文学中的"乡土中国"往往是一个强大的象征物。当作家在想象乡土中国的生活、观念与行为，甚至塑造一个桃花源的乌托邦时，他是否真的就认为这一"乡土中国"是最完美的，人类应该重回那样的时代？或许还不应该如此简单理解。今天，作为全球化时代的文学，站在全部事物商品化和经济化的时代，再返回来重新思考乡土，思考农业文明，并非只是二元对立的好与不好，而是涉及人类生活的本源问题：人与自然、人与自我、人与人、民族与世界、科学与自然、技术与人性等本质性问题。在此视角上，我们再重新理解乡土文明的衰落、乡土中国的沦陷，它并非只是本土性失落的问题，它是整个人类生活该何去何从的问题。一切似乎都是老生常谈，但问题并没有解决。

第七章　人物

第一节　茅枝婆:巫婆的筷子竖不起来了

一　作为"巫婆"的茅枝婆

是茅枝婆在解放后把天不管的受活领进了这世界上的乡里、县里
的,当然该有茅枝婆来条理着这个庄的事务哩。比如要开会,比如交
公粮,比如上边有了政要大事必须立马让满天下人尽皆知的,比如两
家邻户的吵架斗嘴儿,婆媳反目成仇的,那都是要经过茅枝婆来解决
的。茅枝婆如果不是甘愿沦落在受活庄,也许她在多少年前当了乡
长、县长了。可她就是要守在受活过日子。她当然就是受活庄的主
事了。①

茅枝婆之于受活庄意味着什么?在茅枝婆来之前,受活庄一直处于原
始蒙昧的状态,"受活庄是世界外的存在",没有明确的制度和管理,只
有天然的互助生存和同类之感,甚至,他们还不是人类社会组织的一员,
是仍然处于人类初始自然阶段的"野蛮人"。茅枝婆的"入社"使得受活
庄一下子进入"文明"的序列之中。就受活人的心理而言,她几乎就像
一个巫师。她传奇的革命经历(小说本身的叙述也非常含混,似乎在暗示
着这一经历本身的传奇性和不可靠性,但正是这一"含混"特征,在受

①　阎连科:《受活》,春风文艺出版社 2003 年版,第 48 页。

活庄的空间中形成了某种神秘的气息），她发旧发白的军装，她在面对乡里、县里时所拥有的力量，还有就是她的自我牺牲和对受活庄的认同，都使得受活庄人深深地信任她，依赖她。在某种意义上，茅枝婆统治受活庄之根本，既与她道德上的完美相关，但更多的是与她身上所承载的某种散发着巨大光辉的符号有关。而茅枝婆在公平处理受活庄事务的同时，也夹杂着预言和寓言式的恐吓，使得受活人更加臣服于她的指挥和安排。

　　茅枝婆和受活庄的村民之间具有结构性的认同，它表现在彼此的经验认同和情感统一方面。列维·斯特劳斯在分析萨满（巫师）时认为，萨满之所以能够通过巫术给他的族长治病，并且很多时候也的确治好了，这是因为萨满和他的族人之间的关系是建立在"某些特定的情感状态的经验上的"，"首先是萨满的经验，如果他真的负有使命，那他的身心就会有一种特定的体验；其次是病人的经验，不管他的病情是否有所好转；最后是参加了治疗的公众，他从中得到了训练，受到感动并得到心智上的满足，这种感动和满足决定了集体的赞同，而后者又会导致新的感动和新的满足，如此周而复始，循环下去"①。茅枝婆在受活庄充当的正是这一角色，她通过她的历史——辉煌、神秘同时富于牺牲精神的历史，譬如她本可以当乡长、县长，但她没去——获得了受活庄的集体认同，成为一种符号，茅枝婆和受活庄之间是一种均衡的结构，彼此默认对方的责任和义务。茅枝婆是受活庄村民道德制度、风俗礼仪的制定者和裁决者，负责安排、管理受活庄的日常事务，包括夫妻吵架、受活庆典等或大或小的事件，也负责处理受活庄与外部世界的关系。一句话，茅枝婆就是一尊不可撼动的"神"，既要为丰收负责，更要为饥饿或灾难负责。在这样一种彼此心理、经验和情感高度统一的情况下，一旦有一方背叛了这一结构性的东西，就会产生负罪感和心理的不安，同时，也意味着原来约定俗成的、稳固的结构的被打破。受活庄后来的村民与茅枝婆的关系即是这样。村民不敢正视茅枝婆，当第一批绝术团出去表演时，留在受活庄的茅枝婆是绝术团成员心理非常大的阴影，这使得绝术团的表演在受活人心里始终没有

---

　　① 列维·斯特劳斯：《结构人类学》，文化艺术出版社1989年版，第14页。

特别明确的合法性，甚至为此有点羞耻。在此，受活庄的元结构，它日常的均衡存在结构，也即小说的元结构根基被动摇。《受活》文本中的紧张感正来自于此。

我们甚至可以说，茅枝婆和柳县长不可调和的冲突不在于他们理念的不同，而是旧神话的坍塌和新神话的塑造过程中必然的过渡与冲突。茅枝婆为什么在与柳县长的竞争中败下阵来，"金钱"以什么样的方式进入受活庄人们的思维之中？并不仅仅只是现实的、利益的诱惑，它还借助于一套类似于巫师行巫时所产生的迷惑作用。当柳县长拿着救灾款在受活庆的舞台上缓慢地、一个一个地发救灾款，一个一个地慈祥地聊天、关切地询问，并暗暗进行许诺时，当柳县长在给受活人算经济账时，一个新的神话正在被建造。这一新神话不再依靠自我牺牲、勤劳、自给自足而产生，而是依靠新的逻辑结构——经济为基本起点的。更有意味的是，这一逻辑在受活庄的扎根还得到天象的帮助，那一场"六月飞雪"来得恰如其时，把柳县长送进了受活人的情感和思维世界之中，"就是在这一场的绝术表演里，许多事情云开日出了，像一场大戏真真正正把幕拉将开了一模样。柳县长也才豁然明朗呢，原来不是他救了受活人酷六月的大雪灾，是这场六月雪救了他，急救了他那购买列宁遗体的天大的计划哩"。或者说，正是因为这"异象"的参与，这灾难降临所带来的迫在眼前的贫穷，受活人有了改变生存方式的心理动机。在新的逻辑结构中，茅枝婆的道德和巫术不堪一击，那根对受活庄有施魔作用的红筷子再也竖不起来了，因为施法者和受法者共同的心理基础和情感经验没有了，场域没有了，整个空间自然就失去了力量。茅枝婆"施法"失败，她走遍全村，威胁、恐吓，甚至逼使受活人想起她的好处，但是，她还是被抛弃了，"奎萨利德对手们失败的真正原因应该从公众的态度，而不是从他们成败的模式中去寻找……关键的问题便取决于个人与公众的关系，或者更确切地说，取决于某一类个人与公众的某种特定的期望间的关系"①。茅枝婆和受活庄之间的"社会交感"和特殊的集体情感消失了，她在受活庄的巫术，那种与

① 列维·斯特劳斯：《结构人类学》，文化艺术出版社1989年版，第15页。

村民特定的心理期待之间的一致性遭到破坏，巫术作用消失，病人还是病人，在经历了大劫年、铁灾等灾难之后，茅枝婆没能带领受活庄走进新生活，也没能实现"退社"，回到那"天不管的受活庄时代"，她没有"新的感动和新的满足"来改变受活庄病的感觉，所以，她的失败也是必然的。

二　"革命"的暴力与矛盾

如此，茅枝婆"革命"的合法性和统治性被极大地质疑。她在受活庄最初的权威依靠的是她的革命经历。作为"红四"女子军的战士，她是被迫"沦落"到受活庄去的，她和受活庄最初的成员一样，是被"放逐"到这一"赎罪之地"的，并且是被"革命"放逐的。或者我们再回头看茅枝婆的历史，会发现，"革命"并非都纯洁和无辜。

　　　　她在队伍时，是认了一个湖北的红军排长做了哥哥的。在那道密令把部队解散后，那有着轻伤的排长和她是一道离开队伍的，遇了敌人后又是和她一道躲在墓里的。就在那墓里，下了一天雨，她发烧不止，昏昏迷迷，不知过了多久雨停日出时，她从昏迷中醒过来，却不见了认她为妹的排长了。更为重要的，是她醒来发现了她的下身有些粘，有一股女人的经血味，后来她才知道她是在昏迷中被人破了身子的。不知道她是被那有些爱她的排长破了的，还是被敌人或当地男人糟蹋了身子的。被破了身子后，她就在那空墓里蹲着哭了一天整，不见排长从哪走回来，也不见有人从那墓前走过去，至天黑，她就拖着她被人作践了的身子出来了。[①]

茅枝婆被"革命"强奸（在这里，她的心里也是含混的、复杂的，她不愿意完全承认这一事实），即使她是革命的一分子；茅枝婆的母亲因为"清党"被枪毙，追寻自由的革命之路变为因权力争斗而相互残杀的

---

① 阎连科：《受活》，春风文艺出版社 2003 年版，第 106—107 页。

暴力的彰显;茅枝婆的女儿菊梅和孙女槐花、桐花同样被"革命干部"强奸。这看似无意的闲笔和巧合,恰恰写出了革命的原罪和暧昧。

而对于茅枝婆本人来说,在遭受了"强奸"之后,"革命"是她的羞耻,因为她的"身体"已经不完整,不能够理直气壮地出嫁,但同时却也心有不甘。即使在获得石匠娘的谅解并和石匠结婚之后,她也一直不愿意和石匠发生关系,这可以隐约看出她对"革命"仍有期待,此时的茅枝婆还没有找到和受活庄产生结构性认同的方式。因此,她不想扎根,不想破坏自己的"纯洁",因为一旦她屈服、认命,就等于完全放弃了"革命",同时,也等于默认了革命的不纯洁性和自己信念的"不纯洁性"。因此,当发现"革命"可以再次成为自己的目标时,茅枝婆马上信心百倍,精神焕发,她破天荒和石匠(受活庄)融为一体,以身体的欢愉证明了对革命的最高期待。

"入社"是受活庄"世界史"和"当代史"的开始。受活庄和受活人开始作为社会单位和社会人被纳入,在这一过程中,茅枝婆的"革命"经历起了决定性作用。所以,也可以说,是"革命"创造了受活庄的生活。"革命"的权威、合法性在这一"入社"过程中被得到充分体现和证明。"茅枝婆有着长征的革命经历。小说采用了含混的写法,她是因为爬雪山过草地留下残疾,革命历史总是传说,它无法被确定。但是村民相信这样的传说,都认可了她的革命身份,茅枝婆本人也以老革命自居。在社会主义革命年代她率领村民入社,她是革命的化身,她的革命权力倒是最生动地反映了革命的理想状态:正义、公平、平等、集体利益。茅枝婆代表着'受活庄'的最广大人民的利益。"① 在这一过程中,茅枝婆牢牢地奠定了自己的历史地位。

历史又一次惊人的重复。当茅枝婆带领受活庄人满怀幸福走进"世界"时,由"革命"所创造的那一新世界再次重重地伤害和打击了茅枝婆。在"大灾年","圆全人"对受活庄赤裸裸的抢劫让茅枝婆意识到受活人的外在形象和历史地位,"残废"的受活庄永远无法获得平等的地

---

① 陈晓明:《墓地写作与乡土的后现代性》,《吉林大学学报》2004年第6期。

位，残疾人在社会普遍法则中是低人一等的存在。而当一群人拿着戳着红章的证明书进入受活庄合法掠夺时，"革命"的暴力性，"正义"、"平等"等词语对于受活庄人的无效性被突然呈现出来，受活庄依然是"世界之外的存在呢"。也因此，茅枝婆开始了长达几十年的"退社"请求。从这个意义上讲，茅枝婆的"退社"并非是想让受活庄回到"桃花源的乌托邦"之中，而是从根本上拒绝"革命"的一种愤怒的表达。这就像她在绝术团中所表演的"奠"字，一种埋葬、毁灭的愿望。

依此，我们再回过头看茅枝婆和柳县长之间的矛盾，就会发现，他们的冲突和矛盾并非是"敌我矛盾"，而是"内部矛盾"。从本质意义上讲，茅枝婆和柳县长都是革命的忠实执行者，同宗同源，只是因为隶属于革命的不同时期而产生冲突。他们彼此的观念、行为、思想基础的不可调和性恰恰意味着"革命"自身的变异与断裂。"革命"的要求让他们身不由己，由此卷入生死的狂热之梦中。这也使我们不由得思考，在当代政治史上，"革命"的本质到底发生了哪些变化？而这一根本性的变化给受活庄带来了什么样的命运？很显然，阎连科对这一"革命起源"论和"革命性"本身是持质疑态度的。在小说的结尾处，那些晃动在耙耧山脉的土地四处的"寿"字和"奠"字，正是这一质疑的基本表征。

第二节　柳县长：中国式病症

一　含混而嫁接的出身

那场"六月飞雪"所带来的灾难使得作为政府代表的柳县长轻而易举地进入了受活庄的结构之中。在这一过程中，柳县长巧妙地利用大自然的"异象"和仪式的作用，代替了茅枝婆，以类似于巫师的心理掌控能力和自身身份的神秘尊贵，进入了受活庄的逻辑。而受活庆上受活人的绝术表演又使柳县长石破天惊般地发现了受活人巨大的商品潜能，这使柳县长的"购列"梦能够变为现实。

柳县长，一个"社校娃"，在最为纯正的社会主义教育和马克思主义教育氛围中成长，但同时，却也是"养子"，一个被抛弃的形象，没有

"根",没有"家",没有"爱"的依托,唯一爱他的养父也只是把他作为一个实现自己未完成梦想的"革命接班人"来培养的。作者对柳县长出身的安排颇具意味。为什么要是养子?这一养子身份是否是对柳县长的狂热、纯粹和对权力的迷信的一种起源性暗示?为了对抗、抹杀自己身份的"暧昧",他比其他任何人都更坚定、更彻底,更急于见到成效,也更注重维护"革命"和"社会主义"的合法性和正当性,因为他要以此来彰显自己身份的合法性。因此,他用"祭祀"的方式把革命先贤供奉起来,以在中国传统思维模式中为其寻找到相对应的存在。

或者,从更宽广的意义上讲,这一"养子"出身是否隐含着社会主义思想在中国革命过程中的借喻性?因为是"借喻"而来,必然面临着如何"扎根"与"中国化"的问题,也因此而产生出种种混杂的观念和方式。所以我们会看到,尽管马克思社校的基本教育内容就是学习、传播社会主义思想,但是,身为社校老师的柳校长依然为他的养子预设的是一条升官之道,那些革命伟人是最高权力的象征,他们的光辉因权力而生,并非因为其思想。柳县长对受活庄人的想象方式,他所要求的威严、下跪,他在吸引"外资"时所运用的手段,在纪念堂下为自己修筑的纪念座等都是封建权力思想的典型显现。可以说,所有的社会主义符码都被转换到中国语言模式之中而成为一种"嫁接式"的存在。支配柳县长行动的是农民意识、帝王意识与马克思主义者的交杂产品,"现代革命"和"农民意识"交合生成了"购列"梦,而帝王意识和马克思主义思想则合成了那无比怪诞的"柳鹰雀之墓",它们不分彼此、混杂不清、相互渗透,创造出柳县长这样一个亦中亦西、亦今亦古的现代革命家和野心家。

二 "神圣结构"与"世俗追求"的双重悖反

他发现在恩格斯那第一层里写着癸辰龙年生于莱茵省巴门市一个资本家家庭的一行字下面画着一条铅笔线;发现在列宁的第一层塔格里写着庚午马年列宁生于普通工人家庭的字下面,画着一条红。发现的第三十五层里写着丁巳蛇年苏联十月革命成功,47 岁的列宁成为苏联共产党总书记的字下面画着两条红。发现在斯大林的塔格的底层里写着己卯兔年斯大林生于格鲁吉亚一个穷人家里，父母都是农奴，一家人靠父亲做鞋为生的字下面画了三条红；在顶层塔格写着甲子鼠年、民国十三年列宁病逝，斯大林接班成为苏联共产党总书记的下面也有三条红；发现在毛泽东的塔格的底层里写着癸巳蛇年毛主席出生于韶山冲一户农家的字下面画着两条红，而在第九格里写着丁卯兔年4月蒋介石发动反革命政变，全国处于一片白色恐怖，共产党在汉口召开八七会议，毛泽东被补选为中央政治局候补委员的字下面画着两条红；在第十层格里写着秋收起义四个字的下面画着三条红，在乙亥年毛主席42岁在遵义会议上确立了他在中央的核心领导地位的下画了四条红，在乙酉年毛主席52岁当选为中共中央主席的字下画了六条红；在顶格里写着壬子年成为党的主席、国家主席、军委主席一行字上画着九条红……在最后一塔有许多人的书合书码的书塔顶，他又抽出了另外一张纸，那纸上也画了几十层的塔格儿，可那每层塔格里写的不再是伟人的名字和生平。那名字处是空白，像秋天的田野空白着。他不知道这塔表格儿是养父给谁设计的，每一层塔格都那样平淡无奇，第一层竟是那样白水淡淡的几个字：公社通信员……①

这是柳校长用社会主义先贤的书和生平所设计出来的社会主义历史之陈列墙，一层层地排列、堆砌，并无更多的修辞和意义的揭示，但是，当把柳县长的未来历史也列入这其中时，当养父突然死亡，县长来宣布柳鹰雀被任命为公社通信员，而"年少的柳鹰雀一下明白养父画的那张没有名字的塔表"时，某种深刻的意味被呈现了出来。

这几乎是一种编年史家的写法，作家把自己的讲述嵌入到干巴巴的历史进程中，在罗列的过程中，因为某一事物、意象（社会主义政治）的不断重复，人物、事件变成了隐喻。在此，我们看到了政治如何化为经验、记忆和生命的一部分进入柳县长的灵魂中。它们占据了他人生中所有

---

① 阎连科：《受活》，春风文艺出版社2003年版，第163—164页。

重要时刻。由此,这些客观的罗列也变为有意味的叙述,"编年史家实乃历史的讲述者……编年史家将历史故事放置于一个神圣的——也是不可诠解的——救赎计划的基础之上,因而一开始就把论证、解释的重负从肩头卸了下来,取而代之的是讲述。讲述不关心特定的事件之间确切的关联,它关心的是如何将事件嵌入到伟大而神秘的世界进程中去"①。

对于柳校长来说,社会主义政治和养子的升迁是他"神圣的救赎计划",他希望通过养子的成功来实现"伟大而神秘的世界进程"——社会主义事业,这二者是统一的、完全一致的。在这一神圣结构下,各国的、不同时代的社会主义先贤在文本中具有了"确切的关联",因为它们在一起构成了一个逻辑意义系统:作为世界史的社会主义在中国的可实现性和本质性存在。在这段叙述中,我们看到,社会主义政治成为"世界进程"的模式,以血缘论为起点的宗族社会模式正在被以阶级论为起点的社会主义模式所代替。对于柳县长而言,这一模式是对自己暧昧出身的补偿,也是他救赎世界的方式。正是在这种冲动下,柳县长如心怀大义的英雄一样,雄心勃勃地开始了他的"救赎之路"。

在柳县长这里,社会主义信仰和个人升迁、现代改革意识与传统权力追求具有同源性,这使得他的精神之路一开始就蕴涵着神圣/世俗、忠诚/背叛的双重因子,这样的双重因子,刚好与当代经济改革中的"发展"思维相互契合(笔者将在本书第四章中详细论述这一点)。所以,他可以带领全体乡民向富商华侨下跪,也可以让村民出去偷、抢、卖淫,只要能挣到"钱",因为"致富"已经成了新的社会主义神话,这一神话告诉他,"不管黑猫、白猫,抓住老鼠的都是好猫",它是社会主义事业的一部分,与他的社会主义信仰并不相悖。"神圣结构"与"世俗追求"构成了改革开放之后的社会主义形象的基本特征,而柳县长无疑是其中最好的实现者。

有论者认为:"这是新世纪的世俗神话,一种小神话和伪神话,一种当代传奇,一种一千零一夜之后的第二夜。那是耙耧人带着镣铐的舞蹈,

---

① 本雅明:《讲故事的人》,《写作与救赎》,东方出版中心2009年版,第91页。

是扭曲的乌托邦情结中的反乌托邦狂想，是反乌托邦狂想中的乌托邦梦魇，是两者杂交后的生命力顽强的怪胎。摩西率领子民越过沙漠走过红海，柳县长领导人们走出耙耧通向红场，并妄想通过这一最奇特的方式使自己永垂不朽。"①这样的判断无疑有着极强的比喻性，但是，却把柳县长分裂性格背后的社会因素形象地展示了出来。随着"世俗追求"的不断膨胀，"神圣结构"所具有的象征性无法再涵盖其种种新的现象。"神圣结构"和"世俗追求"之间的裂缝越来越大，完全无法弥合，其结果是，二者各行其是，自说自话，前者对后者完全是符号化的存在，甚至是一种虚伪的、欲盖弥彰的存在。而越是失去控制力，"神圣结构"的重要性越发显示出来，政治意识形态越要强调其本来的特征。于是，当代中国生活中出现了非常奇怪的现象：一方面，"神圣结构"越来越被不断强调，各种政治口号和宣讲越来越多；另一方面，整个社会的经济结构和精神状态却兀自往另一个方向发展，经济越来越资本化，道德衰退，物欲泛滥，集体精神涣散。"乌托邦"成为中国当代生活中最为复杂、最无法界定的词语，因为它所蕴涵的意识形态在种种语境中都可以被使用。中国现代性的资源是一种混杂性的资源：是在马克思社会主义政治理论下所进行的带有资本主义倾向的发展模式。这一几乎具有悖论性的前提与内容决定了这一场改革的矛盾与混乱。

正是在这一大的矛盾结构中，柳县长带领着受活人"走出耙耧通向红场"，他对社会主义的神圣情感只有通过这样疯狂的经济行为才能够实现，这本身就是一个极大的悖论。他的"救赎之路"注定要失败。可以说，柳县长是这个时代的"英雄"②，是最具现实意义的象征性人物，他身上的种种矛盾、冲突、起源、决心和观念也可以看作是这个时代的普遍特征。

三　"病理"：传统的"背面"存在

可以说，《受活》只写了两个人物，茅枝婆和柳县长。柳县长以他超

---

① 李洱：《阎连科的力量——我读〈受活〉》，《北京日报》2004 年 2 月 16 日。
② 正如《包法利夫人》中的包法利夫人，波德莱尔认为"她是全书中唯一的英雄"；而于连也被认为是《红与黑》中的英雄，因为他们的形象正符合了他们所在时代的基本特征。

常的想象力、政治敏感度和煽动力为我们谱写了一首政治狂想曲。当柳县长石破天惊地说出要购买列宁遗体，在耙耧山脉建立列宁纪念堂，并且以狂热的激情进行那极度膨胀的"算账"演说时，有什么地方发出一声闷响，是精神的某种断裂声，柳县长的政治妄想和精神分裂征兆开始显现，他所做、所说的一切开始变得离奇，病态，非常明显地受着某种激情和魔力的驱使。我们看到，只有站在欢呼、鼓掌以及"山山海海"跪拜的人群面前，只有在发表"致富"演说、算那笔惊人的赚钱账时，只有在看到升迁的希望和前景时，柳县长的灵魂才是充实的、神圣的，处于极度的兴奋和病态的满足状态。政治是他唯一的生命激情和追求，而敬仰堂里的每一次瞻仰和思考都使他的政治妄想加速度进行。而当政治欲望成为唯一的欲望，当政治生命成为他的唯一追求时，他的自然生命和对生命的感受力也严重退化了，这一感受能力包括爱、宽容和对生命个体的尊重。这必然会导致政治欲望的虚妄膨胀和极端性，也必然会导致人的存在的被压迫和被毁灭。也正是在这里，小说呈现出本质的变异，现实和非现实，理性和非理性，理想和妄想之间的界限变得异常模糊，成了互为证明的对立面。

其实，在阎连科小说的人物系列中，并不是只有柳县长呈现出政治妄想症的特征。从他最早的作品《两程故里》到《日光流年》，对政治的渴望就是人物的唯一生命支柱，尽管这一"政治"对于他们来说可能只是当一个"村长"。从《坚硬如水》高爱军的政治生涯中，我们更明显地闻到精神分裂、虚妄可笑的气息。当高爱军每说一句话、每办一件事都被扩大到神圣的政治意义上，当高爱军只有在革命音乐和口号中才能和情人夏红梅做爱时，他们的世界已经呈现出微妙的分裂和妄想症状。可以说，中国人、中国官员某种程度上都患有政治妄想症的特征。他们内心对政治有着疯狂的崇拜和热爱，因为政治既意味着生存的保障，同时又意味着权力、金钱、荣誉，意味着人的最高存在价值。但是，这种政治意识跟农民意识又紧密相连，革命事业和个人利益，把生前和死后的利益紧紧结合，是以实用、利己和流芳千古为起点的。因此，才出现了最为荒诞的一幕：柳县长在列宁纪念堂下面为自己修了一个同样的水晶棺，上面写着"柳鹰雀同志永垂不朽"。

这一"水晶棺"的突然出现使我们看到了柳县长内在精神的全部构造：即现代性追求背后深层的"传统"诉求，正是这一无时不在但又被遮蔽于精神深处的"传统"构成了柳县长病症的"病灶"。日本思想家丸山真男在分析"传统"在日本近代化过程中的存在形式时认为："即使传统思想随着日本的近代化或现代化而其踪影日渐淡薄，它已深深地潜入于我们生活的感情和意识的最底层。很多文学家、历史学家都曾指出，近代日本人的意识和构思在追求时髦的外表下，实则深受无常观、'物哀'、固有信仰的幽冥观以及儒教伦理的左右。这不如说，正由于过去的东西未能被作为对象来自觉认识，从而未能被现在所'扬弃'，所以导致过去的东西从背面溜进了现代之中。"① 他认为，"传统"从"背面溜进现代"，这正是"传统"在现代思想进程中的位置与形象：沉降的、负面的、无意识的，同时，也是并存的，在精神内部只是"转换了空间配置而已"。"传统"并非因为现代思想和现代制度的引进而全然消失，它只是转换了一种形式，在某种时候会以完全变异的方式呈现出来，这一呈现方式也使得它不得不以"负面"的形象存在，"日本社会或个人内在生活中对'传统'的思想回归，往往会以这样的形式表现出来，就如同人在吃惊时会情不自禁地突然冒出久违的方言一样，与一秒钟前使用的普通语言完全没有任何内在关系，就突然地'迸出来'"②。辛亥革命以后不断重复的"复辟"现象，中国民众在最危难的时候或被解救之时突然"下跪"，柳县长对官位的极度追求，面对百姓时渴望被拜的心态，都是"传统"突然"迸发"的外现。正是因为"传统"一直没有被厘清，没有被"现代"发现和纳入，所以，它与"现代"之间只能以这样并存的、互相排斥但又互相影响的形式相互关联。这一关联性在中国近代化和现代化过程中不断发酵，并产生各种"偶然的"事件。

因此，透过柳县长的精神成长历史，通过他的政治狂想和为了实现它

---

① 丸山真男：《日本的思想》，三联书店 2009 年版，第 11 页。
② 同上书，第 12 页。

所实施的手段的荒诞性和残酷性,我们看到了中国"传统"文化思维和政治思维中的内在匮乏,即对人的精神的漠视,看到了培育这"漠视"和"政治妄想症"的肥沃土壤。无论在哪一个政治阶段,"人的精神存在"始终没有被纳入真正的发展计划之中。因此,即使是柳县长的世界拥有了电话、交通和与世界交流的各种机会,但是骨子里却仍然是一个农民,一个根本不理解现代精神本质的土皇帝。他们如鱼得水,他们的构想、方法和手段在官方和民间都通行无阻,因为支配柳县长们活动和思想的规则和密码与使社会得以运转的整个思维体系是完全一致的。

受活庄终于退社了,重又成了"世界外"的存在。茅枝婆安详地走了。经历了人生悲喜剧的柳县长也自残双腿,到受活庄落了户。耙耧山脉似乎重新回到了原来的状态,进入四季轮回,平静安详的自然人生。柳县长的行为是否是一种清醒,是政治妄想症的自动治愈?很难说清楚,但有一点可以肯定,在他走投无路的时刻,他选择了回到自然生命之中,这既是他的农民意识的体现,同时,也是他生命深处最本能的选择和回归——回家。但这种回归是非常脆弱的,受活庄经不起外界的一点冲击和诱惑,它必然会被再次纳入整个社会的所谓"现代性"的话语之中。那不断练习聋耳听炮、盲目辨位的耙耧山人,暗示着下一个绝术团的必然成立,暗示着下一个"柳县长"的必然出现。

第三节 绝术团:"残缺之躯"及其隐喻

一 作为"奇观"的绝术团

维柯在《新科学》中石破天惊般地用一幅画来表达他对人类发展的分期和理解。他详细地解释画中每一事物所蕴涵的隐喻、寓言、起源和历史生成,在此,事物不再只是事物本身,而是一种象征,具有总体性的意义指向,同时,也幻化成一个个具有神秘力量的中介物,通过它,人类的过去被呈现出来。这一幅画包罗万象,人类的过去、现在和未来,散发出强大的能量,彰显着自人类诞生以来的全部知识和对宇宙、自身的想象。

维柯在卷首说明中说:"我们希望借此使读者在读本书之前得到本书

的一些概念，而且在读后，借助于想象把它回忆出来。"① 这又是一个很奇妙的暗示，"借助于想象"，那么，这一"想象"来自于哪里？是图中事物所诞生的人类时期——英雄时代？人的时代？还是"想象"这些事物背后的"想象的逻辑"，因为它实际上体现了每一时代人类生活的总体原则和形式。

在这一前提下，我们来想象这样一幅画：它要具有高度的象征性和抽象性，能够涵盖中国生活的过去、现在和未来，能够以精确的事物和形态诉说出这一生活的形态、规则和逻辑。在读到《受活》中有关受活庄绝术团表演的叙事时，笔者似乎看到了这幅画：

> 第一个月发钱时，受活人都激动得双手哆哆嗦嗦抖。都把那钱裹在内衣里不脱衣裳睡觉哩。有的在贴身衣裳的某个处地又添缝下一个兜，把那钱缝在贴皮靠肉的布兜里，出演时那钱像砖样啪啪啦啦地拍着他的肉皮儿响。拍打着，出演不便当，可因了那钱的拍打哟，他就出演得越发认真了，越发快捷地走进那戏的情景了，演耳上放炮时，把耳上挂的一百响改成了二百响。在出演瞎子听音的节目里，为了明证瞎子真的是瞎子、是满实的全盲瞎，其原先是用一百瓦的灯泡在他眼前照上一会儿，后来就改成五百瓦的大灯泡在他眼前照上大半天，再后来就索性改为一千瓦的灯泡了。到了下个月，每人又发了上万的钱，出演就没有啥儿可怕了，小儿麻痹症脚穿着瓶儿翻筋斗，不是让那玻璃瓶儿不碎破，而是到末了故意让那玻璃碎在他的脚下边，他就站在那玻璃渣儿上给观众谢幕儿，观众就都看见血从他那麻秆腿下的脚缝呼哗哗地流了出来哩。

> 就越发地给他鼓掌了。他便越发地不怕脚疼了。他每月的钱也便愈加地多了起来呢。②

> 真是呢，这城市的大街小巷都为受活人的出演疯了哩。它的工厂

① 维柯：《新科学》，人民文学出版社 1986 年版，第 3 页。
② 阎连科：《受活》，春风文艺出版社 2003 年版，第 190 页。

里也是有许多的工人几年没了事故哩，没了工资哩，到了菜季要出城
到乡下的菜地捡着菜叶维护生计呢，可这时，被左右邻居说动了，被
有钱的人鼓荡起来了，仿佛不去看一次出演就白白活了呢，也便把捡
垃圾、卖纸箱、酒瓶的钱从床头的草席下边一咬牙取了出来了，去买
了一张最便宜的门票去看了。有病的人，本来是几个月都躺在床上不
动的，曾经为吃西药便宜还是中药便宜不止一次算过呢，可到了这时
候，就把那药钱取出来去买门票了看了出演了，说天大的病，再好的
药，也没有神情喜悦重要哩。说精神好了，百病皆无了，也就不顾一
切地去看了那出演。①

一群残疾人的"奇观"表演，既无与伦比的悲惨，又充满着不可遏
制的狂欢。它是虚构的，但却似乎能够从中感受一种真实性。它隐喻、象
征了什么？它指出了当代中国生活怎样的本质和存在状态？我们可以仿照
维柯对那幅画的解释方式来试着分析这一场景中的事物的象征：

这是一个大舞台，灯泡以因一种持续大瓦数燃烧而要爆炸的热度照亮
着舞台，舞台上，各个不同类型的残疾人正卖力表演着。舞台下，是观
众，有县长、市民和各地慕名而来的观众；舞台外，自行车疯了，它们密
密麻麻地挂到了树上；整个城市疯了，他们被这一"残缺绝活大展览"
所迷惑，"窥视欲"成为最大的欲望，没钱的变得充实，生病的突然间
"百病皆无"。舞台，也或者可称之为"审判台"，台下的和台上的人因为
"看"与"被看"而相互审视，互相投射出对方的形象。一出关于人性、
幸福、尊严、商品和权力的大戏正在拉开，这是人类自诞生以来就亘古出
演的大戏，只不过，这次的演出更加独特，更加复杂。

那正在百般扭曲自己身体的受活人，或许可以看作是被经济、"致
富"的前景诱惑、控制了的当代农民，他们是演员，以小丑的方式上演一
出"喜剧"，伴随着这一过程的是个人性、尊严、羞耻等人之所以为人的
基本品格的丧失；人被集中起来表演残疾，意味着"残缺"被出卖，"身

---

① 阎连科：《受活》，春风文艺出版社 2003 年版，第 145 页。

体"被作为商品出售，意味着农民被"降格"处理，他们不被看作与都市、观众、现代社会同等的存在；整个城市像疯了一样观看、追捧这一"残缺的奇观"，这疯狂助长了"残酷性"的增加，毫无疑问，它暗示着道德的缺失和人道主义精神的瓦解，暗示着"农民"再次成为笑料和奇观的制造者和生成者。它体现出了中国观念中最根深蒂固的"城乡差别"意识，在文学史中可以找到无数的原型，"《陈奂生上城》之中，卖油绳、买毡帽、住旅馆的陈奂生制造了一系列的笑料。令人咋舌的旅馆收费和坐不惯的沙发映照出陈奂生身上不可掩盖的土气。亚里士多德早就发现，如同骗子或者小丑，'乡下人'始终是喜剧人物的一个原型。《红楼梦》之中的刘姥姥形象是一个众所周知的著名例子。这不仅证明了古今中外的城乡差别，同时还证明了城市对于乡村的蔑视。令人感慨的是，大半个世纪以来，"左翼"文学、《在延安文艺座谈会上的讲话》以及从丁玲到浩然的一大批作家并没有彻底铲除城乡差别的意识形态。一旦温度合适，城市对于乡村的蔑视立即故态复萌。这远远不是一种行将就木的传统观念。事实上，愈演愈烈的城乡二元结构有力地支持这种意识形态源源不断地生产"①。

台下正中央柳县长正在不动声色地进行"算账"，他眼前看到的是"200天就挣到一个亿"，那是"一万块钱一捆，1000捆，从脚底儿垒到楼顶上"的人民币。这是权力的真相，或者可以看作社会主义市场经济的真正逻辑：以什么样的方式挣钱不重要，重要的是挣到钱。政治依靠"残疾人"的身体完成原始积累，这从根本上决定了这一政治具有结构上的原罪。

那观众中的下岗工人、退休老人、病人和那疯狂的自行车、公交车、城市，仿佛都被一种魔力所征服，他们被鼓动着，沉迷在这样的表演与狂欢之中，遗忘了现实的苦难和自己目光中的不平等。

所有的人、整个城市、整个中国都被席卷入一种莫名的狂热、躁动之中，这躁动似乎具有狂暴、炫目的力量，吸引着所有事物不可逆转地朝更

---

① 南帆：《〈受活〉：怪诞及其美学谱系》，《当代作家评论》，《上海文学》2004年第6期。

深的旋涡里下陷。

或者可以说，这正是当代中国的感性形象。绝术团和它的表演既是一种充满激情的、夸张的诉说，也是一个寓言，一幅画，一种基本形态。它象征着这个时代的病症和总体精神：奇观化、物质化、商品化、非人化、冷漠化。

二 农民的"身体政治学"

茅枝婆唤："你把身子转过来。"

马聋子就把略微能听见的左耳旋对了茅枝婆的脸。

茅枝婆问："你也去那出演团？"

马聋子似乎生怕别人听不见他的话，就可着嗓子大声答："一月几百上千块钱我咋能不去呀。"

茅枝婆又到单眼家里了。单眼的行李全都收拾好了呢，正坐在屋里试穿他娘给他做的鞋。茅枝婆说："你去在人前穿针纫线，那是辱你哩，辱你的眼，辱你的脸，那是把你当成猴耍哩。"

单眼说："在受活呆着倒是不遭辱，不遭辱可我二十九岁了，二十九了我连媳妇都找不到，你说我能不去吗。"

茅枝婆又到瘫媳妇家里了，说："你不能不去吗？"

瘫媳妇说："不去我在受活穷死呀！"

茅枝婆说："别忘了你是咋样瘫的呀，别忘了你是咋样来的受活庄。"

瘫媳妇说："记住哩，就是记住我才不能不跟着上边的人出门呢。"

茅枝婆又去了十三岁的小儿麻痹家里了。

茅枝婆说："孩娃才过了十三呀。"

人家爹娘说："再长几年他的脚就穿不进瓶里啦。不小啦，该让他出门闯荡了。"

茅枝婆说："不能拿着孩娃的缺残去让人看呀。"

人家爹娘说："你不让人看这你让人看啥呀。"①

这是茅枝婆在受活庄到处劝说受活人不要参加绝术团遭到拒绝时的对话。在"贫穷"面前，"身体"的尊严是最不值得坚持的东西，因为后者无法解决更为迫切的生存问题。有论者认为，"那个由残疾人组成的'绝术团'，它的使命可能是冷战以后人类最奇特的使命，是乡土中国进入WTO以后才会有的一种使命，宛如被疯狗追逐之后的'必须之举'"②。让孱弱、残疾的乡土之躯承担起走向现代化、完成原始积累，并最终挽救社会主义命运的使命，这本身就是一种极大的反讽。但这一反讽中也泄露出历史的秘密逻辑：农民的"身体"再次成为唯一能够和世界对话并参与历史进程之中的"资本"。

农民的这一"身体政治学"在中国历史和现代革命史上并不陌生。在20世纪文学史中，《从文自传》中的杀戮，《柚子》里的杀头，《阿Q正传》、《示众》中的砍头，我们可以对农民的身体政治学略感一二。而在现代革命史中，农民战争的发动更是革命成功的重要原因，农民变为现代意义的"战士"，"死亡"变为"牺牲"，"被杀"被命名为"就义"。但不管如何命名，农民政治地位的被确定所依靠的只能是"身体"，而不是智慧、知识或劳动。这一状况自延安时期似乎开始有所改变，毛泽东提出"为人民服务"，城市青年"上山下乡"，知识分子"劳动改造"，农民作为精神的主体和价值极大地得到认同，这也意味着"农民的身体"有了浮出历史地表的可能。但是，在叙述主体那里，尤其是在文学史的叙述中，农民仍然是"被压迫与被损伤的"存在，因为农民的地位、农民收入和社会资源分配并没有得到真正的改善。在《远村》中，我们看到一个农村女性仍然需要依靠身体来交换到生活得到维持的资源，而《陈奂生上城》虽然写的是农民得到经济上和精神上的"解放"，但却更让我们看到由于经济、地位的低下农民"肉体"的贫乏与可笑。

---

① 阎连科：《受活》，春风文艺出版社2003年版，第97页。
② 李洱：《阎连科的力量——我读〈受活〉》，《北京日报》2004年2月16日。

在改革开放的现代化发展中，农民的身体从与"革命"的纠缠中脱离开来，身体自身成为资源，变为可以获得经济利益的商品，参与并形成新的经济结构。在《许三观卖血记》中，许三观以不断地"抽血"来获得生活的物质原料，来维护家人的健康和应有的尊严。身体被不断抽空，又不断充实，然后再抽空，最终身体失去了其稳固性和可靠性，它变成一个"虚空"，一个巨大的剥夺，以其源源不断的血液的流出把身体所具有的政治隐喻给呈现出来。在阎连科的小说中，"身体"一直具有很强的隐喻性和原型性。《日光流年》中，三姓村的人为活过四十，妇人集体出去"卖淫"，男人出去"卖腿皮"，"身体"是他们唯一挣钱的渠道和可以反复使用的资源。最后，司马蓝为了活过四十，竟拉着女儿给自己准备重修旧好的初恋女友蓝四十下跪，而蓝四十竟然也答应了，因为这是三姓村唯一可以挣到钱并改变自身命运的渠道。在此，生命的延续依靠的是出卖身体，而出卖过身体的女性却因为失去尊严而没有了活着的意义，这成为一个悖论。它和丁玲《我在霞村的时候》中贞贞所面临的困境有所相似。贞贞依靠"身体"换来了革命的资本，但最终却被村庄所鄙弃，这一鄙弃背后并不只是道德的评价，还涉及政治在民众中的本质存在问题。

非常奇怪的是，受活庄人在选择出卖身体、放弃身体时，非常坦然，非常镇静。或者，对于中国农民来说，"贫穷"并不只是一时的属性，"出卖身体"或"身体被质押"也不只是一时的行为，它是千百年来中国农民的属性和行为，从来如此，也只能如此。在当代的新闻报道中，我们经常会看到哪一个村庄成为癌症村、血铅村；哪一个村庄是妓女村、乞讨村；哪一个村庄的河流被污染，鱼、庄稼全部死掉，村民得各种怪病；或者，哪一个城市被沙尘暴所袭击，对面不能识人；哪一个城市浓烟滚滚，被高度污染。但是，农民，我们，这些城市的人，都泰然自若地生活着。虽有埋怨，但依然"冷漠"。"冷漠"是中国人对自己身体的政治地位的基本态度，因为它一直处于"被质押"和"被控制"的地位。当代的"个人身体"只是一种换了形式的"剥夺"。

"身体"，"父母发肤，不敢损之毫厘"，对身体的尊敬是一种孝道，也是一种尊严。在西方语境中，"身体"是个体存在的生理基础，对身体

158

的尊重与持有是公平、正义和个人权利的基本条件。但是，在中国的历史中，个体意义的"身体"一直被所谓的大义、政治所磨损，"为了一个高尚的目标我们必须有所牺牲"，这是革命对于身体的要求；农村妇女卖淫、农民自动做乞丐、癌症村的出现，是改革中的必然阶段；柳县长告诉受活庄人，你们"出卖身体"，就可以挣到很多很多，从来没有见过的那样多的钱。于是，受活庄人争先恐后地"卖身"，卖不成的还要下跪求"卖"，因为他们"卖无可卖"。在这里，农民的"身体"被物质化和客体化，成为完全商品的存在。

对于受活庄人而言，身体所具有的价值还因为"残缺的可观赏性"。残疾不再只是"自然的残缺"，而变为"现代性的风景"，是可以产生经济的事物。这种"可观赏性"有非常广泛的群众基础。在中国最盛大的演出，春节晚会上，我们可以很轻松地找到对应。赵本山的小品被亿万观众喜爱，包括小品中对"残疾"的惟妙惟肖的摹仿，我们哈哈大笑，开心至极，而电视台在一年之中或几年之中反复播放，我们也不厌其烦地观看，每次仍然会开心大笑。在这笑声中，一个民族的冷酷被展示出来，它也意味着，我们对自身（精神的和物质上的肉身）并不关心，我们热衷于"围观"，尽管我们自己也是"被围观"中的一个。也因此，当这种"可观赏性"能够带来巨大经济收益时，对身体的"抛弃"也是非常自然的事情了。在《受活》却是逼人的反讽，以集中的夸张所带来的不适，和作品中的象征构成一种对话意味。

但是，不论如何扭曲、奉献、牺牲自己以换取金钱或必要的生存资料，最终，农民都是失败者，"阎连科的世界里，命运的赌盘不停转动，过去的主宰是土地庄稼，现在则换成了金钱，但农民的身体总是那孤注一掷的赌本。我们还记得阎连科《耙耧天歌》、《日光流年》等小说里的农民身染恶疾，走投无路，他们以最素朴的方式对抗命运的诅咒，世世代代，形成一种苦难奇观。《丁庄梦》里的农民则是为了发家致富，不惜铤而走险。在这层意义上，阎连科看出了艾滋的现代性意义，并赋予相当批判。然而，他对社会主义市场化以后的经济发展保持暧昧的看法。以往小农式或合作式的经济模式不再能够约束阎连科丁庄的农民。他们现在要的不是子孙香火（《耙耧天歌》）、不是宗族伦理（《日光流年》），而是实实在在的物质生活的日新月异。他们把卖血当作没本的生意，却落得血本无归。他们是有'中国特色的社会主义'里一群失败的投资人"①。

三 志怪传统和"怪诞—肉体"形象

如果一定要从现实主义的角度来理解《受活》，无论如何都面临着阐释的不确切性，虽然在某个层面它仍然具有典型的现实主义性（笔者在下文将有所论述）。那我们不妨换个角度，看是否能产生新的理解。

庄子在《德充符》一文中描述了一群体残形畸而德行超众的人，"兀者王骀、申徒嘉"（断足）、"叔山无趾"（断脚趾）、"恶骇天下的哀骀它"、"闉跂支离无脤者"（跛脚、驼背、缺唇），最终，他们以自己的德行征服了圣人孔子、国君卫灵公、亲人和世人，等等，庄子由此得出"德有所长，而形有所忘"的结论。② 姑且不谈庄子这一理念的哲学意义，在美学史上，这一"畸人论"被看作是中国艺术史和文学史上的一大起源。闻一多在《古典新义·庄子》一文中对庄子的"畸人论"给予极高的美学评价，"如达摩是画中有诗，文中也常有一种'清丑入图画，视之如古铜古玉'的人物，都代表中国艺术中极高古、极纯粹的境界。而文学中这种境界的开创者，则推庄子"。郭沫若在《十批判书》中虽然是以否定的观点批判庄子，但也认为正是庄子的"畸人论"使得以后的中国文学充满了"奇形怪状"的身体形象，"以后的神仙中人，便差不多都是奇形怪状的宝贝。民间的传说，绘画中的形象，两千多年来成了极陈腐的俗套，然而这发明权原来是属于庄子的"③。

《庄子》中的寓言故事、人物形象可以看作是中国小说的"原型"。与它几乎同时代的《山海经》中，也有各种"畸人"和"畸人国"的存在，"三身国，一臂国，奇肱国，一目国，无肠国，聂耳国，拘瘿国，跂

---

① 王德威：《革命时代的爱与死——论阎连科的小说》，《当代小说二十家》，生活·读书·新知三联书店 2006 年版，第 443—444 页。

② 庄子：《庄子》，中华书局 2010 年版，第 77—93 页。

③ 转引自《庄子》中方勇的译注，中华书局 2010 年版，第 77 页。

踵国"，当然，最著名的就是"刑天"，"刑天与帝争神，帝断其首，葬之常羊之山。乃以乳为目，以脐为口，操干戚以舞"（《海外西经》）。此后，逐渐形成了志怪传统，如《搜神记》、《异林》、《异苑》、《太平广记》、《列异传》，再到《聊斋志异》等，既有神仙魔法，也有异人异事，人魔互变，因此，许多中西学者都认为中国古典叙事文学可以用"异"、"非常"等中心概念来概括。①

"小说"最早的概念也来自于庄子，在《杂篇·外物》中，"饰小说以干县令，其于大达亦远矣"。这里的"小说"指的是浅陋的言辞，意指"用浅陋的言辞来求得美好的声誉，这离那通达大道也太远了"。此时的"小说"与文学之"小说"并无内在联系，但却对以后的小说美学具有"原型"作用。班固在《汉书·艺文志》中又说："小说家者流，盖出于稗官，街谈巷语，道听途说者之所造也。孔子曰：虽小道，必有可观者焉，致远恐泥，是以君子弗为也，然亦弗灭也。"这里的"小说"与文学中的"小说"最为接近，是街头巷尾之谈，具有民间性、传奇性和不可靠性。班固对小说的"传统定义"导致了小说，尤其是那些志怪、传奇小说受到儒家思想的排挤和压抑，不能拥有正统地位，只能在民间世界流传。并且，在故事流转过程中，经常会把那些充满想象力的神话、人物和故事改编为符合儒家教诲的寓言，其诡异、神秘和夸张的成分遭到极大破坏。

这一情势在五四初期发生了变化，梁启超在《论小说与改良群治之关系》中把"小说"提高到"新一国之民"的地位。在这一"启蒙"功能的统领下，严肃意义的小说地位被提升很高，但具有志怪、传奇、通俗倾向的小说仍然处于被压抑之中，我们从中国现当代文学的发展史可以清晰地看到这一点。奇人、异事、幻象不再被看作是对人类生活和世界的延伸、想象与再造，它的"笑"、"夸张"、"荒诞"等特征不再具有美学上的价值，因为它不符合我们认为所认知到的"真实"世界的境况。这也是现代小说美学的基本起点。正如昆德拉在看《塞万提斯》所意识到的，

---

① 莫宜佳：《中国中短篇叙事文学史》，华东师范大学出版社 2008 年版，第 11 页。

当各种人来到小酒馆时，"整个儿是离奇的巧合和遭遇的堆砌。但如果把这看成是塞万提斯的幼稚或笨拙就错了。当时小说和读者之间尚未形成必须逼真的默契，他们不看重模拟的真实；他们看重的是娱乐、错愕、惊讶、陶醉。他们是在游戏，并于此施展才情。在小说史上，19 世纪初代表着一种巨大的变化。我几乎要说它是一种灾变。必须摹仿现实的规则一下子使塞万提斯的小酒馆变得荒唐可笑了。20 世纪常常反叛 19 世纪的传统。然而，再也不可能简单地回到塞万提斯式的小酒馆了。19 世纪的现实主义站在塞万提斯和我们之间，它担保说，离奇巧合的游戏永远不可能再是天真无邪的了。它不是变成了真诚的滑稽、讽刺、戏仿（例如《拉夫奇奥历险记》或者《弗迪杜克》），就是变成了多余的幻想和梦"①。

　　以此来看《受活》，受活庄里的各类残疾人，跛脚的、单腿的、侏儒、瞎子、聋子、瘫子，等等，他们虽没有庄子《德充符》中那些畸人的德行，也不如《山海经》中的那些人怪异，但却个个身怀绝技。他们组成的绝术团，惊世骇俗，无与伦比，让世人为之震惊、疯狂。还有那具始终漂浮在文本之中的尸体，它既是死亡、腐朽，但同时却又拥有巨大的能量，可以控制甚至创造现世的生活。它和《受活》所设置的原始时间一起，构筑了一个夸张、怪诞、想象同时又充满民族神秘气息的世界。《受活》走的是《山海经》、《搜神记》、《太平广记》，而不是《诗经》、《论语》、《史记》的那一路。它遵循的是志怪、传奇的传统，而非儒家的"文以载道"和"温柔敦厚"。甚至，它试图绕过启蒙以来理性主义精神对现代文学的渗透和制约，而重新回到天地神灵共生的时代，在那里，文学感的产生依靠的是对无限世界的蒙昧的想象和好奇。"蒙昧"产生想象，现实的、真实的原则不是它所要考量的和所要遵守的规则，它不要"摹仿"现实，而是创造它以为的或可能的"现实"。也因此有论者认为《受活》真正成功的地方，"并不在于对农村和农民的苦难的大胆揭示，这有人做过，现在也还在有人做，不论用文学的方式还是用其他方式。这部小说的独特之处，是对农民苦难和农村文化政治这种特殊的政治形式

---

① 米兰·昆德拉：《小说的艺术》，上海译文出版社 2004 年版，第 96—97 页。

（还有它的体制）的复杂关系的描绘和揭示，而且，这种描绘和揭示不是用写实的手法，而是荒诞、是超现实"①。"荒诞"和"超现实"这样的词语都是典型的西方文学理论的术语，但是，《受活》的这一美学方式也确实能够在西方文学中找到对应的概念。

　　如果说有志怪、夸张、想象美学倾向的《受活》是对现代政治社会和启蒙文学样式的一种反抗的话，那么，怪诞和狂欢则是欧洲中世纪拉伯雷《巨人传》的美学特征，并以此建构出一个充满颠覆意义的民间世界。二者的精神与形态具有某种相似性。巴赫金以"怪诞"和"怪诞现实主义"来命名《巨人传》的美学模式，"怪诞现实主义的主要特点是降格，即把一切高级的、精神性的、理想的和抽象的东西转移到整个不可分割的物质—肉体层面、大地和身体的层面"②。它主要的表现形式是"怪诞人体"和"诙谐"。"怪诞人体"以夸张和未完成的人体形象把事物拉向"物质—肉体"层面，拉向大地、生育、繁殖等生生不息的感性层面，并以此达到对规范、标准、一体化的反抗，"物质—肉体的因素被看作包罗万象的和全民性的，并且正是作为这样一种东西而同一切脱离世界物质—肉体本源的东西相对立，同一切抽象有理想相对立，同一切与世隔绝和无视大地和身体的重要性的自命不凡相对立。物质—肉体的体现者是人民大众，而且是不断发展、生生不息的人民大众。这种夸张具有积极的、肯定的性质，它的主导因素都是丰腴、生长和情感洋溢"③。诙谐则是"贬低化和物质化"，通过种种民间广场的表演（即中国生活中的庙会、说书人、流浪戏班、马戏班等小传统），以嬉笑怒骂的方式，通过"全民的笑"和"狂欢"在整个官方世界的彼岸建立了第二个世界和第二种生活，消解严肃的官方的生活和权威。

　　《受活》中充斥着如巴赫金所言的"怪诞的人体"。残疾的身体被再

---

　　① 李陀、阎连科：《阎连科〈受活〉讨论：超现实写作的新尝试》，《读书》2004年第3期。

　　② 巴赫金：《拉伯雷的创作与中世纪和文艺复兴时期的民间文化》，《巴赫金全集》第六卷，河北教育出版社1998年版，第24页。

　　③ 同上书，第23页。

次扭曲、突出、变形，它与病态、丑陋、恶心的意象相联系，也是一种
"奇观"。而当它被作为商品"展览"，在全国各大城市巡回、流动表演之
时，它的意义是多重且相互冲突的。一方面，确如巴赫金所言，这一表演
本身具有"物质—肉体"意义的混沌和内在的讽刺意味，这从肉体的扭
曲、内容的荒诞和民众的疯狂都可以看出，整个大地是感性的、肉欲的，
非理性战胜了理性的精神和抽象的概念，虽然柳县长的目的是为了筹钱买
列宁遗体（这一目的本身就是非理性的，有微妙的政治色欲和诱惑意
味）。受活庄的残疾人如马戏团的小丑一样，羞辱与放弃，自我贬低与非
人化，它以超越于"规范人体"之外的"怪诞"给人带来一种新的想象
力，一种解放感、自由感，同时，又是肉体的、感性的，通过夸张的"物
质—肉体"的方式羞辱那些被深深吸引的观众。它的确给民众带来了
"大地的丰饶"和"解放再生"之感，作者也在文中不遗余力地渲染绝术
团表演带给民众的这种奇迹，有病的病好了，没钱的忘记了贫穷，有钱的
一遍遍观看、赞叹与震惊，带着满足的心情离开，绝术团所过之处，人、
物、城市都"疯狂"了，所有事物都像被打了一针强心剂，充满了生的
希望和好奇。

　　但是，另一方面，这一表演——残疾人/正常人，乡村/城市——背后
始终还有另一种隐喻，即对象之间存在着"某种敌对的、陌生的和非人的
东西"①，因为"规范的身体"，即现代世界是以"物"——抽象的消费之
物——来观赏这一表演的，它的解放意义既被张扬，同时，又被无限制
约。它是中国式的围观，充满着对杀戮、破坏、伤害的渴望。

　　这一"物质—肉体"的怪诞形象，这一感性、混沌的美学风格在当代
小说的美学理念中，无疑是一种另类书写。对"现实"世界进行"非现实"
的书写，这需要一种冒险精神，因为它要挑战的是一个时代的文学的"常
识"——自五四以来文学的启蒙传统和对理性主义精神的提倡，包括后来
的革命现实主义、社会主义现实主义和现代主义等。阎连科似乎早有预感，

---

　　① 巴赫金：《拉伯雷的创作与中世纪和文艺复兴时期的民间文化》，《巴赫金全集》第六卷，
河北教育出版社1998年版，第56页。

在《受活》发表的同时，在后记中以预先张扬的方式反击可能的诘问，写出《寻找超越主义的现实》一文，以试图对自己文中的"非现实主义性"进行解释。当然，这只是一种徒劳。

四 "残缺之躯"："乡土中国"的感性形象

"残缺之躯"一直是阎连科小说的重要形象，也是其作品中"怪诞人体"形象的主要表现形式。"被肢解的人体、孤立的怪诞器官、肠子和内脏、张开的嘴巴、贪吃、吞咽、排泄活动、屎尿、死亡、分娩活动"等怪诞元素充斥在阎连科的作品中。《耙耧天歌》中以自己的身体熬汤给孩子治痴傻病的母亲，《年月日》中那扎满玉米根须的身体，《日光流年》中三姓村人的"割腿皮"、"卖淫"，《丁庄梦》中不断抽血卖钱直到满臂针孔、满脸疮痘的丁庄人，《受活》中那集种种"残缺"于一身的受活人，《四书》中那自愿以身体作为交换的女音乐家的"吞咽"动作，那以割破身体流血来滋养麦穗的"作家"，都让人过目难忘。作者甚至不惜以极端书写让读者感到不适、惊悚、恶心，甚至呕吐，这种极端的处理身体的方式也引起众多批评家和读者的注意。①《日光流年》中司马虎卖腿皮之后，走在路上，裤筒里的蛆虫一粒粒掉下来的细节，受活庄那断腿人在舞台上的表演恐怕所有看过书的人都不能忘记。不是不能，而是无法忘记，你会感受自己像挨了打似的，恶心、颤抖、愤怒、悲凉和莫名的寒意，其意蕴的丰富度和冲击力并不弱于大的场景。它们都唤起了当代人对"身体"，尤其是对"农民身体"的感知，一种强烈的残酷感和恐惧感。

需要特别指出的是，阎连科的写作是以当代中国政治史、革命史和改革史为潜在反思对象来写作的，在短短几十年的时间中，因饥饿、肃反、战争、自然灾荒、"大跃进"、改造、大革命等原因，"身体"的被折磨和非正常存在一直是中国生活的重要意象，它一直处于"被突出"和"被强调"的状态，"三年自然灾害"中的"饥饿"形态，"改革开放"中的

---

① 陈思和、郜元宝、葛红兵等论者都在不同的文章中提到看阎连科小说时的生理感受，对此也有褒贬不一的评价。

"卖淫女"、"乞讨人"、"断指工",上访告状的村支书横尸在大卡车下面的惨烈,等等,都以触目惊心的方式存留于每个中国人的情感深处,这一"怪诞—肉体"形象构筑了当代乡土中国的"身体潜意识":残缺、恐怖、悲哀,让人厌恶,这一厌恶不只是精神上的厌弃,还包括肉体上的拒斥。它是一种象征,潜藏于当代每个中国人的心里,阎连科的小说让我们看到我们眼中的形象。在很大程度上,《受活》是对这半个世纪以来,或者更久远的"身体灾难"的一个强烈的反抗,以志怪的民间方式,在精心构筑的时间框架中,重回民族历史深处。

关于阎连科小说中身体意象的"惨烈"与"残缺"历来褒贬不一。但论者都注意到"身体"在其小说中的本体地位,"阎连科反复渲染的泥天泥地的世界里的坚守,往往不得不退缩到纯粹的身体,这是他的小说一再出现的值得注意的现象。拒绝扩张的世界观无可遏止地收敛,最后只能退缩到身体。农民在自己的世界中最后可做的事情,竟是'自由'地支配剩给他们的仅有的资本——身体,动辄从身体中汲取反抗灭顶之灾的力量"①。"身体"的姿态和行为是对乡土世界和乡土中国的存在位置和存在方式的象征和隐喻。

在中国的乡村大地上,要有着比《日光流年》、《受活》荒诞得多、残酷得多的存在("卢主任"的形象及村人的表现,因污染而致病的现象在乡村并不陌生,如果你把这些情节讲给农民听,甚至不会看到诧异的神情)。身在时代之中的人,要有超乎异常的敏感性、洞察力和疼痛感才能感觉到许多正常中的非正常存在。在"活不过四十"的命运咒语之下,三姓村人荒唐的乌托邦改造并非天启,而是大致依循了共和国的政治想象,"英雄母亲"、"翻地造田"、"修渠引水",这些都是中国政治生活中并不遥远的过去,它们历来都被看作是民族豪情的象征,但是,在阎连科看来,这里面却隐藏着乡村千疮百孔的痛苦与失去。生殖的狂欢除了女性主体与尊严的丧失之外,还透露出一个民族的历史处境及在这处境下更为卑微的乡土生命状态;"修渠引水"更是具有非凡的改写效果,它的原型

---

① 郜元宝:《论阎连科的"世界"》,《文学评论》2001 年第 1 期,第 42—51 页。

（红旗渠）已经成为共和国政治修辞的重要隐喻和民族神话的再次延续，但是，在阎连科这里，"敢教日月换新天"的创业豪情所迎来的却是现代性的碎片，"这个故事到了结尾时达到了惊心动魄的地步，当人们不遗余力地再一次进行改写命运、改造自然、战胜命运的斗争之中发现了命运的不可战胜不仅仅在于宿命的力量，而在于外在的力量已被进步的步伐所改写，这种震撼的力量不再是 80 年代式的批判中国文化的民族寓言所可能传递出来的"①。此时，弥漫在耙耧山脉上空的怨气，那似乎有受虐倾向的"割皮"举动，都成为一种控诉。而当作者在一种不断被渲染的狂欢氛围中写到那故意脚踩碎玻璃以满足观众的"观赏"心理的小儿麻痹症残疾人时，一种可怖的东西慢慢渗透在文本中，"身体"已经彻底被抛弃，变为商品，"身体"的痛感在金钱面前也被迫消失，它的尊严、自我属性、价值被抽空，被隔离，成为完全的符号。

　　毫无疑问，这里面隐含着作者的现代性批判，这种震撼的力量不仅在于它使人看到共和国乌托邦进程的虚幻与可笑，政治的软弱与不人道，看到了那即将面对，或已经影响中国生活的"深渊"，更重要的是，它使我们看到了一个真实的，去除了"启蒙"与"思想"等外衣之后，那令人无法接受的苦难的乡土中国生存困境。它的可怕的畸形，残酷的行为与巨大的激情，使文明失语，使所有的思想捉襟见肘。当然，也使现代性发展面目可疑。

　　但是，"残缺之躯"的残酷性和控诉性只是"乡土中国"的形象之一，它本身的"怪诞"和"物质—肉体"性还赋予这一"乡土中国"另外的含义。如巴赫金所言，"怪诞人体"形象包含各式各样的肢体的夸张、残缺、怪异，它们是"形成中的人体，它永远不会准备就绪、业已完结：它永远都处在建构中、形成中，并且总是在建构着和形成着别的人体"②。它以"肉体"的动感和不确定性破解了现实规则中固定的语言、

---

　　① 戴锦华语，载《一部世纪末的奇书力作——阎连科新著〈日光流年〉研讨会纪要》，《东方艺术》1999 年第 1 期。

　　② 巴赫金：《拉伯雷的创作与中世纪和文艺复兴时期的民间文化》，《巴赫金全集》第六卷，河北教育出版社 1998 年版，第 368 页。

形体和规范，与"现代规范人体"那种"完全现成的、完结的、有严格界限的、封闭的、由内而外展开的、不可混淆的和个体表现的人体"呈现出非常明显的对立趋势。① 当"怪诞人体"形象——在《受活》中指向"残缺之躯"——把概念、理性与抽象的事物引向混沌的、感性的、肉体的层面时，其实，它也把文本及文本中所表述的世界带入了一个"未完成的、建构中的"、可能随时颠覆什么的状态之中。

由此，两组相对立的意象慢慢形成："残缺之躯"与"规范人体"，"解放再生与封闭固定"。再往下延伸，可以是"民间世界"与"政治世界"，"乡土中国"与"现代中国"，等等。"残缺之躯"以自身的"怪异、突出和震惊"效果使固定的世界有所动摇。"残缺"是一种未完成性，是动态的，不确定的，既有可能的生命力，同时，又暗示着某种破坏性和不协调性，并且，通过某一肢体的异常突出了肉体的存在，它是狎昵的、淫秽的、双重的，带有色情的意味。它所带来的肉感形象、污秽和生理上的不适应，具有强大的刺激性，正如绝术团所过之处对大众的冲击。它是大地的，也是全民的，它具有生殖性，世界变得"丰饶"、"自由"，暗含着"解放再生"的可能性。因此，官方、政治、"规范的人体"对这一形象有天然的抵触，也会通过对种种事物的规范化要求来对这一残缺形象进行限制。

而"现代人体规范的特点是……个体的、界限严明的大块人体及其厚实沉重、无缝无孔的正面，成为形象的基础。人体无缝无孔的平面、平原、作为封闭的、与别的人体和个体性世界不相融合的分界，开始具有主导意义。这一人体所有的非完成性、非现成性特征，被小心翼翼地排除，其肉体内在生命的所有表现，也被排除。为这种规范所决定的、官方的标准言语的言语准则，与受孕、怀孕、分娩之类有关的一切，亦即对与人体的非完成性、非现成性及其纯肉体内在生命有关的一切加以禁止。在这方面，在狎昵的和官方的、'体面的'言语之间，有着极为

---

① 巴赫金：《拉伯雷的创作与中世纪和文艺复兴时期的民间文化》，《巴赫金全集》第六卷，河北教育出版社1998年版，第371页。

严格的界限"①。"规范人体"在《受活》中即"圆全人",他们是现代世界一切规则的象征物:官方的、标准的、普通话、权力、修养、技术、科学。身体被规范为一套准则,它所做的是千方百计限制、掩藏身体的突出部位,即掩藏肉欲、生理的一面,因为它过于肉感、过于不确定,过多地拥有新的可能性。这正是现代社会的雏形。"文明的发展史即一部性压抑史","权力通过对性的控制体现自身",弗洛伊德和福柯在不同时代说出了几乎同样的话。控制"身体",是所有文明社会、现代政治的最核心行为。

在此意义上,"乡土中国"的"残缺之躯"对现代中国和政治意识形态具有了本质解构的功能,残酷背后蕴涵着破坏,扭曲中繁衍出对抗,毁灭中孕育着再生。它破坏了现存世界虚幻的(虚假的)唯一性、不可争议性、不可动摇性,并且竭尽所能嘲笑所谓的"规范人体"、"官方"、"现代"的合法性和陈腐性。而从另外意义上讲,这一"残缺之躯"也展示出"农神黄金时代"的大地上的生命力和解放力,它是一种回归,也是一种提示。正如巴赫金所言,"在拉伯雷笔下的形象中,怪诞人体不仅与宇宙的、而且也与社会—乌托邦的和历史的母题,其中首先是与时代的嬗变和文化的历史革新的母题,交织在一起"②。

第四节　被困的"列宁遗体"

一　"尸":"死的活人"

《说文解字》中"尸"意为"陈也,象卧之形"。"尸,是古代祭祖时装扮成祖先接受祭祀的人,故字形是人坐之形。因其代表已故去的祖

---

① 巴赫金:《拉伯雷的创作与中世纪和文艺复兴时期的民间文化》,《巴赫金全集》第六卷,河北教育出版社1998年版,第371页。巴赫金认为,这种古典主义人体观念构成了现代社会行为规范的基础。良好教养的标志包括:不把胳膊肘搁在餐桌上,走路不提肩摆胯,收腹,吃东西不吧嗒嘴,不出声,不打呼哧,不露齿,等等。亦即千方百计限制人体,掩藏人体的突出部位。

② 巴赫金:《拉伯雷的创作与中世纪和文艺复兴时期的民间文化》,《巴赫金全集》第六卷,河北教育出版社1998年版,第372页。

先，所以'尸'不能动。后来加'死'成'屍'者才是真正的死者的屍体。"① 可见"尸"最早在中国古代有祭奠之意，通过扮"尸"，对死者进行祭祀、敬仰，达到对祖先的一种怀念，是一种姿态和仪式。但是，既然扮"尸"，那么"尸"同时又是活的，《仪礼·有司彻》言，"主人东楹东北面拜，尸复位，尸与侑皆北面答拜"，"尸"能"复位"，能"答拜"。所以，"尸"是一个"死的活人"，它最大的特点就是：其形虽死，其神仍在。

"尸"不能"动"，因为它代表祖先，他身上所具有的象征性即后人所要遵守、谨记和延续的事物，"静止"带来庄严与肃穆，而它所具有的"活"的意义也使得这种庄严与肃穆更具威慑力。所以，中国丧葬文化对"尸体"一直非常尊重，通过清洗、化妆、穿衣和一系列的仪式来达到永存人间和永被怀念的目的。从整个人类文明范围看，"尸"都具有这一象征和寓言意味。耶稣的受难像被悬挂在基督教堂、信教家庭中，这一"具象"既是赎罪，也是信教者心中"印记"的外现；古代埃及金字塔里面的法老"木乃伊"通过"形"的永不腐败通向永生，永远"被祭拜"，"权威"也永远存在；莫斯科红场里的"列宁遗体"应该说是世界现代史上最典型的对"被祭祀"的渴望的展示。通过先进的科学技术，"列宁遗体"超越了"木乃伊"时代，不但保持着形体的基本存在，而且被赋予"栩栩如生"的效果。通过鲜活的肉体再现带来让人震撼的观感，"以假乱真"，对祭拜者心灵产生巨大的威慑力和神圣感，从而达到观念和思想的传递。莫斯科"红场"，仿佛一个巨大的祭台，以其自身的厚重、宽广和高度使"遗体"呈现出更加肃穆和高贵的精神，当广场的"众声喧哗"走向这高深、庄严的祭台时，会不自觉地哑口噤声，充满神圣和洁净之感。

遗体，即遗产的代言者与坚守者，通过对活生生的肉身的"摹仿"，达到对后来者的震慑与督促。在20世纪世界革命和思想史的视野中，"列宁遗体"所代表的无疑是马克思主义的权威、共产主义的永恒和社会主义

---

① 邹晓丽：《基础汉字形义释源》，中华书局2007年版，第20页。

的正义性、合法性和永存性。它的存在既有对"十月革命"的牺牲者的纪念，更是一整套马克思主义政治意识形态和社会主义价值观的传递、记忆与持续的鲜活肉感。对于民族政治生活而言，它是一个"活生生"的寓言，以永远红润的脸色昭示着这一政治思想的永恒性和持续的活力，个人的思想、意识和精神方式都在无形中被这物质化的肉身和尸身所控制。"列宁遗体"的被陈列体现了社会主义历史创造者对社会主义信念真理性和合法性的确定与建构，它包含了"万世长存"的意图，也昭告天下，"社会主义"是未来人类生活和人类文明唯一的正确选择。

> 革命伟人逝去，让信仰者怅然若失，彷徨无所依附。为了让伟人长相左右，必须让他音容宛在，虽死犹生。这其实是先民图腾崇拜的现代翻版，远古木乃伊纪念仪式的一大跃进。保存列宁遗体的技术如此高超，他的尸体俨然酷似真身，能够抵抗时间的流逝，千秋万代都得以瞻仰他的风采。

> 在一个以革命是尚、打倒一切的时代里，伟人的身体却成为串联过去和现在的重要纪念物。列宁的尸体保存一如生前，提醒我们过去的并不真正过去，也鼓励我们要奉他的魂魄，继续革命。马克思主义的一支一向有"招魂驱魅"（gothic）的论述，由此可见一例。然而我们必须质问，肉身物故之后，为什么不能随大化而去？我们的难分难舍，到底是意识形态上的矢志效忠，还是集体潜意识中面对爱与死亡的痛苦表白？那原初激情的对象已经不在，任何鲜活的事物都只提醒我们的失去难以弥补。我们的悲伤——还有我们无尽的爱欲——无以复加，最终导向那已经消亡的皮囊，不愿让它入土为安。爱，就是悼亡。这岂不是一种恋尸的征兆？[1]

"恋尸"，其实是为了与之相依附的概念的长存，"尸"只是中介。本

---

[1] 王德威：《革命时代的爱与死——论阎连科的小说》，《当代小说二十家》，三联书店 2006 年版，第 441 页。

雅明在谈到德国悲悼剧里面尸体的作用时这样认为,"如果说只有在死亡之中精神作为幽灵才获得自由,那么,也只有在那时,身体才恰当地成为它自身。这一切都是不言而喻的:身体的寓言化只能在尸体方面贯穿它的全部活力。而悲悼剧中的人物死去了,因为只有这样,作为尸体,它们才能进入寓言的国度"①。"精神作为幽灵才能获得自由",这句话把尸体作为象征保存起来的本质原因给解释了出来。要想使一种信念变为可持续的被仰视的事物,尸体是唯一具有超越性和永恒的中介物,因为死亡是永存的,身体的活力最终转化为一种寓言和象征,凌驾于活人之上。并且,比它活着还具有威慑力,因为它超越了世俗,世俗的爱情、错误、眼泪、悲伤,它把这一切柔软的东西都封存起来,只留下最坚硬的属于信念的那一部分。这一信念让人感到的坚固程度和尸体的坚硬程度是成正比的。"随着它们(尸体)得以诞生的活的语境的消失,它们变成了概念的源泉,在这些概念的源泉里,词语获得了新的内容,它们预先就具有寓言再现的倾向;这就是福耳图那、维纳斯等女神的情况。因此,形象的僵死和概念的抽象是万神殿里诸种寓言进入一个由魔幻的、概念的造物组成的世界的前提。"②"概念"以"尸身"为中介通向永恒的寓言的国度,这一"寓言"既在现实的秩序世界中牢牢地占据统治地位,又是所有新的叙事的唯一源泉。在这一意义上,《受活》中的"列宁遗体"是小说的元叙事,它虽然没有真正出场,但对它的想象却使得文本中的现实变为一个"由魔幻的、概念的造物组成的世界"。

二 "尸"之动:"寓言"的被动摇

在前苏联解体的时候,《参考消息》登了一个 100 字左右的小消息,有几个政党觉得应该把列宁的遗体火化掉,而共产党觉得应该把他保留下来。当时的政府说没有保存他的经费。这样的一个问题如果

---

① 本雅明:《德国悲剧的起源》,文化艺术出版社 2001 年版,第 180 页。
② 同上书,第 186 页。

发生在普通人身上，我觉得是非常正常的，但是在列宁遗体上，就不正常了。我看到了这个短新闻，心灵受到了非常大的震撼和冲击，因为是列宁的十月革命的炮声给中国带来了希望。一位革命鼻祖式的人物生前死后的命运，会令你想到很多问题。

另外一个事是50年代长江发大水的时候，武汉人扛着沙包去抗洪抢险，沙包里全是沙子和石灰，石灰见水突然蒸发的烟雾，会把人的眼睛蒸瞎。有一大批因为这个原因而导致双眼失明的人被当地政府安置在一个村庄里，盖了两栋楼，叫盲人村。

就是这么100字的报道和盲人村，加上我长时间的思考和对社会的观察，一年的时间里，我完成了《受活》。①

一个在民众中"不可动摇的"、"坚硬的"、而又"活生生的"象征物，它已经是一套不言自明的概念的化身，是其中的每个人都必须遵守、信仰的精神原则，突然变为"被讨论"的对象，并且直接涉及"留"或"弃"的本质性问题，这一事件无疑具有极大的象征性和暗喻性。消息里面所提到的"被讨论"的原因，譬如无钱保存而会导致尸体腐烂等世俗问题，把"尸体"从祭坛上拉下来，从"永生"的抽象物变为凡俗的、可以终结的、甚至有些气味的无生命物质。"尸体"不再神圣，它所附着的"概念"和"信念"也随之遭到质疑，这一质疑是全民性的。之前的精神"植根"愈是深刻，愈是普遍，这一动摇的范围与影响力就愈大愈深。它意味着："社会主义"或者可能被终结，而且，在现实中它已经被终结。苏联的解体使得"社会主义"成了一个已然失败的乌托邦的命题，它的"先验性"、"真理性"和"终结性"遭到极大的否定。在这个意义上，"列宁遗体"才突然成为问题，并且面临着可能被消灭的命运。它才有可能通过买卖的方式从俄国被"动"到中国，而这一想法产生就意味着它神圣性的减弱。"尸体"不再稳定和充满威严，具有了"动摇"的可能。最终，变为一个反讽的存在。这也是身为一个社会主义国家民众的作

---

① 阎连科、张英、伍静：《阎连科：拒绝"进城"》，《南方周末》2004年4月8日第27版。

者内心"震撼"和受到"冲击"的根本原因。

再回到中国的"改革开放"初期,它的语境是什么呢?它和苏联的崩溃、列宁遗体的被讨论之间构成着怎样微妙的互应呢?一方面,新中国成立之后的一系列运动和政策,如"反右"、"大炼钢铁"、"大跃进"、"文化大革命"造成政治失序、信念崩溃、经济萧条的局面,社会主义事业遭受到了巨大的挫折,另一方面,声势浩大的全民改造也深化了这一事业在民众心中的真理性,"改革开放"作为摆脱这一"挫折"的"纠正性"路线,从政治层面的"平反",到经济层面的"解放"等全方位的革新,反而巩固了它的地位。但是,当真的从制度层面进行改革并且转化为全民可以实践的具体行为时,"改革开放"内在的矛盾性就暴露无遗了。"公有制"、"集体主义"、"朴素主义"等这些社会主义的核心观念都或隐或现的被拆解,特权阶层的诞生,企业的改制,个人财富的迅速积累,社会意识的反转(工人和农民从自豪的"主人公"变为被轻视的对象),等等,都使得曾经清晰无比的"社会主义"概念变得暧昧、模糊,一种动摇和质疑在慢慢滋生。

在这一视角下,柳县长提出的购买"列宁遗体"的设想并非异想天开,而是这一"尸身"象征意义被摧毁的外显。那坚硬而柔软的"遗体"失去了它的权威和意识形态性,完全被世俗化和具象性,甚至,可能景象中的尸身的腐烂、气味都让这一寓言变得可怖、琐碎。这一气味隐秘影响了全球社会主义国家的精神状态和政治道德结构。仿佛进入符号的惯性之中,主体无法摆脱原型的模式和力量,另一方面,这一原型模式却又无法与现实生活产生对应。因此,它被作为可以估价的、待售的商品,被社会主义国家的一个小官僚拿去作为"致富"的手段也是合情合理的事情。

社会主义遗产和神圣象征物居然可以变为振兴经济的契机,这一观念的转化和跨国的旅行很有意味。这一旅行是怎么发生的?如何,经济的资本化发展和社会主义事业从观念完全对立的存在到具有了一致性?1980年代经济改革开放的初期,社会上出现了大量的"倒爷",大的"倒爷"基本上都是官家子弟,红二代,利用父辈的关系网和所享有的特权,成功地游走在社会主义政治体制和资本主义经济制度的暧昧地带。"红色遗产"可以轻松带来优越的地位和财富，这是改革开放给社会上的第一课。所以，柳县长对"列宁遗像"感兴趣的内在心理动机来自于对社会主义事业的绝对忠诚，他的"购列"设想既是对自己内心信仰的亵渎，同时也是另外一种形式的供奉。他的思维与整个中国改革开放的思维相一致：政治的最高荣誉是"不管黑猫白猫，抓住老鼠的都是好猫"，解放思想，不管"姓社姓资"，唯经济发展是最大目标。可以说，柳县长以极端的方式讽刺式地把这一思维内在的黑洞展示了出来。

"列宁遗体被中国河南的贫困地区买来作为发展经济的一个旅游项目，虽然这是一个未遂事件，但它在叙事中已经产生了强烈的反讽效果。革命没有创造奇迹，没有创造共产主义的天堂，现在，革命的遗产却是贫困，绝对的贫困，无法摆脱的贫困。拯救贫困人民的只有通过革命的至圣先师，用他的遗体来创造财富。"① 最终，柳县长的宏伟梦想遭到了打击。"列宁遗体"依然不能"动"，他所修建的庄严的列宁纪念堂以其巨大的虚空嘲讽着他的政治忠诚和经济实践方式。绝术团在列宁纪念堂的被抢劫，纪念堂最下面那"柳鹰雀永垂不朽"几个烫金大字的被破坏都具有讽刺意味。经济发展被困在红色遗产里，柳县长的"借尸还魂"非但没有实现对"魂"的重新塑造，反而被"尸"所困，可见，这一"尸"所具有的力量之大。

这一沉重的、散发着陈腐气味的"尸"漂浮在受活庄、柳县长的意识里，就好像漂浮在后现代的中国、苏联和所有社会主义世界的意识形态中，成为一个被反讽的象征。

---

① 陈晓明：《墓地写作与乡土的后现代性》，《吉林大学学报》2004 年第 6 期。

第八章　事件

第一节　三个前事件

一　"受活"：农神时代的快活

"受活"，在《日光流年》中，是典型的民间词汇，指男女关系的性快感，"今夜儿我才知道女人也有这么受活的时候，才明白活着果真是好呢"。当女主人公竹翠这样说时，不仅指性的快乐的觉醒，也蕴藏着对生命的自然活力、自由、快乐和享受的觉醒。

"受活"在中原方言中究竟具有怎样的含义？笔者访问了几个河南人和陕西人。其中，一位同事给笔者讲了一个故事特别有代表性。他的父亲，陕西的一个乡村教师，在书摊上看到《受活》，冲口而出，"咋起这样个名字？"就是说这还是一个上不得台面的词。在中原方言中，"受活"最基本的字义还是指"性"的享乐，"性的满足和愉悦"，但却是一种民间话语，有淫秽的意味，更多用于农民相互之间的调侃和打趣。如饭场聊天，说黄色笑话，就会说到"昨夜受活了吧"之类的话，很能提大家的神儿。也有的夫妻吵架，说男的"自顾出去受活"，有自己享乐，不负责任之意。

可以说，"受活"一词具有回归大地的自然特性，洋溢着农神时代的自由、自然和对身体的热爱。受活，把性的"快乐、享受"提升到"活着"或"感受活着"的境界，这一词语所透露出的生命观充满了肉感，是一个有农业时代特征的词语，是在前现代时期的文化结构，如受活庄那样自然的作息，如《高老庄》那样的性满足，如坚硬如水中的"受活"。

176

在《受活》中，"受活"却是一个村庄（具有双关的意义），是由被社会、文明遗弃的残废人所组成的村庄。"受活是这世界以外的一个村落呢。"它包含着几层的相互肯定和否定：在入社之前，受活庄过的是真正的"受活"日子，是一种合四时、合自然、合人性的生活。但是，这一"受活"却因为没有被纳入文明体系而变得"无意义"；入社之后，"受活"被纳入人类生活，但却远离了"受活"；在新的制度下，受活人最大的"不受活"之处被充分利用，带来了新的"受活"。至于肉感的、快乐的受活则早已被摒弃了。

二 "跪"：姿势与象征

随后呢，紧步儿相跟着竟来了十几个的受活人，都是四十岁往上的中老年，有男有女哩，他们一进来便哗啦啦一片地跪在了县长面前了，跪在那一桌菜的前边了，跪在庙屋外的院里了。人是由猴跳儿和瘸子木匠领进来了的，猴跳儿和木匠自然跪在最前面，旗手样带了头儿说："柳县长，今儿前晌你给我们受活人发了灾钱了，在戏场子上我们没法给你磕头谢恩哩，眼下我们全庄就在这儿谢你了。"[1]

他看见县委、政府门前那不是广场却开开阔阔的路口上，麻密密地站了无数的百姓们，他们手里都拿着一卷用红线缠了的他的标准像，像每个人的手里都小心地拿着一捆儿敬神的香。他们像在那集会儿等着他的到来样，都是仰着脖，踮着脚，把目光热热地搁到他的身子上，像等着他的到来等了一百年、上千年，就终于等到他来了，都一脸的感激和受活，一脸的幸福和快活，待他到了近前了，到了县委和政府的门口时，那人群最前的几十个城里和乡下五十多岁往上的老人们，冷猛地一块儿在路的中央朝他跪下了，一块儿有着口令样朝他磕头了，且嘴里都齐声儿大唤着同样的几句话：

---

[1] 阎连科：《受活》，春风文艺出版社 2003 年版，第 75—76 页。

"柳县长好——谢谢柳县长给我们造的天福哩——"

"愿柳县长长命百岁、万寿无疆——万寿无疆啊!"

"柳县长——我们双槐的百姓都磕头谢您啦——"

是大声说着哩,也是齐声儿大唤大叫哩。猛然间,那一阔处地上,成百上千的百姓就都如受了召唤样,在那三几声的叫唤后,都一片一片齐刷刷的跪下向他磕头了,黑黑压压、花花绿绿的人头像一片啥儿庄稼样,在风中勾下了头,直起了头,又再次勾下了头。一个世界都在这勾头下磕时静默下来了,静得人的呼吸声比风声还要大。大多哩,庄严呢,庄严得和老时候神与皇上到了双槐县,立站到了双槐成千上万的百姓面前样。天白哩,日灿呢,云在半天里走动的声响都可入了耳朵里。就在这时候,这当儿,柳县长听见一片额门磕在黑油路脸上的响声,像一片木锤一并儿落在一面大鼓上,咚一声、咚一声,他的泪就止不住从眼眶流了出来了⋯⋯

百姓们就那么一群一股,几十、上百地从城外乡下涌进城,涌到县委和政府门前的马路上,在半里、一里之外立着远远地瞭一眼柳县长,然后自己就跪将下来朝着县长磕头了。

到了晌半时,日头西偏时,百姓们已经山山海海了,跪满了一个县城、一个世界了。这当儿,柳县长脸上挂着默然安详的笑,受活的泪水就终于从脸上落到脚地了。①

在阎连科的作品中,"跪"的意象和场景频频出现。《受活》中下跪的场景不下十次;《日光流年》、《风雅颂》和一些中短篇小说都有相当多的描述。作者不厌其烦地描述这个词,描述这个词的动作、声音和姿态,细致之程度,场景之铺排,颇有无法忍受之感。作者过于夸张,许多地方似乎不那么必要,还有就是因过于突出和强调这一意象而产生的强烈的不适感。我们的民族真的是那么容易"跪"的民族吗?农民下跪,这是作品中最经常的对象,或为活命而跪,如《日光流年》中司马蓝为活过四

---

① 阎连科:《受活》,春风文艺出版社 2003 年版,第 342—343 页。

十去求自己心爱的女人卖淫而下跪，或为感恩而跪，如柳县长给受活庄人带来救济款时受活人的下跪，那是找到了包青天的感激之情；知识分子也下跪，《风雅颂》的杨科为了让他偷奸的老婆回到自己身边不由自主地跪了下来。"下跪"不只是个人行为，往往还是群体动作，集体的、排山倒海般的下跪，让你无法忽略，无法不去思考。

许慎在《说文解字》中释"跪"，"跪，拜也。从足，危声"。《说文》，"危，在高而懼也"。《释名·释姿容》中说，"跪，危也"。《辞源》解释为"两膝着地，腰伸直"。"跪"最初的词义只是一种礼节和礼仪，表示相互之间的尊重与诚恳，并无"臣服"或"感恩"之意，亦无"屈服"之感。随着封建专制形态的完善，"跪"逐渐成为一种身份的确定，臣对君，一定要跪，因为你所有的一切都是君所赐，你的地位、官职、财富乃至性命都属于君，"君要臣死，臣不得不死"，所以，"跪"，意味着一种全方位的放弃，自由、生命、尊严、权利、自我，等等。这是臣对君的承诺，把自己置身于历史之外，交付于别人，任其发展。

而对于中国普通民众而言，"跪"的对象则更多的是"青天大老爷"，这一关系是臣君关系的一种复制，但又有所不同。在巨大的冤情或苦难面前，民众往往首先想到的是天、地，祈祷天地能够为之申明，为之所动，其次就是渴望"包青天"的到来。因为"包青天"可以明察秋毫，解救民众于水火之中，也因为包青天从来都很稀少。一旦冤情或困难被解决，只有用"跪"来表达自己的感激之情，因为民众从来没有想过这是他应该拥有的权利和权力。这一现象在 21 世纪的今天仍然时时发生。一个矿工的妻子下跪请求救她在井下的丈夫；当农民工通过政府或某一个官员要来他应得的工资时，他下跪表示感谢；一个即将退休的副教授为获得职称，情急之下给校长下了跪。反过来，如果一个官员做了一件有益于民众的事情，他会有非常强烈的索取感谢和高高在上的心理，正如《受活》中柳县长向受活人的索"跪"。

坚持语言人文主义传统的德国语言学家洪堡特（W. Humboldt）十分强调民族语言与民族精神的关系："语言仿佛是民族精神的外在表现；民族的语言即民族的精神，民族的精神即民族的语言，二者的同一程度超出了人们的任何想象。"① 中国民众从来都只是"臣民"心态，官员、政府和民众之间是施舍和被施舍、管制和被管制、从属和被从属的关系，"跪"是这一心态和形态存在的典型外现。受活人在面对经济诱惑时所说的"人家如何如何"，"人家"既指"某一具体的官员"、"政府"，也泛指在社会生活中他们遇到的任何有权力或有权威的事物，反映出普通老百姓对政治的感受，"与自己无关"，"只能被动地承受"，这是一种历史经验的记忆。在二者之间，没有开阔的精神空间和权力空间，因为中国的老百姓是在"跪"中获得自己的生存权。因此，在 21 世纪的中国生活，当"下跪"仍然是民众随处可见的身体形态时，当老百姓"山山海海"地跪下感谢柳县长带给他们挣钱和过好日子的机会时，无疑，这一"下跪"是对中国"现代性"发展和精神救赎的极大嘲讽。

"每一语言都包含着一种独特的世界观……人从自身中造出语言，而通过同一种行为，他也把自己束缚在语言之中。"② 人们根据自己的行为创造出一种语言，反过来，语言又成为规定这一行为的最好武器，它制约着人们的一切活动，人类深受语言的支配。"跪"仿佛具有一种招魂作用，如鬼魂般在中国生活中时时闪现，向人们昭示着它顽强的生命力。

"跪"已经成为一种民族生存形态的原型，它隐藏在民族记忆和自身认知的深处，并支配着人们的现实行动。这一姿态既是一种现实的臣服，也是历史经验中由来已久的臣服。今天的臣服来自于经验中惯性的臣服，一旦"跪"下，所有历史中的姿态和事件又都重新复活。

三 "入社"与"退社"

他说难道你们庄里没搞互助组和合作社？互助组就是把没牛户和有牛户互到一块儿，把壮劳力户和薄劳力户互到一块儿，把有犁的和有耙的互到一块儿，把田多的和田少的互到一块儿，大伙儿合互到一

① 徐志民：《欧美语义学导论》，复旦大学出版社 2008 年版，第 241 页。
② 洪堡特：《论人类语言结构的差异及其对人类精神发展的影响》，商务印书馆 1997 年版，第 70 页。转引自徐志民《欧美语义学导论》，复旦大学出版社 2008 年版，第 250 页。

块儿种、一块儿收、一块儿分粮吃。以后就再也不会有地主长工了，不会有穷人买卖孩娃了，就天天都是新社会的天，新社会的地。年轻人说着他就系好裤带，扛着扎在地边上的锄去那一堆人里锄地了。①

"新社会的天，新社会的地"，这是对"共和国"、"合作社"的想象，对中国传统"均贫富"、"世界大同"思想的现代性想象，时间从此开始，历史展开新的纪元。"语言就是一种历史文献。"② 从一个民族或一个区域共同使用的语言中可以发掘这一民族过去的历史、风俗，进而了解民族思想的变迁与内因。对于受活庄而言，"入社，这是一个只有受活人才明白的历史用语的简称，是独属于受活的一段历史故事"。在过了一段天远地旷不受约束的受活日子后，茅枝婆终于找到了接续自己"革命"情怀的契机，那就是"入社"，把受活庄从一个"世界外"的村庄变为"世界内"的村庄。受活要进入文明秩序和"现代性发展"中，因为茅枝婆看到了在"世界内"过天堂日子的可能性，也看到了受活庄成为"社会人"的契机。也是因为，在茅枝婆的观念里，纵使受活庄有"天堂日子"，但如果不被纳入社会结构之中，始终难以称之为"有意识的人"。由此，也发生了两个世界、两种观念、两类文明的冲突。

如果用叙事角度进行原型概括的话，阎连科小说中的空间大都可抽象为两个完全不同的世界：一个是耙耧山脉的世界，作品中经常出现的词语"一世界"就是指的它；另一个是九都世界。他细致、深入地发掘这两个世界各自的特征以及它们之间不可避免的冲突。这几乎可以说是一场带有普遍意义的冲突，就像羊和狼之间的冲突一样，是永恒的。耙耧山脉的人们按照本能和最原始的道德传统和政治传统生活，它们代表着朴素、母爱、原欲、生存和最本能的尔虞我诈，依循的是自然世界的规律；而九都，则意味着文明、制度、思想、先进，这是一个文明世界，道德的束缚远比耙耧山脉的人们更为真实、普遍。因此，可以说，耙耧山脉和九都之

---

① 阎连科：《受活》，春风文艺出版社 2003 年版，第 105 页。
② 索绪尔：《普通语言学教程》，商务印书馆 2010 年版，第 312 页。

间的冲突是尚未进入"世界史"的"乡土中国"与在"世界史"之中的中国之间的对抗和较量。

把耧山人既是传统文化影响下的自然人，也是现代化进程中各种问题的承受者和失败者。在经历了和外部世界接触之后，他们被迫（《日光流年》中的三姓村人）或自愿（《受活》中的受活庄人）回到原初状态之中。或者说，对于这群"土老帽"来说，现代性始终是具有压迫性的而非解放性的力量。这是作者的基本观点。在他的成名作中篇小说《两程故里》中，天民和天青作为两方面的各自代表，天民利用传统道德的外衣总能赢得两程故里人的心，而已经进入外部世界的天青无论付出多大的代价也不能进入这一世界之中，双方的较量以天青的失败而告终。但是，自然并非天然，这一自然世界有它本身的脆弱性，天民代表的是传统力量的自然性，传统的社会、经济和道德伦理结构，它有它的黑暗、肮脏和私欲，但是，把耧山人能接受的恰恰是这种温和的、具有"仁义"形式的道德形式，而对天青的钱和村人在外部世界的遭遇却格外敏感和排斥。《日光流年》中的三姓村人并没有排斥外部世界，相反，他们一直所努力的就是与外部世界的沟通，他们翻地，种油菜，挖渠引水，女子卖淫，男子卖腿皮，积极地从外面寻找各种信息，所希望的就是活过四十，能够像"世界外"的人那样白发苍苍。但是，最终他们失败了。在这里。"世界外"并非只是具体的九都或"圆全人"，也是一整套新鲜的政治符码、道德规则和生活方式。

在《受活》中，由残废人组成的村庄——受活庄——甚至连自然世界里的存在都不是，因为他们不是正常人。"受活是这世界以外的一个村落呢。""这世界以外"，受活人被文明世界和自然世界同时抛弃，而成为一个自生自灭的、独立的神话世界。正是这样一个"世界外"的存在，却遭遇着"世界内"的不断冲击和掠夺。在这里，文明和社会的掠夺性被用极端的方式展现了出来，这一掠夺性既是特定历史时期的社会特征，也是整个文明发展的特性。茅枝婆是受活庄的象征，在被社会和文明抛弃的时候，是她带领受活庄过上自由、富足的生活。但是，从她想让受活庄人进入社会、进入文明那一天起，灾难就接连不断地发生了。"世界内"的各种话语开始对受活庄的人进行掠夺，精神的掠夺和物质的掠夺。"大劫年"里，"世界"以政府、党、枪、党章、介绍信等各种方式掠夺受活庄人的粮食，最后，在被拒绝之后，又以"正常人"的名义进行抢劫（"天下哪有残废人比正常人过得好的道理。""圆全人就是你们的王法。"）。在"黑灾、红难"中，受活庄上又被拖入荒谬、可怕的境况，他们要求"退社"，他们要退回自己的世界，没有制度，没有政治，他们要还原他们的生活。但是，"文明"从来没有停止过它前进的步伐，受活庄的命运必然要被挟裹进去。在柳县长的政治目的中，受活庄人成为工具，成立了"绝术团"，通过出卖、展示自己的残疾为柳县长（也就是为双槐县）赚钱，"人"变成"非人"，理性的目的（致富）最终变成了非理性的狂欢，两个世界再次成为对立面昭示着双方的性格。最终，受活庄退社，回到了耙耧山的深处，也回到了自己的家园。尽管伤疤难以去除。

"退社是相对于当时受活人入社而言，进入了互助组、合作社叫入社，所以以后要退出人民公社就称为退社了。"如果说"入社"意味着进入现代性秩序之中，那么，"退社"则是退出"现代性秩序"，重又回到黑格尔所谓的"异质性文化"之中，即回到"非西洋文化的叙事"之中。① 有论者认为，"小说中'入社'与'退社'的问题，这牵扯到中国传统知识分子的'入世'与'出世'的两大永恒主题，牵扯到参与社会改革和集体隐逸之间的矛盾，以及一个日益强大的国家现代化的乌托邦梦想和古老的桃源隐居的乌托邦神话之间的紧张关系"②。从一般意义上讲，受活庄的"退社"具有这样一种可能性，因为中国有这样的桃花源原型和"集体隐逸"的文化心理，但是，在《受活》中，"入社"和"退社"并非是最终价值观的体现，它毋宁说是作者的愤怒，是一种批判的姿态。作者对"桃花源"世界非常警惕，他是持双重批判观点的，也并不讳言桃花

---

① 在黑格尔那里，"东洋"的构成处在作为西洋原理的世界史发展之"外"，在时间、空间上都是与西洋异质的世界。构成"东洋"的乃是"我们西洋"的原理。在这个意义上，黑格尔历史哲学中的"东洋"叙述便成了这样一个最初的，也是最彻底的代表性例证：从西方视野出发关注东方，由此构成的对异质性文化，即非西洋文化的叙事。子安宣邦：《东亚论——日本现代思想批判》，吉林人民出版社 2011 年版，第 26 页。

② 刘剑梅：《徘徊于记忆与"坐忘"之间》，《当代作家评论》2008 年第 2 期。

源中所存在的愚昧、自私和可笑。即使作品显示了其建构乌托邦的倾向和二元对立叙事的痕迹，但并不能把小说的终极价值归宿到对桃花源世界的建构上。他只是提出了问题，却不能自圆其说，无法给他自己和读者一个圆满的答复。也许意不在答案，他只是揭示出一种状态，一个巨大的现状，一个拨开尘埃之后让人震惊的真实。因此，我们可以说"退社"是一个带有传统思想的，甚至容易让人误解的决定，这使得小说的价值取向带有一定的道德倾向性，即对人类前现代生存状态的向往和肯定。如果以象征层面来看这一"退社"，我们可以说，它是一种对"世界内"、"九都"等所谓"文明"象征物的批判，并非真正的、具有实践意义的解决方案或方法。后者不是文学所能够回答的问题。

第二节 "算账"与"经济"话语的变迁

一 文学史上的三次"算账"

互助组长腰里这里装着二百五十块硬铮铮的人民币！好家伙！梁生宝破棉袄口袋里，什么时候装过这么多钱嘛？没有！这是他在黄堡镇同区供销社订扫帚合同时，预支的三分之一扫帚价。这个喜出望外的事情，一下子给他精神上注入了一股新的力量。他拿着供销社开的支票，往人民银行营业所走的时候，脚步是那么有劲。他脸上笑眯眯的，心里想：嘀！有党的领导，和供销社拉上关系，又有国家银行做后台老板，咱怕什么？他取出款，小心翼翼装在腰里。这些票子所显示的新社会意义，使他浑身说不出怎么舒贴的滋味……他现在可有把握了。他计算：怎样更恰当地在进山的人里头分配这笔钱，让大伙买安家的粮食，买换季的布匹，买进山用的弯镰、麻鞋、毛裹脚，等等。①

啃完饼，想想又肉痛起来。究竟是五元钱哪！他昨晚上在百货店

---

① 柳青：《创业史》（上卷），人民文学出版社 2005 年版，第 163 页。

看中的帽子，实实在在是二元五一顶，为什么睡一夜要出两顶帽钱呢？连沈万山都要住穷的；他一个农业社员，去年工分单价七角，困一夜做七天要倒贴一角，这不是开了大玩笑！从昨半夜到现在，总共不过七八个钟头，几乎一个钟头要做一天工，贵死人，真是阴错阳差，他这副骨头能在那种床上躺尸吗！现在别的便宜拾不着，大姑娘说可以住到十二点，那就再困吧，困到足十二点走，这也是捞着多少算多少。对，就是这个主意。①

一天一百万，十天一千万，三个月就是一个亿，一年就是三点七个亿。三点七个亿，可这三点七个亿说的都是去参观列宁遗体的门票哩。可列宁森林公园那儿除了列宁纪念堂，还有九龙瀑布和千亩松柏林，万亩动物山，有登山看日出，下山看天湖，鹿回头，天仙池，青龙白蛇洞，芳香百草园——那儿有看不完的风景哩，你只要上了魂魄山，看了列宁纪念堂，你就得不停地买门票，就要在那山上住宿一夜两夜哩。这一住，你住店要掏店钱，吃饭要掏饭钱。用一包擦嘴的纸也要两块钱——你们算一算，一个游客上一次山让他在那山上最少花掉五百块，一万个旅客要给我们县留下多少钱？要给我们留下五百万块钱呀！可他要不止花了五百块而是花了一千三百块，花了一千五百块钱呢？可要到了春天那旅乐的旺季，一天不只是来一万旅客，而是来了一点五万游客呢？来了二点五万、来了三万个旅客呢？②

这是文学史上的三次"算账"。第一次发生在1953年的春天，是柳青《创业史》中梁生宝的"算账"。这是他成立合作社以来的首次赚钱，由此，他看到了国家的支持和合作社光明的前景，他为这一笔"巨款"盘算好了去处，全是种种实在的花费，非常务实。在梁生宝这里，"挣钱"及其经济的发展与整个村庄的道德结构和他的道德感相一致，一种儒家式的，经世致用的，在此基础上包含着他的共产主义理想。第二次"算账"

---

① 高晓声：《陈奂生上城》，华东师范大学出版社2008年版，第92页，原载《人民文学》1980年第2期。

② 阎连科：《受活》，春风文艺出版社2003年版，第150—151页。

发生在 1979 年，是高晓声《陈奂生上城》中主人公漏斗户主陈奂生的小算盘。它发生在"十一届三中全会"以后，"自由市场开放了"，农民"卖一点农副产品，冠冕堂皇"。在新的政策下，农民可以理直气壮地为"自己"着想，"经济"从大的"道德"、"政治"、"共产主义理想"、"资本主义尾巴"等理念中分离出来，反过来成为衡量个人性是否实现的重要指标。第三次发生在"农历属龙的庚辰年，癸未六月"，是《受活》中柳县长的算账，是文本中他许多次算账中的极为普通的一次。三次相比，首先是钱的数目起点上的巨大差异，与梁生宝和陈奂生的"角"、"分"和"块"不同，柳县长起步即是"百"、"千"、"亿"，这也可以看出 60 年中国经济形态的微妙变化。作者花了大约 5000 字的篇幅写柳县长的"算账"逻辑，柳县长已经完全成为经济至上主义者，思维好像有点失控，迷失在纯粹的数字游戏和绝对的数字运算中。挣钱只是数字的不断累积，不涉及任何具体的情感、方式和道德。

　　不同的算账方式背后折射出的是不同时代对于经济在社会组织中的不同认识。我们可以从"经济"一词自中国进入"世界史"以来词义的变迁来分析社会意识的变化及道德结构的变化。

　　二　"经济"的窄化：与"economy"的对应

　　首先考察一下"经济"在中文语境中的词源变迁。在《古汉语大词典》中，"经济"一词是如下释义："经世济民；治理国家。杜甫《上水遣怀》诗：古来经济才，何事独罕有；《宋史·王安石传论》：以文章节行高一世，而尤以道德经济为己任。"① 在《说文解字》中，"经，织也"，字面义为"使道路通达"，逐渐引申为"义也"，"义理"，"被奉为典籍的著作"，等等，"经世"即用一套道德规范建立秩序，"经济之才"常指"治国之才"，是全方位的，并非仅指"挣钱"的能力，"济民"则具体的解决百姓生计的措施。也就是说，"经济"是在一种道德框架下所进行的解决民生的行为，有浓郁的道德倾向，它和儒家思想的"经世致

---

① 徐复等编：《古汉语大词典》，上海辞书出版社 1998 年版，第 1434 页。

用"是相一致的。这就意味着，在中国传统观念里，整个社会的"道德规范"和"民生发展"是相辅相成，互为因果的，"根据儒家伦理提供的社会组织原则，正常的秩序等同于道德规范之实现；而社会危机特别是民众生计出现困境的原因，则是由于君王失德、官僚机构腐败和政府没有实行仁政，即社会秩序偏离了儒家理想的道德伦理秩序。因此，解决生计问题的方法必定是经世济民，它是一种重整社会道德秩序的手段。这里，道德伦理始终是'因'，而生计问题是'果'；经济生活由道德政治决定"①。这一"经济"意识与传统中国中的"仁政"观、"天谴论"、"以德治国"等都是一致的。

在《现代汉语词典》中，"经济"为如下几个释义："名词：经济学上指社会物质生产和再生产的活动；国民经济的总称；属性词，对国民经济有价值或影响的，经济作物"，最后一个释义词条才是"治理国家：经济之才"。② 这里的"经济"已经与我们现在日常理解的"经济"相一致：纯粹的"理财"、"致富"或"理财学"和"生计学"等，它与西语中的"economy"（中性的、契约的理财制度和生计行为）词义相对应。很显然，在经过"世界史"的洗礼之后，"经济"一词发生了窄化，"经世"中所蕴涵的"道德规范"被完全剥离出去，只留下了"生计"这一意义。这一窄化背后有什么样的思想史原因和观念的转变，它对改革开放中的"经济"意识有什么样的影响，将是很值得探讨的问题。

我们可以从 20 世纪之初知识分子对"economy"的翻译过程来看"经济"在现代性发生之时的词义变迁。"economy"在甲午前的译名很多，有"伊哥挪谜"、"理财学"、"富国学"、"计学"、"食货"等，较少有经世道德含义来翻译，如严复、杨昌济、傅斯年等人一直把"economy"统称为"生计学"，并且特意从西语词源上分析如此翻译之原因。梁启超曾经为此专门做文《生计学学说沿革小史》，讨论"economy"译法之对应。

---

① 金观涛、刘青峰：《观念史研究：中国现代重要政治术语的形成》，法律出版社 2010 年版，第 294 页。

② 中国社会科学院语言研究所词典编辑室编：《现代汉语词典》，商务印书馆 2005 年版，第 717 页。

但是，在20世纪初的十几年间，关于"economy"的译法，梁启超一直在"生计学"和"经济"之间不断摇摆，这是因为他在西方自由主义与国家主义（开明专政）之间的摇摆。站在自由主义立场上，梁启超认同卢梭《社会契约论》所言的社会是具有天赋权利的自主之个人根据契约所组成社会，是自由主义社会组织原则，故"economy"一定要翻译为"生计学"这样比较中性的、契约性的汉语。但是后来梁启超认为社会形态应该是"开明专制"，又采用了"经济"一说，这意味着他仍然认为"经济"行为中应包含着道德架构。后来又转回用"生计"来翻译"economy"，即纯粹的"理财学"，这与他重回自由主义立场相关。在这一反反复复的过程中，可以看到现代知识分子们对现代社会与传统社会的区分与界定：现代社会组织是由自由独立之个人依靠想到之间的契约组成，而传统社会则是按照儒家伦理制度及由此产生的道德规约而组成，"重农轻商"就是其中典型的反映。对"economy"翻译的来回摇摆体现出现代知识分子们在面对现代性观念时的取舍。

通过对近代各位思想家如严复、梁启超、康有为、谭嗣同、张之洞等人对"economy"译名的反复变化（谭嗣同、梁启超等人一开始谈"经济"多带有很强的道德色彩，包含有大同道德境界），金观涛认为，在20世纪的第一个十年中，"带有浓厚道德含义的'经济'一词逐渐取代了'富国学'，这个译名反映了某种观念的道德化过程"。这表明了中国在接受现代西方观念时，都受到中国传统文化深层结构的制约，"即使儒家意识形态转型甚至解体，这种把社会生计和分配视为道德延长的思维模式仍然存在，制约着20世纪中国对经济活动的定位"①。但是，经过新文化运动、西方经济学、社会主义思潮起伏和马克思经济决定论在中国的兴起和

---

① 参考金观涛、刘青峰《观念史研究：中国现代重要政治术语的形成》，法律出版社2010年版，第289—308页。通过对《新青年》杂志中"经济"一词在不同时期使用频率和使用语境的分析，"第一时期谈'经济'，大多指一个与政治、文化不同的领域。而第二个时期用'经济'一词时，有308次是在讨论历史唯物论是使用的，到第三个时期使用'经济'一词时，用于批判资本主义、鼓吹社会主义的约有867次"，由此，论者认为："这三个阶段（两个高峰）正好刻画了马克思主义经济决定论是如何传入中国的，并可以揭示否定自由主义社会组织原则与经济决定论兴起的原因。"第304—317页。

中国共产党执政之后，"经济"一词背后的大同价值逐渐从具有儒家意识形态社会组织原则的含义指向"提倡劳工阶层掌握经济大权的社会主义"，"经济"与儒家道德结构脱离了关系，而被赋予了马克思主义经济决定论的新含义，如金观涛所言，这是一种"类似于经世济民道德观"的经济观，因为二者的意识形态来源完全不同。在人民公社、大跃进的推进过程中，"经济分配是严格地根据意识形态的道德价值规定的"。同样追求"大同价值"，前者依靠的是"儒家道德"规约，后者则是依靠严格的"平均分配"经济制度和共产主义理想所支撑。这也是《创业史》中梁生宝对自己的道德水平高要求的原因。

"经济"的窄化是改革开放"经济决定论"的起源。"经济"从"经世"中剥离，正如"科学"从"格致"中脱胎，在这其中，都有摆脱原有的儒家道德秩序和农业文明的认知特征并转向契约论组织原则和技术治国之意，并且，因为原有道德规范的原型化存在，这一"经济决定论"原则又被视为最高原则，并被意识形态化。

三　经济乌托邦：柳县长"算账"之政治学内因

"你们算一算，一张门票甲级二百五十五元，乙级二百三十五元，丙级二百零五元，平均每张少算些，按二百三十一块钱，每天演一场，每演一场平均卖出去一千一百零五张票，每天能挣多少钱？可要一天演两场，那一天又能挣到多少钱？算一算，快一些，你们都帮我算算这笔账。"说到这，柳县长也就歇了嘴，瞟了一眼常委们，看大家都在本上记着他说的数字了，都写着那些算术公式了，屋子里一片孩娃们在教室做作业的声音了，就又咳了一声儿，扯着红哗哗的嗓门说，都不用算了吧，我已经算过了，平均每场出演卖出去一千一百零五张票，每张票平均二百三十一块钱，这一场出演就是二十五万五千二百五十五块。日他奶奶呀，咱们大方些，不要那五千二百五十五块钱，把五千二百五十五块钱去掉，一天演一场是二十五万块，演两场就是五十万块。一天他妈的五十万，两天就是一百万，二十天就是一千万，二百天就是一个亿，一个亿到底有多少钱？把银行新出的一百块的票子捆成一万块钱一捆儿，那就是一万捆。一万捆垒起来有多高，那要从脚底儿垒到楼顶上。①

夸张的数字，熟悉的逻辑，这样的"狂想"似曾相识，它还没有远去。在20世纪五六十年代"大跃进"时期的各级各层会议和报纸上，整个中国被类似的狂想和数字弄得五迷三道，常识尽失。是什么样的"脱轨"，或者说是脱了什么轨导致了如此后现代的"经济乌托邦"？它和"大跃进"时期的"乌托邦"有什么样的同与不同？

如上文所述，20世纪五六十年代的"计划经济"某种意义上也是"道德经济"，因为背后有共产主义理想这样一个总体意识形态原则，"仍然把社会生计和分配看作是道德延长的模式"，这种模式看来并不成功，尤其是经历了"文化大革命"之后，整个社会的经济处于完全萧条的状态，政治意识形态的合法性遭到很大的危机。如何重新恢复其正当性和合法性？这是"文化大革命"之后执政党所面临的严重问题。在传统社会中，民众生计的困难、流离失所和天灾异象，常常被归结为政治的失德和理想道德秩序的被破坏，因此，要想解决民生问题，必定首先要重整道德秩序。反过来，民生问题得到了解决，风调雨顺，国泰民安，也可以证明自己政治上的合法性和道德结构的规范。这一思维或者从另一层面可以揭示改革开放的内在政治原因：政治意识形态试图通过经济的大力发展来证明自己的统治仍在道德秩序规范之内，从而证明自身作为执政党的合法性。

"20世纪70年代末，中国共产党开始推行改革开放，唯生产力论成为官方意识形态，政治挂帅变为经济挂帅。由那里到现在的三十年中，执政党一心发展经济，意识形态问题被悬置；经济发展和增长速度成为考察各级干部的最主要方针。"② 自此，"经济"发展又恢复到世纪之初的"生

---

① 阎连科：《受活》，春风文艺出版社2003年版，第147—148页。
② 金观涛、刘青峰：《观念史研究：中国现代重要政治术语的形成》，法律出版社2009年版，第324页。

计学"和"理财学"的含义。"道德"、"路线"、"主义"被完全搁置起来，经济就是纯粹的"致富"，是目的，与社会意识形态无关。这一"搁置"所带来的巨大解放是，追求"经济"不再是羞耻的事情，商人，挣钱，不再是传统社会上最低等的阶层，相反，"有钱"成为最大的道德。柳县长不惜一切代价发展经济，正是因为对党的干部评判的标准变了，经济挂帅是非常明确的政治指示。所以，柳县长的"病症"并非只是特例，而是先天地存在于其存身的政治形态之中。

但是，如何发展经济？以什么样的方式发展经济？它与社会主义、共产主义理想之间的关系应该是怎样的？这是改革开放一开始就面临的难题。很明显，选择的道路唯有一条，这是中国自进入"世界史"以来就被规定好的道路，即资本主义经济方式，其方法就是与"计划经济"相对应的"市场经济"，从政治调配的方式变为市场自主运行。市场经济意味着平等、效率与效益，意味着摆脱政治干预，以契约为基础，最后为整个社会创造出一个开阔、自主、民主的空间。这似乎是个很好的设想，在这一设想中，我们把"市场经济"及其相关的一套政治理论看作是具有原型意义的、完美的经济模式。但是，对于中国的经济实践来说，真正的问题还并不是"市场经济"是否完美无缺，是否能够把"市场经济"理念贯彻到底的问题，[①] 而是它在中国语境中并没有与之相匹配的政治结构、道德观念和社会制度，这会导致最终的错位、变形和反转。因此，当政治提倡全民为钱所"动"，并且把相伴生的"道德风险"——它包括国民素质风险、文化结构被毁坏、环境破坏等——完全忽略，不纳入"经济发展"的衡量体系之中时，一场单向度的"经济大革命"降临了。这产生了一种矛盾。20世纪五六十年代的"道德经济"没有带来经济的发展，改革开放成功地进行了"经济"的成功地"去道德化"，社会的经济的确

---

① 对"市场经济"的经济利益至上主义，西方思想界早有批判。比如汉娜·阿伦特在《极权主义的起源》中认为，经济利益至上的意识形态对于极权主义的发生起了决定作用。近代生活的显著特征是生产走出家庭，为非人格的资本服务，政治充当保护经济的手段。这种变化既破坏了平等自治的政治传统、破坏了政治之公共领域，又造成了个人行动能力和自由的丧失。发达工业社会的政治经济一体化，靠的就是不断增长的技术生产力和不断扩大的对自由的剥夺。

发展了，但是道德却全面瘫痪，粮食、蔬菜、食品、环境污染、血铅症、癌症村，每一个重大社会问题归结到最后都是道德失衡的问题。

如果说"大跃进"时期的"狂想"是政治挂帅的道德乌托邦所致，那么，在21世纪初，在中国经济发展如火如荼之时，柳县长发表的"算账狂想"则是市场挂帅的经济乌托邦所致。但是，矛盾始终没有解决。在改革开放的30年中，政治意识形态不断提出新的概念来，如"中国特色的社会主义"、"以德治国"、"和谐治国"等，这些都试图把社会主义、中国传统道德结构纳入"现代性"发展中和越来越资本化的经济模式中。可以看出，政治意识形态仍试图把经济行为纳入政治意识形态之中，以弥合政治象征秩序和实体经济运行结构之间的巨大裂缝。中国生活正是在这样两极的思维中被不断抛入和抛出。

第三节　发展、现代性与乌托邦

一　发展：以动词的方式呈现的名词

公社改制为乡的三年后，柳县长从柏树子公社调到了椿树乡，虽是副乡长，可乡长生病住院哩，他就主持了乡里工作了。主持着工作时，他就召开了各村村长会，要求椿树乡每个村只能留下十个男劳力，领着老人、媳妇在家春种秋收地忙，余它的年轻人，你都必须到外面世界里打工做生意，偷也成，抢也罢，横竖你不能在家种地呢。给每个年轻人手里发了一张乡里的介绍信，就用几个大卡车拉着那些年轻的男人、姑女和媳妇，一车车把他们送到地区和省会的车站上，让他们下了车，再也不管了，令他们饿死也得三个月半年不能回到村落庄子里。发现谁家无病无灾，有送出去的人回来了，就罚谁家200块钱，没钱了就把你家猪赶走、羊赶走，直到那回庄子的男人哭着唤着重又离开家。

一年后，椿树乡就有一批一批的男人、媳妇、儿娃们在外面世界做工了，哪怕在城里洗碗、烧饭、捡垃圾，也就每个庄、每个村都有了吃盐、烧煤的用钱了。开始有家里一座一座翻盖瓦房了。黄鹂庄里有户人家里没男娃，清纯一色的女娃儿，他就把人家的两个大的送到省会那边去，半月后那姐妹的用钱花光了，饿着了，就去和男人们做卖肉生意了，半年不到女娃家里就盖了楼房了，他就领着全乡的干部到她们的家里开了现场会，给那做父母的戴了花，给那楼房挂了匾，还以乡里的名誉给那在外面做卖肉生意的两个闺女发了贺信儿，信上盖了乡里的印，一老满地写了贺词儿。虽然从黄鹂庄那卖肉的姑女家里走出来，他在村口吐了一口痰，可随后那村里的男娃、女娃却是都争着抢着要到外面世界闯荡了，全乡人就一个村、一个庄的有了上好的日子了。[1]

本雅明特别喜欢瑞士画家保罗·克利（Paul Klee，1879—1940）的一幅水彩画《新天使》，无论走在哪里，他都要随身携带，挂在自己的房间里。在《历史哲学论纲》中他解释了这幅画给他的寓意："画的是一个天使似乎正要从他所凝视之物转身离去。天使双眼圆睁，张着嘴，翅膀已展开。这正是历史天使的模样。他的脸扭向过去。在我们看来是一连串事件发生的地方，他看到的只是一场灾难，这场灾难不断把新的废墟堆积到旧的废墟上，并将它们抛弃到他的脚下。天使本想留下，唤醒死者，弥合破碎。然而一阵飓风从天堂吹来，击打着他的翅膀；大风如此猛烈，以至于天使无法将翅膀收拢。大风势不可挡，将其裹挟至他背对着的未来，与此同时，他面前的残骸废墟却层累叠积，直逼云天。我们所谓的进步正是这样一场风暴。"[2]

"进步"是一场什么样的风暴？它是"一场灾难"，不断把"新的废墟堆积到旧的废墟上"，这些废墟被堆置在空间之中，世界之上，直到把"天使"逼走。这就是现代文明名义下的"进步"。以"进步"的名义制造废墟、恐惧，最终直至信仰丧失，世界坍塌。

---

① 阎连科：《受活》，春风文艺出版社 2003 年版，第 171 页。
② 本雅明：《写作与救赎》，东方出版中心 2009 年版，第 43—44 页。

当"发展"被作为一个纯粹的物质目标，不带任何人文色彩和文化倾向时，恰如霍克海默所言："政治不仅成了一种生意，而且生意已经全盘成为政治。"这也是资本主义经济的实质所在。"科学"、"技术"、"工业"都只是人类"发展"的工具，道德及其与道德相关的信仰、人性、终极价值则被排除于这些"名词"的本质含义之外。"技术理性的工具主义概念几乎扩散到了整个思想领域，并赋予不同的智力活动以一种共同的特征。于是，这些活动也就变成了一种技术，一种培训而不是一种个性，它需要的是专家而不是完整的人格。"霍克海默认为，技术理性的诞生所伴随的正是批判理性的衰败，而批判理性的衰微则意味着个体的消亡，个体之死又意味着大众之生。而"大众之生"则意味着批判理性时代所形成的公共空间和公共精神再次萎缩。与此同时，知识分子也开始成为专业知识分子，在12世纪，知识分子"指的是以思想和传授思想为职业的人"。写作与教学是他们的职业，"在理性背后有对正义的激情，在科学背后有对真理的渴求，在批判背后有对更美好的事物的憧憬"则是他们的基本特征。① 但是，当技术理性成为工业时代的意识形态时，这一人文形态的知识分子的存在空间被不断压缩，直至被知识分子自己所遗忘。

对于中国的"改革开放"语境而言，因为没有一套相适应的政治制度和法律制度的制约，"现代性发展"被简化为"致富"。政策从"政治挂帅变为经济挂帅"后，政府和官员职能也由保证政治的纯洁性到带领群众发展经济，中间的"民主"、"法制"、"道德"、"信仰"等观念结构都被排除在外，于是，"发展"变为一种"暴力"，变为一场让"道德"和"信仰"降格的经济大革命。这也是柳县长把椿树乡的男女赶出家乡到城市谋生的基本原因，敢于让农村女孩子以卖淫挣钱并且给发光荣证的政治靠山。

"致富"是中国改革的目的和中国民众心中最大的愿望，直到现在，它仍然是中国"发展"的核心部分。但是，问题也正出在这里。《受活》中柳县长对双槐县人民所有的讲话，就是算账。一笔致富账。只要能致富，无论干什么都行。于是，为了让村人能铺上柏油路，他让村庄所有的

---

① 雅克·勒戈夫：《中世纪的知识分子》，商务印书馆1999年版，第1—8页。

人在路旁给归乡的商人下跪，果然，路铺上了，电通了，整个乡富起来，成为全县的致富模范。在"致富"这一眼花缭乱、深具诱惑力的词语面前，受活人和所有中国人一样，接受了这一话语叙事的合理性，心悦诚服地承认了身体的可利用性和尊严价值的无用性，而放弃了对它的自主权。经济发展了，"人"的精神却慢慢地萎缩、变异。我们通常用传统文明和现代文明的冲突来解释这一现象，用发展中的"必然过程"来掩盖这令人绝望的人性的萎缩和变异，但是，却不愿意从根本上对制度本身提出疑问。于是，在大把大把的钱面前，受活人坚决反对茅枝婆让他们再退社。他们对自己的绝望处境毫无意识，更谈不上尊严、价值的觉醒和反抗。在"致富"面前，他们签了卖身契。而此时，"人"消失了，人的存在的内在理由被取消了，只剩下物质的理由。"不管黑猫、白猫，抓住老鼠就是好猫"，这句被用来破除政治体制和对人的束缚的经典话语，如今已被置换到了中国发展的各个领域，这种实用主义思维的叙事成为改革的伦理，高于一切，甚至高于人的尊严和精神存在。

在"发展"的过程中，我们毁灭了的是什么呢？说"人的自由精神"简直太奢侈了，它毁灭掉的是人的存在的基本内核，即人的尊严和人的自我存在意识。这是人之所以成为人的理由和基础。当身体被质押，当身体——唯一可供支配的资本——也失了自主权时，人还能依靠什么呢？受活庄的人在彻底的绝望中被迫回到了受活庄，用一句轻飘飘的"乌托邦冲动"来涵盖他们这些行为背后所蕴涵的真实是简单化的理解。

因此，当面对无限衍生和逐渐扩大化的"致富"、"革命"、"发展"等与时俱进的词语时，阎连科看到的不是繁荣昌盛，而是这乐观景象背后的严重匮乏，和这一"发展"叙事的内在可疑性。他是悲观而又脆弱的。他的脑海中没有关于"发展"的可行性报告和宏伟蓝图，他肯定也不太清楚到底怎样的革命和发展才能真正达到文明的进步。但是，有一点阎连科知道得很清楚，他不认为"革命"就有牺牲人的生命的权力，不认为"发展"就有牺牲人的尊严和自由的权力，也不认为"发展"仅仅只包含着人的物质的获得。他所要做的就是，通过小说，让我们看到"革命"和"发展"背后的失去，这是人的存在本质的丧失。它被繁荣、昌盛，

195

被乐观的时代景观深深地遮蔽着。只有那些有勇气去面对的人，才敢揭开它，逼迫我们看那荒凉、可怕的真实。

二 中国特色的"现代性"路径

在中国政治语境和思想领域里谈"现代性"，要特别谨慎。我们一直习惯于谈西方纯粹概念意义的现代性，而较少把它放在中国具体实施语境中去考察"现代性"的变异。换句话说，中国社会，无论是思想领域还是政治领域中，真正运行着的"现代性"追求与西方概念中的"现代性"到底是不是一样，有多大差异，其原因是什么，这是我们在谈"现代性"时首先要考虑的问题。只有首先弄清作为"普遍性知识"的"现代性"在与中国这样一个"地方性知识"相碰撞时所发生的概念和性质上的变异，才能够明白我们所面临着的真正问题是什么。否则的话，我们会永远陷入二元对立论的无解怪圈。也正是因为缺乏对上述情况的必要反思，在中国当代思想和生活中，传统/现代、农业/工业、农村/都市、西方/中国等词语都成为互相排斥和互不融合的意义体。作家在创作中也不自觉地会有这样一种思维倾向。这也导致了另外一个非常重要的问题。在文学批评中，凡涉及"乡土中国"叙事，涉及作家对乡土乌托邦的建构，对传统道德、信仰和生活方式的肯定，都被认为是一种反现代性的叙事（就其本质而言），批评者很少把这一叙事放置到具体的中国"现代性"发展语境中去思考它所带来的启发性。

"现代性"在中国的存在形态与中国语境有关，并非全是它的本质性所致。甚至"现代性"和"乡土中国"之间合谋的地方要大于分歧的地方，正是它们之间的"合谋"，形成了矛盾而又复杂的当代经济发展模式。所以，如果要谈"现代性"，至少要厘清两个层面的问题，一是西方概念中"现代性"本身所存在的问题；二是中国语境中"现代性"的具体形态和问题。

在第一个层面中，如前文所述，20世纪后半叶西方思想史和哲学史的重要主题就是对工业文明下的现代性进行批判，这是几乎所有哲学家的基本思想起点。从卢梭起始，康德、尼采、马克思、韦伯和法兰克福学派等都如此。但这一批判并不是完全否定，而是一种思辨，一种共生状态，所以才有文艺复兴和启蒙的诞生。欧洲的两次世界大战也深刻地暴露了现代性本身所存在的黑暗和危机。如汉娜·阿伦特就认为代表启蒙理念、法治伦理、市场经济与宽容原则的西方现代性本身就具有脆弱性。在以犹太人的命运为中心对现代性制度进行详细的分析之后，汉娜·阿伦特认为："奥斯维辛的苦难不是一段与现代人无关的苦难，极权主义不是一个杀人恶魔偶然发明的政体，而是西方社会在现代性的进展中潜伏的恶流终于浮上水面的结果。如果不根本诊治现代性的痼疾，极权主义就仍可能以一种强烈诱惑人的方式，以解救种种悲苦的姿态出现。"所以，如果说西方的现代性已经构成"东方"的新的传统，那么，我们首先要反思的就是，这一"现代性"本身是否存在问题？要对我们思想与实践的源头进行反思。

第二层面，自晚清中国被动进入"世界史"之中和"现代化进程"以后，20世纪中国的"现代性"历程经历了不同的阶段，彼此之间所谓的"现代性诉求"互相冲突并且几乎达到对立的地步。当代学者蔡翔在分析共产党领导的"革命中国"与"传统中国"、"现代中国"的区别时，认为"革命中国"具有内在的现代性，"正是因为这一'现代'，而导致了'革命中国'的强烈的'反传统'色彩，这一点毋庸多言。但'革命中国'所追求的'现代'决不能完全等同于资产阶级现代性，这一点，在根本的意义上，当然是因为马克思主义意识形态的影响……这就决定了'革命中国'和'现代中国'的价值取向上的不同差异，包括它拒绝进入资本主义的世界体系。这一差异主要表现在它从'民族国家'力图走向'阶级国家'；下层人民的当家做主，从而创造出一种新的尊严政治；对科层制的挑战和反抗；一种建立在相对平等基础上的新的社会分配原则，等等。这一切，又都显示出它的'反现代'性质，按照汪晖的说法，也许可称之为一种'反现代的现代性'，当然，还可以有多种的解释，比如，'另类现代性'、'革命现代性'"①。蕴涵有"现代性因子"的"革命

① 蔡翔：《革命/叙述：中国社会主义文学—文化想象（1946—1966）》，北京大学出版社2010年版，第5页。

中国"最后又被作者命名为"另类现代性"（拒绝"资本主义体系"本身就是拒绝"现代性"），这本身就是一种充满矛盾的解释。但是，也正因为此，我们看到中国现代性路径的复杂性，它是掺杂入"地方性知识"产生化合反应之后的"中国式现代性"，并且，不同的政党、不同的理念会产生出不同的"现代性"。基于此，蔡翔尖锐地提出疑问："问题或许正在于这一社会主义的'一国'如何处理。一方面，在国际/地缘政治的格局中，民族国家的存在意义反而被空前地凸显出来，包括国家机器的强化甚至集权化的治理模式；另一方面，这一'一国'又和世界分享着'现代'，而在这一'一国'之内的现代化的建设过程中，又如何保持社会主义的纯粹性？等等。诸如此类的问题，都构成了'革命之后'的中国的内部的矛盾对立、冲突、紧张以及由此构成的张力。"① "另类现代性"——社会主义追求，与正统或经典现代性——资本主义追求，这两者之间的"现代性"究竟有多大的同与异，或者根本就差之千里？如果仅就与"传统中国"相比而言，两者具有共性，那么，这一共性还不足以说明它们都具有"现代性"特征。以这样宽泛的理解来看，"现代性"应该只是一种状态，如波德莱尔所言，"一种短暂的瞬间"，而其内容则可以是包罗万象的各个层面的新鲜的东西，它们之间完全可以是相互矛盾的。但是，在大部分时间里，学者笔下所言的和官方叙事中的"现代性"仍然特指工业文明下的启蒙思想。

蔡翔所思考的对象是1949—1966年间的政治意识形态，此时，"姓社还是姓资"的问题还是一个最大的原则问题，所以，才产生种种的矛盾与紧张。"改革开放"的政治理念公开放弃了"保持社会主义的纯粹性"，"不再以路线决定生产"，而是以"生产决定价值"。这里，"现代性"的追求与"十七年"时期的"拒绝进入资本主义的世界体系"完全相反，已经不是所谓的"另类现代性"（只保持了概念上的说法），而是去最大程度上学习、模仿西方的现代性发展。但是，它与西方经典的"现代性"

---

① 蔡翔：《革命/叙述：中国社会主义文学—文化想象（1946—1966）》，北京大学出版社2010年版，第11页。

也有质的不同，因为西方现代性是在契约式的个人主义基础，民主的政治结构和人权平等之承诺的基础上产生并赖以完成的，而"改革开放"实现"现代性"追求的方式既不是依靠一套成熟的民主制度和现代法律制度，也不是依靠充分的公共空间和公共领域的监督，它所依靠的是行政命令，执行者则是充满官僚主义的官员。当他们所接受的社会主义理念与经济实践之间产生冲突时，很自然地，他们会用前者去强行解释后者。"现代性"不再是一个具有完整理念和具体实践规则的词语，而是一个普遍性的、被本质化了的存在。它所代表的内涵被简约为"发展"、"经济"、"GDP"等可以量化的词语。阎连科长篇小说《丁庄梦》中丁庄村如花一般突然开放在大地上的大量"血站"并非是后现代的荒诞图景，它恰是"改革开放"以来中国"现代性"的表现形式，正如出现在中国各个城市边缘的无数的"高新园区"、"科技城"、"新区"——也是一座座诡异的现代化空城。

　　一夜间，几百口人的丁庄村，突然冒出了十几个血站来。县医院血站、乡医院血站、乡政府血站、公安局血站、组织部血站、宣传部血站、兽医站血站、教育局血站、商业局血站、驻军血站、红十字会血站、配种站血站，八八九九，竖一块木牌子，写上几个字，来两个护士和会计，一个血站就建立起来了。在庄头，在十字路口上，在谁家闲着的一间屋子里，再或把原来废了的牛棚扫一扫，取下一块门板洗一洗，把门板架在牛槽上，摆上针头、针管、酒精瓶，再把抽血的玻璃瓶子挂在牛棚的横梁上，这就开始买血、卖血了……

　　丁庄繁华了。丁庄热闹了。

发生在中国乡村的这一场"艾滋病"并非是西方意义上的"爱之病"，隐喻着西方现代性的脆弱、堕落和人性的破碎，它是中国特色的"现代性"发展路径所产生的一场必然的病症。它的发生与西方式的"爱"没有关系，却与中国式的"贫穷"和"专制"相关。它与"改革开放"以来"癌症村"、"血铅村"频频出现，与形形色色的"苹果村"、

"辣椒村"、"养猪村"的内在逻辑相同。在这一过程中,那个局长,或其他什么地方官员的大力鼓动也许是一个偶然,但却并非只是偶然,这是中国改革开放各项政策落实的主要方式。乡土中国与现代社会的接轨更多地是依靠政府、商人和地方官员,在这样的官僚体制下,官员、商人及其各个环节所涉及的人一个极其微小的失误或私心有可能造成可怕的后果。以"发展"为名,轰轰烈烈,不计成本,不问过程,也不管结果,最终留下的却如一位村支书所言,"把地挖得像战壕一样"。可以说,《受活》中椿树乡的致富、受活庄的"绝术团"给我们形象地展示了当代中国现代性的方式及其内在矛盾所在。

通过《受活》,我们看到,现代性的发展如何走向现代性的负面,对幸福的追求如何变成了一场噩梦,这正如雅斯贝斯所发出的感叹:"法国革命令人惊讶的结果,是它经历了一个向自身对立面的转变。让人获得自由的决心,演变为破坏自由的恐怖。"① 或者说,当外来思想进入中国语境时,我们首先要考虑的并非是它的纯粹意义,而是它与本土结合时,会产生什么样的可能性,我们如何应对这一可能完全不同于它的本质概念的存在形态,而不是去一味争论"我们是否要'现代性'","我们要不要回到乌托邦","是不是'乡土中国'就是最好的"等那些抽象然而却永远无法辨明的问题。

三 乌托邦的"不可能性"

《受活》中乌托邦意象的建构被不同的批评者所关注。王鸿生最早发表文章把这一叙事命名为"反乌托邦的乌托邦叙事","所谓'反乌托邦的乌托邦叙事',其意思当包含以东方的自然主义乌托邦来质疑、对照源自西方的共产主义乌托邦和自由主义乌托邦……也可以被理解为,用一种新的或者更古老的乌托邦来替代既有的已沦为意识形态的乌托邦的冲动"②。

---

① 雅斯贝斯:《时代的精神状况》,上海译文出版社1997年版,第6页。
② 王鸿生:《反乌托邦的乌托邦叙事——读〈受活〉》,《当代作家评论》2004年第2期。

　　无疑，在这里，"东方的自然主义乌托邦"指的是"老子的'小国寡民'、陶渊明的'桃花源'这一个谱系"，没有所谓现代的社会秩序、结构组织和法律规定，它所依据的是"自然"。它永远不可能被实现，因为"桃花源"早已迷失在时间之中，也就是在世界和历史之外，永远无法找到，即《受活》中的天堂日子。"西方共产主义乌托邦、自由主义乌托邦"则有较为明确的、具体的设定，是已经沦为"意识形态的思想"，这是卡尔·曼海姆所竭力反对的，因为他认为某一思想"沦为意识形态"意味着这一思想已经具有控制力和现实作用力，就已经脱离了乌托邦的内涵。这两种乌托邦恰恰是"革命中国"在"革命过程中"和"革命后"的基本指导思想。

　　吴晓东认为，《受活》写出了传统乌托邦、共产主义乌托邦和资本主义商业乌托邦三种形态在受活庄相互碰撞、消长和冲突的过程，写出了"资本主义商业"对整个人类文化结构和文明状态的巨大改变力，认为作品展示出了中国传统的乡土乌托邦如何在资本主义文化体系中丧失了它的可能性和合法性，"作者在表现了对共产主义乌托邦和资本主义商业乌托邦的深刻怀疑的同时，也写出了传统的乡土乌托邦的流失。从这个意义上，作者展示的是中国乡土社会的深刻的历史性危机。作者对受活人的生存图景的描绘也正借助这种正、反乌托邦的话语实践而上升到了一种存在论和人类学的层面"。最终，《受活》给"中国乡土自给自足农耕社会的乌托邦以及与世隔绝的桃花源世界"唱出了一曲挽歌。

　　但同时，他也认为这一"挽歌"式的叙事有它的根本性局限，"阎连科的意义则在于既否定了来自西方的两种乌托邦：共产主义乌托邦和商品经济的消费乌托邦，也最终否定了传统的乡土乌托邦。《受活》中的反乌托邦因素意味着在当今的中国社会建立乌托邦形态的不可能。作者其实面临的是当代文化理想和社会理想的缺席状态，不得不回到传统乡土文化的乌托邦去寻找理想生存方式和形态，这种向后的追溯恰恰反映了中国当代文化的自我创造力和更新力的薄弱。中国小说缺乏的往往是历史观的图景，作者们大多是思辨的矮子，无力赋予历史以一种哪怕是观念意义上的远景。这种能力不是在小说中言说一点哲学和哲理就能获得的，而是基于小说中的内在历史视景"①。在此，吴晓东实际上是在批评《受活》这一"回溯式"乌托邦叙事是一种没有能力面对现代历史图景的表现，缺乏往前看——这一"前"指的是中国现实社会中消费主义、资本主义、市场主义的基本存在样态——的思维能力和历史建构能力。

吴晓东得出的这一结论，刘剑梅则有完全相反的认知："从乌托邦和反乌托邦的角度，吴晓东对《受活》的解读是非常精彩，但是，他过分强调了传统乡土乌托邦存在的不可能性，并且批评作者'这种向后的追溯恰恰反映了中国当代文化的自我创造力和更新力的薄弱'。跟他的观点不同，我认为，这部小说的意义，不在于强调中国本土乌托邦的不可能性，因为小说本身对乡村乌托邦的虚构想象，已经表明了它是不可能或很难达到的完美境况。相反，小说的'这种向后看的追溯'，这种对中国传统和本土资源的怀旧情结在全球资本主义的语境下是非常有意义的。我觉得中国作家和批评家在整个二十世纪都被'更新'、创新与'进步'的意识形态所左右，反而缺少'复归古典'的意识。急于赶超先进的西方世界的心态使得我们忽视自己本土的文化资源。"②

刘剑梅把《受活》的乡土乌托邦叙事放置于全球化文化视野之中，认为这一对蕴涵着深厚传统文化的乡土乌托邦叙事恰恰是对当代占据绝对主流位置的西方文化霸权的反动。它从另一方面提醒我们，作为人类文明的另外一种形态，作为人类生活方式的另外的可能性，也许《受活》对东方文明、本土资源的再肯定和再抒发具有更为深远的意义。它所涉及的不只是"回到过去"和现实层面中能否实现的问题，而是能否把目光再次转向自我、转向民族内部情感和内部文化样态的问题。

这两种针锋相对的观点都集中于《受活》"传统乌托邦叙事"的"向后回溯"特点是否具有"现实的启发意义"这一焦点上。吴晓东之所以认为《受活》缺乏一种更新力和自我创造力，是因为当要批判现实时，中国作家总是本能地回到"过去"，而"过去"是属于已经消逝的空间和

---

① 吴晓东：《中国文学中的乡土乌托邦及其幻灭》，《北京大学学报》2006 年第 1 期。
② 刘剑梅：《徘徊在记忆与"坐忘"之间》，《当代作家评论》2008 年第 2 期。

时间，它不可能再"从无到有"，也就是说，它永远是"没有那个地方"（nowhere），这无疑存在着巨大问题，因为这一"过去"不能够应对"现实"。而刘剑梅则认为正是因为作品描写出了这样一个从未实现过的"过去"，它提请人们把目光重新拉回民族思维的深处，这样，才最终能启发人们把目光从资本主义这一单向度的人类发展思维中摆脱开来，才能够把中国的现实从一元化的、模仿性的发展思维中摆脱开来，并且重新回到自我，省察自身。

但是，他们的立足点有一个基本的问题：乌托邦的最终指向是否必定指向现实的"实现"？如果"乌托邦"是如卡尔·曼海姆所言"是超越现实的"，"从原则说是不可能实现的"，[①] 那么，"乌托邦"能否作为进行社会实践的真正依据？反过来说，当我们一定要把属于"乌托邦"设想的结构变为"现实"，这是否就是"正确的"，或者，它是否有可能是一场灾难？已经发生过的历史证明了这一灾难，希特勒对于"纯粹种族"的乌托邦设想，社会主义对于"绝对大同"世界的创造，等等，都是人类追逐乌托邦之梦并试图把它变为现实过程中所发生的灾难。所以，乌托邦（Utopia），它只能是一个虚构之所，没有这个地方（nowhere），它只属于理念。

王鸿生在提出"反乌托邦的乌托邦叙事"这一命题之后，紧接着对《受活》的这一乌托邦叙事特征进行了更深入的辨析，"既通过乌托邦叙事来坚持乌托邦精神，又通过这一叙事来反对任何现实化的越界的乌托邦行动。乌托邦不能被现实化，但乌托邦叙事却又绝对是必需的。《受活》自己将证明这一点"[②]。"反对任何现实化的越界的乌托邦行动"，这是因为乌托邦只能是乌托邦，它的逻辑不是为了最终实现它，而是人类一种梦想和光明所在。所以，如果阎连科真的在作品中给我们描述出一个未来的、更具可行性的社会模式，并且要求整个社会都如此，那么，这一"乌托邦"还是不是"乌托邦"则是值得质疑的。

那么，人类为什么需要乌托邦？它意味着什么？对于文学叙事来说，

① 卡尔·曼海姆：《意识形态与乌托邦》，商务印书馆2000年版，第196页。
② 王鸿生：《反乌托邦的乌托邦叙事——读〈受活〉》，《当代作家评论》2004年第2期。

它的必要性在哪里？卡尔·曼海姆在对乌托邦思想存在状况进行分析之后认为，"乌托邦"这一"超越现实"的思想存在是人类之为人类，并还没有丧失其意志的最大表现，"在将来，在一个从来没有新的东西、一切都已完成，而且每个时刻都是对过去的重复的世界上，可能存在这样一种状态：思想将完全没有各种意识形态和乌托邦成分。但是，从我们的世界上彻底消除超越现实的成分，又会把我们引向'事实性问题'，而这个问题最终将意味着人类意志的衰退……乌托邦的消失带来事物的静态，在静态中，人本身变成了不过是物。于是我们将面临可以想象的最大的自相矛盾的状态，即：达到了理性支配存在的最高程度的人已没有任何理想，变成了不过是有冲动的生物而已。这样，在经过长期曲折的，但亦是史诗般的发展之后，在意识的最高阶层，当历史不再是盲目的命运，而越来越成为人本身的创造，同时乌托邦已被摒弃时，人便可能丧失其塑造历史的意志，从而丧失其理解历史的能力"①。

如果人类丧失了对"超越现实"的世界的设想与期待，不管这一"超越"是依据"前现代"的"乡土乌托邦"，还是依据"现代"的"共产主义"、"自由主义"、"保守主义"，等等，那么，关于梦想的、幸福的失落才有可能真的到来，那一天，"人"将变成"物"，也最终丧失了人类的辉煌和"塑造历史的意志"。这也正是人类之所以始终需要乌托邦思想的原因，而对于文学来说，乌托邦叙事往往会和文本中的"现实叙事"构成某种参差与对话。

以此角度看《受活》，会发现，作者始终没有强调作为"世界外"存在的受活庄——传统乡土乌托邦的形象代言者——所具有的实在性和现实性，相反，作品一开始就给我们设置了一个不可能的存在：所有村民都由残疾人组成，并且个个身怀绝技。"受活庄"是不可能的存在，是一个乌托邦的世界，它是作为乌托邦与现实世界中的共产主义、资本主义进行对话的，所以，一切都是在虚拟的象征结构中完成的。受活庄在小说中并不意味着最终的价值指向和理性的人类存在模式，相反，茅枝婆和受活庄人

---

① 卡尔·曼海姆：《意识形态与乌托邦》，商务印书馆2000年版，第268页。

要求退社，是一种精神上的退守和理性进取的失败。由残疾人组成的"世界外"的受活庄，自由、富足、幸福，这种幸福是自然主义的和感性的和谐存在，他们进入"文明"，是想进入一种更理性、更秩序化的幸福之中，是想纳入"存在"的系列之中，但是，最终他们得到的却是"幸福梦想"的破碎。当他们面对"世界内"无能为力的时候，他们唯一能做的就是回到自己的"家"中——回到那个感性的带有怀念意义的存在之中，这是一个具有普遍性的隐喻意义的回归，是每个人心中都存在的一种意象。它并不完美，也并不意味着一种理性的人类存在方式，它与文明、发展、现代性无关，但无疑却是最安全、最温暖的。从这个意义上讲，茅枝婆坚持"退社"的信仰是对世俗生活，尤其是对现时政治的蔑视和对抗，她要的是精神的自由和自然的生活，尽管她心中的精神和自然是极其单纯、原始的，是一个纯粹的传统中国的乌托邦梦想。柳县长的最后回归也绝不是他意识到受活庄才是他最终的政治目标，而是他在遭受到政治的彻底遗弃之后唯一的精神归宿。

因此，受活庄的现实存在模式既不是作者心中所设想的一个"传统乡土乌托邦"，因为它始终只是一个"不可能的存在"，作者一开始就给予了它的"不可能性"，也不是作者在面临文明、政治和发展的冲突时，给人类提供的一个实在的解决方案，它只是作者的一种精神指向。在这一精神指向的映衬下，社会、历史乃至于发展对人的存在的压迫被昭示了出来。可以说，《受活》是一本关于幸福和梦想的小说，但却不是给如何取得幸福和梦想提供一个可行性方案，相反，它叙述了人类追求幸福的梦想和这一梦想的最终破碎，充满着忧虑、愤怒和强烈的心灵破碎感。这种梦想幸福和梦想的必然破碎是人类存在性的冲突，是本源的，而不仅仅是生活价值层面的。

第四节　妥协的方言与沉默的世界

一　语气词的"政治含义"

每一个作家都在致力于寻找语言和小说之间的秘密契约。阎连科也是一样。单从语言来看，《日光流年》、《坚硬如水》和《受活》这三部长篇，很难让人相信它们是出自同一位作家之手，它们之间的差异性不仅体现在语速、语态和语气上，而且也表现在修辞、语言内部的张力和整个叙事方式的不同上。但有一点是共通的，阎连科所有的语言，它的声色气味，都致力于表达他所描述的世界——耙耧山脉。

先从《日光流年》说起。《日光流年》的语言是"涩"的，语速缓慢、凝重，带着一种铿锵和绝望。"嘭的一声，司马蓝要死了。"开头这句话奠定了小说的语言基调，三姓村人之间的对话，蓝四十和嫖客的对话，司马蓝和买腿皮的人的对话，都非常简单，平淡，不动声色，但是，却让人感受到深深的绝望和恐怖，即使是描述耙耧山脉的风景，色彩也总是黏稠、凄凉。从语气上来看，三姓村人的生活是充满敌意的，每个人心中都有一股巨大的怨气，他们和自然界，和彼此，和外部世界都有仇，因此，他们沉默、咒骂和怨恨，彼此折磨。但是，他们所拥有的语言又是那样少，他们只能翻来覆去地重复那少量的词汇，曲解着彼此的意思。《坚硬如水》的语言则非常"狂"，极致的"狂"，一泻千里，浩浩荡荡。非常明显的，小说语言处于癫狂状态，一开始你会以为是作者的语言有点失控或者显示了作家思维的某些贫乏之处，但是，随着语言形式的强化和重复，它在文中具有了某种隐喻：它给我们提供了时代的某种症状与本质。在这一时代里面，最大的特征就是政治话语以巨大的诱惑力和强迫性覆盖了私人话语，也遮蔽了耙耧山脉的方言系统。《受活》的语言风格又发生了极大的改变，充满"柔"性特征。《日光流年》和《坚硬如水》的语言内在紧张感非常强烈，节奏绷得很紧，一触即爆，是一种非常态的语言，与生活世界的紧张和人物内心的偏执相一致。《受活》语言回到了"常态"之中，语言的节奏、语态都非常舒缓，日常化，甚至带着明显的抒情性。"你看哟，炎炎热热的酷夏里，人本就不受活，却又落了一场雪。是场大热雪。"这是《受活》开篇的第一句话。语气助词和叠词叠音的使用明显延缓了语言的速度，语调非常柔软，有一种倾诉和自言自语的意味。

这三部长篇小说最突出的特色就是对方言的强化使用，字、词与意全方位的方言化与地域化，如《受活》中语气助词和叠词叠音的大量使用，它们形成一种特殊的地方气息。小说中的"了，啦，呢，哩"，有明显的豫西方言的口音，"真是的，时光有病啦，神经错乱啦……老天哟，雪是一下七天哩。七天把日子都给下死了"。似乎有某种程度的俯就，带着一点口语化，软弱，谨慎，他们甚至不敢直接埋怨老天，他们只说"日子都给下死了"，就好像一位正在收拾家务的妇女的悄声嘟囔，声音很小，有天生的逆来顺受和内在的畏惧感。有一点温柔，一点嗔怪，绝望中还满含着某种祈求，这些词语的使用为小说制造了独特的缠绵回绕之气。在这样的自语中，受活庄人生活的自然性和内向性被凸显。他们的生活是内向化的，温柔谨慎、乐天知命式的生存。在某种意义上，"了、呢、哩"和叠词的使用在《受活》中并不仅仅起修辞的作用，它为我们营造了耙耧山脉的"柔性"生活，传达出耙耧山人的生活状态和心态，也使小说可以直接进入受活庄生活的内部和思维的深处。而当耙耧山脉的这种"柔"性语言与外部世界的扩张性语言、与柳县长的指令性语言相冲突时，这种语言对于小说的阐释意义就更加明显。

　　李陀在谈到《受活》的语气词时认为它们具有"某种政治含义"，"我觉得更重要的是你在叙述语言当中融合书面语和口语、普通话和方言的努力和尝试。这特别表现在语气词'哩'、'哦'、'呢'的运用。别小看这些看来不起眼的语气词，我觉得正是他们给你的小说的叙述增加了一种特殊的调子和韵味，一种与河南的土地、风俗、人情紧密联系的音乐性……我猜想，那股河南味儿一定对展示小说中的农村文化政治提供重要背景，使荒诞不经的虚构人物和故事有了具体性、地方性，这之间又形成一种张力，一种体现在声音中的张力。我想这个张力并不是没有意义，也不是什么提供美学价值，而是某种政治含义"①。这一说法很有意味。什么样的政治含义？这是对方言所蕴涵的生命质感的再现，这是生命质感、形态具有非常鲜活的本土性和自我性。或者，与时间、空间同时存在的地理性。它与这一民族的生命历史相关，是属于这一段的。从大的意义上

---

　　① 李陀、阎连科：《〈受活〉：超现实写作的重要尝试——李陀与阎连科对话录》，《读书》2004年第2期。

讲，它消解了普遍化、官方化和政治化倾向，把受活庄、读者重又带回到土地和与土地相关的生活体验之中。正如作者自己所言："语言不应该仅仅是小说的工具，应该是小说的内容，是小说中的一种文化。"①

实际上，不管是"涩"、"狂"，还是"柔"，它们都显示了耙耧山脉的某种内在特征，或者说，它们蕴涵了耙耧山脉的特殊信息和独特的生命存在方式，是一种密码式的，唯有耙耧山人能够理解其中的丰富性与意味性。这些独特的词语、音调和由此产生的情感意蕴结合在一起就形成了方言。他们以自己的视角看世界，并且为这个世界和自己的生活命名。因此，当作家试图用方言写作，用方言逻辑对世界进行思考时，他必将进入一个"隐语"式的世界，进入一个与日常经验完全不同的世界。对于《日光流年》中的三姓村人来说，方言就是"命通/命堵、翻地/挖渠"，而对于《受活》中的受活庄来说，隐语是"受活/不消受、圆全人/残疾人"，等等。"命通"，对于我们的公共生活来说，这一词语并不存在，但是，在三姓村，让"命"通畅起来，活过四十，却是他们从生下来就命定的唯一目标，这一词语就像一块强大的磁石，把三姓村人聚拢起来，制造着喜悦、悲哀和对待生死的观念。这是他们的命运，独属于他们的记忆，他们的思维方式和生活方式。"受活"，在受活庄的世界里，是"享乐、享受、快活"，也有"苦中之乐、苦中作乐"的意思，这是一个纯粹感性的词语，字面粗糙，有暧昧的色彩，暗含着性的成分，让人不由得想入非非。对于受活人来说，它蕴涵着家族神话、历史、资料、现实和理想生活的原型。毫无疑问，它只属于受活庄。

在这一方言世界，还有另外一种"隐语"，那就是关于外部世界的。进入受活庄的时代词语并不以它公共的面目出现，受活人常说，"铁灾、红难"、"大劫年"怎么怎么样，他们不说"大炼钢铁"，也不说"三年自然灾害"，他们遭遇的还不是饥饿、死亡，而是被掠夺，这是残疾人世界与圆全人世界之间、弱者与强者之间的冲突，是受活庄特殊的身份给他们

① 李陀、阎连科：《〈受活〉：超现实写作的重要尝试——李陀与阎连科对话录》，《读书》2004年第2期。

带来的耻辱。时代语言被加入受活人的情感、记忆，直接从"三年自然灾害"变为"大劫年"，记载了受活庄和外部世界之间的关系。他们按照他们的经历和遭遇去重新组合词汇。在残疾人的世界里，"圆全人"意味着优越、高傲，占有这个世界，"圆全人就是你们的王法"，这是一个定律。小说内部的语言大致可以分为两个语言系统：耙耧语言和公共语言。耙耧人的语言，低俗、原始、感性，很难进入公共话语圈；而公共语言却非常强势，它意味着权力、高傲、理性，常常以压迫的方式破坏耙耧语言系统。但是，很难说谁胜利了。尽管它破坏了耙耧山脉的自在性，同时，它自身也遭到了篡改和变异，新的词语不断融入耙耧方言，结合并产生出新的词汇，这些不断加入方言的词汇记载着耙耧山脉一代代人的生命感受、历史遭遇及情感方式。

　　乔纳森在《文学理论》中这样说："不同的语言对世界的划分是不同的。"① 维特斯根坦也有过这样著名的判断："想象一种语言，就是想象一种生活方式。"语言是一种生活方式，也是其世界的界限。以方言呈现出的小说世界，自然地形成一个独特的地缘世界和时空观念，这一地缘世界与现实的关系可以说是既互为一体，同时，又因为差异而使双方的冲突凸显。如前所言，"三年自然灾害"在受活人那里是"大劫年"，词语的转义其实蕴涵着方言世界与公共世界之间的某种关系。而在经济时代，受活庄的人却毫不犹豫地接受了"致富"这样的大字眼，走出方言世界，进入公共领域，或者说，进入到了现代化的轨道之中。"九都、柏油路、电视、致富"等词语冲击着受活人，这些慢慢取代了"受活"，因此，受活庄里的侏儒女槐花和县长秘书好上之后，皮肤白了，个子高了，连说话用词也和受活人不一样了。可是，你又会发现，耙耧人对"致富"这一时代经济语言又是以自己的方式理解的，他们把它直接篡改为"绝术团"，"绝术团"等于"致富"，于是，在耙耧山脉的原野中，出现了无数个练习"聋耳放炮"、"单腿跳远"和穿着"奠"字寿衣的人。甚至，连政治素质极高的柳县长的思维，如他提出的列宁遗体方案，也不能说没有"篡

---

① 乔纳森·卡勒：《文学理论》，辽宁教育出版社、牛津大学出版社1998年版，第62页。

改"的痕迹，它把这一切变成了时代的闹剧，荒诞而又触目惊心的闹剧。

方言世界与公共世界之间常常是作用与反作用的关系。方言在某种意义上可以称之为具有原型意义的生命样态的标志，它就像化石一样，存留着一个群体的生命痕迹与情感印记，作为一种几乎是原始意味的、被动的存在，方言必然遭受着公共世界的冲击，后者常常侵入前者并修改着前者本来的含义；但另一方面，方言也以自己的生命性、日常性与抗腐蚀性改变着公共世界的面目。韩少功在写作《马桥词典》时这样写道："一旦进入公共的交流，就不得不服从权威的规范，比方服从一本大词典。这是个人对社会的妥协，是生命感受对文化传统的妥协。但是谁能肯定，那些在妥协中悄悄遗漏了的一闪而过的形象，不会在意识的暗层里积累成可以随时爆发的语言篡改事件呢？"① 方言中的许多词语并非都只与地方经验有关，许多时候，政治话语是以方言的形式出现的，政治和文化必须在被加工的基础上，改头换面才能真正进入方言世界内部。对于受活庄的人来说，他们可能不知道"大跃进"、"文化大革命"等当代政治史上的重要阶段，更不会明白其中的含义，但一当提起，他们马上会说，"逃荒那一年"或"红灾黑难那一年"，在这里，方言的确在进行着"语言篡改事件"，这种篡改本身具有相当明显的对抗性——与意识形态，甚至是普遍世界之间的对抗。但是，它的力量又有多大呢？方言能在多大意义上篡改公共话语、政治话语、经济话语，而达到一种自足的存在？更进一步追问，作为知识阶层与接受现代标准汉语教育的作家，能够在多大程度上达到方言世界的核心？这样的方言世界与整个世界的关系究竟是以何种方式存在的？

二 妥协了的方言叙事

列维·斯特劳斯在写作《忧郁的热带》时曾经这样对人类学考察的真实性进行总结："不论是有意或是无意，现代的香料味素等调味品都是伪造过的。这当然并不是指今日的调味品是纯粹心理层面的而已，而是指

---

① 韩少功：《马桥词典》，作家出版社1996年版，第400页。

不论说故事的人再诚实也无法提供真实的东西，因为真实的旅行故事已不可能了。为了使我们可以接受，记忆都得经过整理选择；这种过程在最诚实无欺的作者身上，是在无意识的层面进行，把真实的经验用现成的套语、既有的成见加以取代。"①的确，经验的选择和表达的有限性是最残酷的事情，它常常遮蔽了更为真实的场景，而选择那些能为日常经验所能接受的东西，在这种迎合中，真实往往被假定了，而记忆也变得虚假。对于一个作家来说，这种记忆力的虚假性和组合性很有必要，因为它是小说产生歧义、产生相对性和私人性的根本。但是，从另一层面来讲，这种过滤性则总是与时代文化的偏见、与自我的立场相联系。

这是真实的难度，也是真实的限度。方言在某种意义上使写作者接近了他所描述的世界和那一世界的密码，以及背后所蕴涵的社会体系和情感体系的模糊框架，但是，不完全的方言，或者已经妥协后的方言又很难真正直抵命运的深处，而试图在真实之上产生更大的真实则越发难上加难。

尝试用方言写作在当代文学几乎成为潮流。韩少功的《马桥字典》、李锐的《无风之树》，可以说是其中的经典之作，但如果仔细分析的话，你会发现，《马桥字典》是在运用知识分子书写方式对方言进行阐释，这种书写本身是理性的，带有明确的诠释色彩；李锐的《无风之树》运用人物独白方式直接进入方言世界，土字，土词，包括那些最粗俗的民间用语作者都直接书写，这无疑是很大胆也很成功的尝试。它摆脱了启蒙的理性，直接进入原生态的民间生活内部，进入方言世界的内部，但是，你又会发现，这种形式的方言描写是细节上的，并且人物性格重复单一，它很难从整体上传达出吕梁山脉的气质。在《受活》中，阎连科试图从叙事本事进入方言世界，他既勾画耙耧山脉的整体形象，又不放弃任何方言语句逻辑的使用，他不希望他的方言是细节上的或仅限于对话上的。但是，已经有读者指出阎连科的方言并不纯粹，这一点，阎连科本人也承认。他说，在写作的时候，常常有失语的现象，脑海里经常会跳出一个文言，或者一个普通话的词汇，而他，常常是不得不用。因为方言已经无法表达他

---

①　列维·斯特劳斯：《忧郁的热带》，三联书店2000年版，第31—32页。

想表达的意思。在《受活》中，我们常常看到一些半文半白，书面语和口语混合，意义暧昧模糊的语言。词与词之间的断裂、组合，显得很不和谐。许多时候，这种混合的语言反而增添了小说的语言魅力，创造了一种独特的语言气息，这是另外一个问题。这里，笔者想要分析的是方言的失语与妥协这一事件本身所蕴涵的意义。

正如阎连科自己所言，在写作的时候，他经常处于某种半失语状态。这一方面确实如斯特劳斯所说，现成的套语、既有的成见取代了真实的经验。即使最有见地、最深刻的写作者也无法摆脱这些，尤其是无法摆脱他赖以写作的语言系统。从另一方面讲，方言的失语本身却意味着它所代表的世界的失语。方言的词汇无法表达出现代思维和现代世界的许多东西，甚至无法表达其中的情感方式。他们的词汇古老，缺乏新的意义填充，而对原有世界观的固守和生活经验的局限性，也使他们不可能转换和学习新的词汇。对于受活庄的人来说，新的词汇甚至是灾难的象征，如刚才所言的"合作社、大跃进"，于是，他们退回去了，同时，又诞生了几个具有特殊含义的词汇，如"黑灾、红难"，这是受活庄人的词汇，是他们对外部世界的一个基本印象和态度，蕴涵着他们所遭受的痛苦、掠夺和对世界的不信任。从根本上讲，以耙耧方言生活的受活人根本未曾进入现代社会话语之中，而他们所理解并参与了的"发展"是极其表面化的并被扭曲了的存在。

这样一个完全与世隔绝的村庄，一旦与世界重新联系，其与世界的冲突会更明显，也更富于象征意义。因此，我们看到，在他们难得开口说话的时刻，他们所表达的东西往往是公共话语强塞给他们的语言。他们很轻信，他们愿意扔掉自己的东西走出去。于是，在柳县长第一次鼓动受活人出去时，他们兴奋异常，过去的痛苦经验被柳县长充满蛊惑性的政治讲演所掩盖，或者说，被"改革开放"、"致富"这样大的命题所迷惑。"挣钱"，就这一个词便可打中受活庄人的穴位，这是方言世界致命的弱点，他们所有的高傲、尊严和价值，包括《年月日》中的先爷，《受活》中的茅枝婆都必将败倒在"挣钱"面前。方言在公共话语面前的弱势导致它影响力的缩小乃至于丧失，没有可交流性，它的使用范围必将越来越小，越来越被原型化。与此同时，方言世界的存在也越来越被同化，每一次大的政治变革、经济变革或文化变革都是方言被清洗的时刻，清洗的力度越大，方言世界越是迎合，所面临的越是更大的黑暗。在与当代经验和当代世界的冲突之中，方言总是处于弱势和被淹没的危险之中。

在这样的话语强势面前，在这样一个被缩小了意义存在的方言世界面前，阎连科不得不妥协，他不得不用更具公共传播性的语言来"转达"耙耧山脉的话语和存在处境。在这一"转达"过程中，有许多东西，耙耧山人的情感、思维已经失去了原貌，出现了明显的"词"与"物"的分离。可以说，无论是韩少功、李锐还是阎连科，他们展示给我们的方言世界的存在状态，实际上是支离破碎的，这不仅仅是因为记忆本身的支离破碎，而是作家所选择的语言方式的难度必然会导致模糊与歧义。这其实也涉及作家和下层世界、下层经验的关系这一重要问题。作家从写作之初所接受的就是公共话语系统，而作家基本的教育也是规范的汉语教育，在普通话系列里，已经剔除了许多方言字和词，它是从传播的角度，而不是从保存一个群体情感记忆的角度进行选择的，这就决定了作家，或者说识字人的先天不足，他很难用公共语言规范来传达出某一群体的特殊经验，这注定了作家对方言世界的表达带有某种扭曲和臆想的成分。我们可以感受到，《受活》既不像莫言的《檀香刑》那样运用一种纯粹的前启蒙语言进行叙事，也没有一般的知识分子写作中强烈的启蒙意味，它几乎介于启蒙和非启蒙之间，呈现出一种被动的矛盾态势。作者试图抛弃距离，抛弃姿态，用他们的语言方式来表达他们的世界，但是，语言的受阻决定了这是一个几乎不可能完成的任务。这也意味着，在现代汉语的世界里，耙耧山脉人的"受活"是被禁锢起来的，不可能传播，它一开始就与发展、与现代文明绝缘。这实际上正是方言世界在现代社会中的处境和地位。在《受活》中，阎连科使用了一个变通的方法，即通过"絮言"，通过对耙耧山脉方言词语的历史追溯来把握它们在耙耧山脉的真实含义，或者说，让读者进入耙耧山脉词语的感性世界。这一世界是恢复了的，通过词义的生成、阐释，给出一个群体的生活史和情感史，它与本书形成一种互文意义，互相阐释。

"正文和絮言，这两者不仅相互补充，而且把叙述的实验扩展到不同的领域：从词典学到传说，从地方志到官方历史，从政治讽刺到超现实主义，从史实到现实。在正文中，作者叙述的时间是'现在进行式'，是当下发生的事件；絮言则是'过去式'或者'过去完成式'，是历史，也是记忆。这样一来，絮言最有趣的一个功能就是作为历史的备忘录，作为正文叙述者的'提醒人'。沿着追溯历史与记忆的足迹，它把自己定义为反抗遗忘者；在当前的现实世界，它警告我们不要犯健忘症，警告我们忘记苦难史或受苦人是'我们共同的罪行'。"① 在某种意义上，"絮言"弥补了因作者的"失语"和"转述"而被忽略掉的方言内核。但通过"絮言"叙事，而非本事叙事来通往方言世界，这本身就显示了方言写作的难度与困境。

三 方言与世界

从根本上讲，方言写作最大的意义在于，它试图改变五四以来知识分子对底层世界的代言方式，试图在叙事者与被叙事者之间寻找新的关系存在。当鲁迅《故乡》中的闰土神情麻木地看着作者，并喊出一声"老爷"的时候，知识分子与他的叙述对象之间深不见底的隔阂也遗漏无余。也许，恰是因为作者的身份与思考方式使闰土无语，二者根本不在同一个空间内，也无从交流。在作者"悲天悯人"的目光下，作为老农的闰土能讲出他的贫苦生活的某点欢乐或幸福吗？从这一角度来看《故乡》，毋宁说是作者使闰土麻木不知所措。在如何解决这一难题上，当代作家不约而同地选择了以方言的形式重回故乡，重回那一沉默的世界，并试图达到与底层世界的沟通。方言写作类似于文化考古，通过对词语的重新使用与叙述回到某种情境和谱系之中，这一谱系有着独特的地理、空间，方言是一种密码与媒介，里面蕴涵着时间与记忆，它与方言的大地之间有着水乳交融的默契与共生性。方言是一种民间立场，但既不是同情式的，也不是启蒙式的，而是同在的，与那里的人物、环境同在。因此，方言写作不仅仅

---

① 刘剑梅：《徘徊在记忆与"坐忘"之间》，《当代作家评论》2008年第2期。

是在字、词、句方面使用土语、土话，而是作家思维方式上的一种根本性的改变，作家以"是"，而不是以"看"的身份进入所描述的世界，进入这一世界的生命轨迹与喜怒哀乐中。从这个意义上，《受活》语言的价值在于使我们感受到民间生长的过程，词语的生长背后是与此相共生的生活，由此，我们看到了时代的政治、历史与"受活"之间篡改与被篡改的相互关系，它带给文本及读者一种特殊的温柔与疼痛。

　　笔者在前面不自觉地使用了方言写作中"作家与下层世界、下层经验的关系"这样的说法，实际上，就当代文学的创作倾向与价值取向而言，方言写作的世界已经超越了"乡村"这一范畴，它指向更广阔的空间。我们可以从两个层面来理解这一问题。一般意义上的文学的方言世界多指那些以方言为起点的乡土世界——这是中国最基础的底层。韩少功的《马桥词典》分析的是"马桥"这一村庄的方言，李锐的写作直接指向吕梁山脉，莫言所使用的是高密东北乡的方言，阎连科的方言则只属于耙耧山脉。从更宽广的意义上，方言写作常常被纳入底层写作的范畴，二者之间有天然的不可分割的意义关联，存在着某种置换关系。当代小说中的方言世界总是与中国的底层世界相对应，这里的"底层"不仅指乡土中国，也指任何一个被时代、历史忽略了的底层生存场景，是更具广泛性及抽象意义的方言存在。它背后有非常多的家族谱系，工人，农民，被侮辱与被损害的，"沉默的大多数"，等等，是一个庞大的、无法表述自己的群体。蔡翔在写到自己的故乡——上海苏州河北边时，非常谨慎而又自然地使用了"底层"一词。[1] 因为那一故乡世界在历史的河流中的确是黑暗的、被遮蔽的，它独特的词汇、意义系统与情感系统无疑是唯一能够彰显其存在的事物。

　　1990 年代以来的方言写作的兴起，包括近一段时间以来关于底层写作的激烈争论并非当代文学一时的心血来潮，而是文学重回传统的一种表现。从现代文学开始，写作者一直在寻找表述底层的方式。五四时期的白话文运动，革命文学时期的"文艺大众化运动"，再到延安文艺时期毛泽

---

① 蔡翔：《底层》，《天涯》2004 年第 2 期。

东的"中国作风、中国气派",等等,无不试图在语言工具上寻求突破。尽管知识分子努力学习民间文艺,努力创作具有"中国作风、中国气派"的文章,但是,在现当代文学发展史上,作家作品对底层人物或底层世界大多无法摆脱"哀其不幸、怒其不争"的格调,启蒙与教诲始终占上风。1980 年代中期"纯文学"以后的当代文学离现实、历史与底层越来越远,承担意识越来越低,在激进派、年轻派的文学观念中,"文学回到自身"成为文学放弃责任的最好说辞,它也成为许多当代作家的基本规则。文学的意义在逐渐缩小,并且,这种缩小被看作是文学的"正途",文学/政治,个人/社会,私人叙事/宏大叙事等二元对立思维充斥着当代文学整体语境。可以说,方言写作的出现,包括像林白这样先锋女作家的《妇女闲聊录》,充满了政治上的策略意义。它以新的方式让文学重回宽广而又沉重的底层,重回"沉默的大多数"之中,肩载闸门,让负重再次显出它的美来。一位评论者甚至激进地认为:"方言的意思不是指一种具体的语言,而是指一切弱小的、弱势的'事物'——比如一个商品社会中的诗歌写作,在儒家文化为支撑的文体(比如诗、文)压制下的小说,在一个大时代底部潜藏的小时代,等等。所有这些弱势事物在大多数情况下,给我们的日常生活带来了比强势事物更多的安慰,更多的激情。"①

作家使用方言绝不单纯地是为了还原或再现某一地域或情境,而是显示自己的写作立场。但是,方言写作在多大程度上能够显示作家的"民间立场",能够在多大意义上表述底层的存在仍是值得商榷的问题。莫言在写作《檀香刑》时曾经宣称要"撤退回民间"、"作为老百姓写作",试图摆脱五四启蒙话语语式,用流畅、浅显的叙事方式和民间语言方式来表现民间世界特有的思维方式和中国民间精神的特征。尤为突出的是,在《檀香刑》中,叙述人的身份降得很低,有许多时候,你甚至感觉真的是一个民间说书人在乡场上昏黄的灯光下说唱,但是,从小说总体意义呈现来看,莫言没有达到目的,而是陷入到"民间"的粗鄙与杂乱之中,即使文章不断营造如巴赫金的"广场吆喝"和"狂欢化"氛围,也未能更深

---

① 敬文东:《被委以重任的方言》,中国人民大学出版社 2000 年版。

刻地显示出历史的一角。这里面蕴涵着许多问题，"对于在现代汉语语境成长起来的莫言来说，能否回到纯粹的民间语言？这种简单模仿民间语言资源的形式能否传达出'民间精神'？即使是真的回到'高密东北乡'的内部，回到民间说唱艺术之中去，它呈现给我们的是一个真正的民间精神世界吗？"① 实际上，方言写作仍是知识分子想象底层的方式，正如底层的语言系统本身无法从整体上表述自己的位置一样，知识者也无法放弃自己的启蒙立场对历史进行整体性思考，这也就决定了表述者意义的深广度一定要高于被表述者，不管你以什么样的姿态。否则的话，知识者的表述就失去了意义。这是一个悖论。

作家对方言的妥协与难以把握不仅意味着底层世界和经验本身的失落和支离破碎，同时，也显示了知识阶层（表述者）与底层（被表述者）之间天然的矛盾关系。"他们无法表述自己；他们必须被别人表述。"马克思在《路易·波拿巴的雾月十八日》里这样写道。他们是谁？是耙耧山人？是那些永远挣扎在历史隧道最黑暗处的生命？他们的身份呢？他们的语言权力到了哪里？谁能代表他们发言？谁有权力和资格替他们在历史、文明中发言？其实，"替"他们这一事实本身，已经象征了他们在历史中的位置，他们是被隐喻了的一群，是失去了身份的一群，他们的喜怒哀乐、痛苦、绝望已经被排除在了历史之外，最终，他们沦落为"被拯救者"。对于历史和文明来说，他们永远只能是被动的承受者。因此，无论作家在主观上是多么想接近底层，多么想接近真实的底层生活，却仍然只是知识分子传统内的声音，或者说，他只能在自己的思维经验之内进行"转达"，这一"转达"本身也决定了知识分子的尴尬和知识分子话语的无力。鲁迅所谓的"无声的中国"不仅指中国底层的失语和被遮蔽，同时，也指中国文学中底层存在的"无声状态"，文人的话语方式始终遮蔽着底层的话语方式，这使得底层世界的"无声"更加隐蔽，也更加黑暗。

评论者对《受活》中方言的使用褒贬不一，赞扬者认为作者探索了

---

① 参见拙作《当代文学视野中的村庄困境——从阎连科、莫言、李锐小说的地理世界谈起》，《文艺争鸣》2006 年第 5 期。

一种新的通往乡村世界的可能性，而批评者则认为作者在故弄玄虚，因为河南不像南方的很多地方那样有独特的表意与构词系统，而那些语气尾词的使用也显得较为生硬。甚至专业读者也都抱怨这本书很难读，其理由就是其中大量的河南方言阻碍了读者的理解与小说意义的传达。从表面看来，这是纯粹的语言问题，《受活》语言并非完美，甚至许多时候的确生硬、不协调，但实际上，这背后隐藏着方言写作一个根本性的问题：方言写作能否成为作家表达民间立场或底层世界的重要手段？如果方言写作仅仅只为一些学识丰厚的人才能读懂的话，它与它的初衷是否相悖？而从社会学角度看，中国的方言大地正在丧失，方言正在丧失其原有的活力与内部的交流性，它与地域、环境、生命情感之间那种水乳交融的默契也在逐渐消失。"千里久别，忽然邂逅，相对作乡语隐语，旁人听之，无义无味"，在这两人的乡语中，隐含着一个独特的世界，只有在那里生活过的人，才会懂得其中更为微妙的意义、情感与趣味。但是，在全球化时代，这一隐语式的方言世界变得越来越少，共时性的东西正在增加，而空间的跨度却不断缩小。方言对于许多年轻人来说甚至连记忆都不是，更无从谈起那个叫"故乡"的事物，方言的空间正在流散（"底层"的所指也变得越来越模糊），他们走进城市里讨生活，尽可能说普通话。他们面对的是一个越来越普通话化的世界：教育、消费、娱乐、生活方式、思维模式等全方位的普通话化。如果有一天方言真的成为纯粹的"文化考古"，那是不是意味着，方言写作离现实中的底层更远，而不是更近？

第九章　现实与主义

　　"真的，请你不要相信什么'现实'、'真实'、'艺术来源于生活'、'生活是创作的唯一源泉'等那样的高谈阔论……来自于内心的、灵魂的一切，都是真实的、强大的、现实主义的。哪怕从内心生出的一棵人世本不存在的小草，也是真实的灵芝。这就是写作中的现实，是超越主义的现实。如果硬要扯上现实主义这杆大旗，那它，才是真正的现实主义，超越主义的现实主义。"① 这是 2003 年底阎连科在长篇小说《受活》的后记《寻找超越主义的现实》中的一段表述。令人意想不到的是，这篇短短的后记却引发了一场激烈的争论。据不完全统计，这几年公开发表的关于《受活》的批评文章不下 20 篇，② 几乎每篇文章都以此作为切入点进行论述或批评。论者的批判焦点大多集中于阎连科所提的"现实"在文学中表达的不可能性和不重要性，并认为这一看法标志着阎连科小说及其乡土文学的"现实主义传统的失落"。

　　这是一个非常诡异的问题，因为在 1980 年代以来的当代文学史上，还没有哪个作家像阎连科这样，因为创作属于"什么主义"的问题而被争论、批评。我们以为"文学必须属于哪条路线，属于什么主义的时代"早已过去，并且已然达成了共识。在 21 世纪的开始，这样一部乡土文学

---

　　① 阎连科：《寻找超越主义的现实》，《受活·代后记》，春风文艺出版社 2003 年版。

　　② 《与大地上的苦难擦身而过——由阎连科〈受活〉看当代乡土文学现实主义传统的失落》（邵燕君，《文艺理论与批评》2004 年第 6 期）；《真实的可能与狂想的虚假——评〈受活〉》（肖鹰，《南方文坛》2005 年第 2 期）；《重提现实主义的超越性——从"现实主义冲击波"与对几个文本的解读谈起》（苑博，《广西师范学院学报》2006 年第 1 期）；《"超越主义的现实主义"质疑》（施津菊，《天津师范大学学报》2005 年第 2 期）；等等。

著作所引起的"主义之争"意味着文学在美学和现实之间微妙的纷争，这一纷争既包括学术界、批评家对乡土文学美学与乡土现实的某种不同于以往的认知，也包括普通读者对乡土小说多重歧义的理解。

但是，即使是最苛刻的批评家、读者，也不能否认阎连科对社会现实的真切关注，不能否认他在面对现实时内心紧张的冲突与书写的强烈愿望，更不能否认阎连科小说与作为一种美学理论的"现实主义"之间的血肉联系。尤其是，当从理论层面探求阎连科小说叙事模式与美学策略时，却发现，这个被称为"反现实主义者"的作家创作呈现出一种独异的现实主义性——这是从文学的最核心意义而言的，当然，从这一角度，也许所有小说都可称为现实主义。这是另外一个问题。

一 两种叙事模式

很少批评家关注现实主义的叙事模式。对现实主义的争论历来都集中在"现实性"与艺术表达之间的矛盾关系上。如果从叙事学角度考察的话，经典的现实主义作品有最基本的叙事模式。19 世纪批判现实主义是资本社会形成过程中的文化产物，神圣的、充满象征性的帝国主义解体之后，以理性、科学、工业文明为特征的资本主义与资产阶级登上历史的舞台，整个西方文化处于"道德焦虑"与"金钱焦虑"之中。批判现实主义应运而生。詹明信在论述现实主义的来源时认为："金钱是一种新的历史经验，一种新的社会形式，它产生了一种独特的压力和焦虑，引出了新灾难和欢乐，在资本主义市场获得充分发展之前，还没有任何东西可以与它产生的作用相比。我希望大家不要把金钱作为文学的某种新的主题，而要把它作为一切新的故事、新的关系和新的叙述形式的来源，也就是我们所说的现实主义的来源。"①如果说农业时代的社会秩序和民众精神存在方式依赖于被圣化的道德的话，那么，资本运作时代，尤其是资本过渡时代，"金钱"不仅具有现实的压迫功能，还是一切生活的基本前提，是新

---

① 詹明信：《现实主义、现代主义、后现代主义》，《晚期资本主义的文化逻辑》，生活·读书·新知三联书店 1997 年版，第 299 页。

的象征秩序与意识形态，与此相对的，"道德"濒临破产的边缘。

以托尔斯泰、陀思妥耶夫斯基为代表的俄国批判现实主义基本上是道德叙事，"道德"作为基本的叙事结构，它是卢卡奇所言的"总体生活"①的基本轴心，所有人物命运，所有情节都依据这一轴心发生、发展，它不仅仅是小说的主题，而且也是故事的起源。人物之间紧张的冲突，人物关系的基本模式，作品大量的心理分析都由"道德"冲突引起，作者以此展示民族内部文化模式与时代精神，并最终成为关于民族精神与民族历史的叙事。《安娜·卡列宁娜》、《罪与罚》，包括福楼拜的《包法利夫人》等都是非常典型的道德叙事。与此同时，对于巴尔扎克来说，当拉斯蒂涅在河对岸凝望巴黎的灯光，并发誓一定要进入那一世界时，"金钱"这一词语毫无疑义成为《人间喜剧》的关键词，它也是司汤达《红与黑》的基本叙事模式，与"金钱"相伴生的是阶级冲突、文化冲突与道德冲突等问题。

对于中国现实主义文学来说，从鲁迅"批判国民性"的道德启蒙小说到1930年代以茅盾为代表的社会剖析小说，小说叙事模式经历了从"道德"叙事到"金钱"叙事的嬗变（这种嬗变式的，而不是西方批判现实主义平行式的叙事模式，与中国特殊的政治语境有关）。前者更多注重民族生活的被毁灭与民众道德的麻木；后者则是以"金钱"为基本逻辑起点和叙事起点，对1930年代的中国进行全景式的剖析，并以此对资本社会基本形态进行总结与描述，可以称得上是最符合西方经典批判现实主义的作品。《在延安文艺座谈会上的讲话》成为中国文学的拐点，左翼文学的阶级论被逐渐强化，具有现实主义特征的乡土小说被追捧，无论是1940年代的《太阳照在桑干河上》，还是新中国成立后的《创业史》、《暴风骤雨》，都以"阶级革命"（1930年代的社会剖析小说同样持阶级

---

① 卢卡奇认为现实主义是"一种思想结构"，必须反映"一种总体生活"，"通过栩栩如生地描写作为特定人民和特定环境的具体特征的客观生活状况的最大丰富性，他使'他自己的世界'呈现为对整体生活的反映，呈现为过程或总体……"卢卡奇：《艺术与客观真理》，《文艺批评理论——从柏拉图到现在》，拉曼塞尔登编，刘象愚、陈永国等译，北京大学出版社2000年版，第59页。

论，但是其叙述起点却是资本社会的金钱逻辑）作为基本的逻辑起点，所有的故事起源都缘于阶级属性与阶级立场的不同。农民成为文学的主角，充满英雄主义气概，其中蕴涵着政治意识形态对"革命"的圣化意图，批判现实主义也渐变为"革命现实主义"或"社会主义现实主义"。

真正接续批判现实主义传统的是1980年代的乡土改革小说。从《平凡的世界》、《浮躁》到《羊的门》、《受活》等，作家开始书写改革过程中乡土社会道德结构与商业经济的冲突及最终对乡土社会的影响，从中可以清晰地看到作家从"道德叙事"朝着"金钱叙事"的不断倾斜，这背后是作家对在改革中不断变化着的乡村道德逻辑、文化样态、生存体验的深刻体察与认识。在这一谱系之中，阎连科长篇小说的现实主义性非常清晰地体现出来。从《日光流年》、《坚硬如水》到《受活》，有两个词语被赋予了前所未有的叙事性和结构意义：金钱、革命。在这其中，身体是贯穿始终的重要象征手段。对于阎连科来说，它们不仅是理解中国当代政治、文化及他所关注的乡村世界存在状态的基本词汇，也是其世界观的体现。

当《受活》中的受活人决定走出去的时候，市场经济已经成为1990年代中国的道德逻辑与生存逻辑，"金钱"这一充满诱惑力的名词——通常以"发展"与"致富"的名义出现——如飓风般刮过神州大地，所过之处，无一幸免。对于置身于现代性边缘的乡村来说，市场逻辑与其生存的封闭性与落后性构成极大的反差，造成了无数乡村发展之"怪现状"。新的故事正在上演。受活庄"受活式"的道德模式全面破产，残疾的受活人终于找到了改变自己的活路：卖身。而当柳县长石破天惊地说出要购买列宁遗体，在耙耧山脉建立列宁纪念堂，并且以狂热的激情进行让全中国、全世界的人都来买门票参观列宁遗体的改革与发展的"算账"演说时，中国的大地上发出一声沉重的闷响。这是我们精神的某种断裂声响，它象征着社会主义政治体系的破产，象征着政治意识形态逻辑方向的彻底改变。金钱已经成为一种"病症"或者是一种"理想"渗透进最狂热的政治投机分子灵魂中，作为一种崭新的历史经验和社会形式，"金钱"的确如詹明信所言"产生了一种独特的压力和焦虑，引出了新灾难和欢

222

乐"。道德的约束力、政治的压迫都不再成为制约受活人的生存走向和精神方向的决定性力量，取而代之的是金钱，它成为唯一的叙事。它击溃了道德和政治，也改变了当代人物关系、生存逻辑与文化模式。1990 年代中国的政治逻辑、经济发展逻辑、文化逻辑的嬗变及其后果都通过这一叙事呈现出来。

但是，必须注意的是，阎连科的叙事对象是还未浮出历史表面的"农民"，是中国底层中的最底层，是还没有得到现代文明命名的群体。在还没有经过现代性启蒙与改造的状态下，他们陷入了前所未有的"金钱"叙事的漩涡与恐慌之中。因此，他们获取资本的手段非常粗鄙、原始：拿身体来交换。《受活》中的断腿赛跑，聋子放炮，瘫媳妇刺绣，盲人听物等无一不是通过夸张扭曲身体的缺陷来换取金钱，在现代文明语境中，他们却失去了现代文明最根本的属性：作为一个"人"的尊严，并沦为被观赏的对象。这是金钱逻辑最为骇人的地方。"身体"作为贯穿阎连科小说始终的重要意象，它把金钱的血腥气，革命的暴力性及底层农民独异的生存方式隐喻式地揭示了出来。批评家不约而同地提到阅读《日光流年》时生理上的"恶心"与"窒息"，阅读《受活》时残疾意象所带来的感官刺激和精神打击。《日光流年》使我们第一次感觉到乡村自身的疼痛，纯粹生理意义的疼痛。男人"割皮"，女人"卖肉"，这是他们为改变处境唯一可持续开发的资源。阎连科没有满足精英知识分子对乡村的道德欲望，转而用巴赫金的"降格"化手法，把农民形象降低到生物层面、物质层面，把乡村的处境通过荒诞的形式传达出来。可以说，阎连科是第一个从真实的肉体存在角度考察乡土存在的当代作家，他把乡土叙事、把关于乡土存在的文化考察又推进了一步，通过"身体"把文学中精神的乡村拉回到物质的乡村，把"精神"的农民还原为"肉体"的农民。这种后撤深刻地勾勒出在后现代境遇下"本土中国"的存在形象，也由此改变了《太阳照在桑干河上》和《创业史》的农民谱系。

当身体与革命纠缠在一起的时候，所有的一切都变得更加诡异，让人不安，革命竟然与个人的原欲构成如此怪诞但却坚固的同盟。中国当代史上规模最大、牵连最多的一场革命竟然与人的内分泌失调、力比多过剩有关，这无疑让人震惊，也让人窥探到革命更为隐秘的运行机制。"革命"叙事成为阎连科近年来进入世界的另一方式，也成为他一部分小说的基本叙事模式。《坚硬如水》意味着左翼以来革命美学传统的终结。中国革命美学，中国革命意识形态的确立是在对乡村的书写中完成的：广阔的乡村大地，如火如荼的革命斗争，复杂的阶级关系，富于英雄气概的主人公，革命的乐观主义精神，等等，这些已经成为"革命"固定的美学形象与存在形态，"革命"也由此被赋予了崇高、理想、自由、民族解放等含义。但是在阎连科笔下，"革命"却成为一种发生学的存在，"革命"被再次还原为问题。它的逻辑形成过程被一点点剥离出来。革命英雄主义被拉下神坛，高爱军的革命事业变成了一场拙劣的对革命英雄主义的模拟叙事。作者以戏仿式的"革命"逻辑与"革命"叙事解构了经典的革命美学及其象征体系，使"革命"背后沉重而暧昧的阴影显现了出来。高爱军退伍军人的身份不但暗示着秩序与欲望的反向合力，也蕴涵着革命与农民之间的另外一种存在关系。他的可笑与可怕正是乡土大地对"革命"的消化不良所致，或者，恰恰是因为不谙政治意识形态的内在修辞形式，高爱军的行动反而成为对"革命"的最"赤裸"的表演与阐释。

二 神实主义

从本质上讲，阎连科的长篇小说承继了现实主义的基本叙事模式，具有卢卡奇要求的"总体生活"特征，能够以一种鲜明的"思想结构""栩栩如生地描写特定人民和特定环境的整体生活"。但是，不能因此就认定阎连科小说是典型的现实主义小说。因为从美学元素上看，他的小说和现实主义的美学要求并不吻合（这也是大部分论者批评他的主要原因）。甚至可以说，阎连科所有的现实主义叙事都酝酿着一种反向的力量，呈现出典型的"反现实主义"特征，这使得他的小说叙事模式与美学风格之间存在着非常明显的悖论。现实主义的核心概念在这里都被赋予另一重含义，"现实"由于荒诞而怪异，"理想"移形为一场身体狂欢，"典型"由于过于夸张而近乎象征，金钱叙事与革命叙事在这样一种美学错位中被呈现出另外一种存在形态。在解构、颠覆经典现实主义美学概念的同时，阎连科通过自己的书写赋予它们全新的含义，试图寻找到一条新的通向现实主义的道路。

有论者用"狂想现实主义"、"怪诞现实主义"来定义，还想把《受活》放入经典现实主义的框架之内，但是这一定义并不能充分展现《受活》的象征、志怪、夸张等美学因素。也许，用阎连科自己创造的概念——"神实主义"——更能准确地概括《受活》的总体美学特征：

> 神实主义，大约应该有个简单的说法。即：在创作中摒弃固有真实生活的表面逻辑关系，去探求一种"不存在"的真实，看不见的真实，被真实掩盖的真实。神实主义疏远于通行的现实主义。它与现实的联系不是生活的直接因果，而更多的是仰仗于人的灵魂、精神（现实的精神和实物内部关系与人的联系）和创作者在现实基础上的特殊臆思。有一说一，不是它抵达真实和现实的桥梁。在日常生活与社会现实土壤上的想象、寓言、神话、传说、梦境、幻想、魔变、移植等，都是神实主义通向真实和现实的手法与渠道。
>
> 神实主义决不排斥现实主义，但它努力创造现实和超越现实主义。[①]

"神"，"精神、灵魂"，具体到写作中，是"想象、寓言、神话、幻想"等方式和手法，"实"是"真实生活和现实存在"，由"想象、虚构"的方式通向日常生活和现实存在，即由"神"通过"实"，而不是由"实"通过"神"，这一反向的创作过程和所形成的美学特征是"神实主义"的最基本表现。这一"神实主义"所依据的是"内因果"、"内真实"，完全依据"精神意会和心灵感知"，而不是现实中的逻辑和规则。依照这一"神实主义"，我们较为容易理解《受活》中的夸张、变形、怪

---

① 阎连科：《发现小说》，南开大学出版社2011年版。作者在这部论著中对"现实主义"概念进行了独到的辨析，划分出几个层面几种特征，并依此对世界文学史上的经典著作作了新的美学归类，进而提出了"神实主义"这一新的概念，对"神实主义"在中国文学中的传统进行了梳理。

诞之内在精神生成和美学逻辑。

首先,我们来看小说中怪诞的现实与极端化的书写。《受活》"犹如一头怪兽"冲进文坛,持经典现实主义的论者认为极端的怪诞与狂想损伤了阎连科小说的现实主义性,由此批评阎连科的小说成为"乡土文学现实主义传统失落的标志",并认为路遥《平凡的世界》才是真正的现实主义。但是非常重要的一点被批评者忽略掉了:1975—1985 年间的中国乡村社会虽然在经济的冲击下开始嬗变,但基本上还是以道德结构为主体,作家也是以此为基本叙事模式来安排人物命运并设计故事的发展。因此,孙少平完全可以凭借着自己的勤劳、质朴与对知识的不断追求而被另一阶层接纳,并最终回归到"道德结构"之中。但到了 20 世纪末受活庄的时候,"金钱"已经成为社会的唯一逻辑,茅枝婆的道德召唤已无力影响哪怕一个 12 岁的孩童。"北方农村变迁史"已变为一部农民的"卖身史",农民犹如蝼蚁在城市的角落默默劳作,或出卖力气,或出卖身体,并且成为了社会不安定因素的代言人。"诗史"般的乡村原野早已成为废墟,精神、文化与物质意义上的废墟。中国乡村遭遇的不但是传统文化和基本道德的丧失,也遭遇着家园被剥夺,家园感和归属感的被剥夺;因此也失去了自己唯一的文化象征属性与存在价值。乡村、农民成为中国现代化进程中一个巨大的"肿瘤"。这就是 1990 年代乡村和农民的基本现实处境。《平凡的世界》那种朴素的现实主义已经无法传达出乡村这样一种荒诞而又真实的存在状态。这也正是阎连科的苦恼之处和试图突破的原因。

在一个无序的时代,也许荒诞是最真实的存在。作者虚构了一个现实中根本不可能存在的受活庄,一开始就把故事放置于"神实"的和"内因果"的逻辑层面之上。在现实生活和当代历史中,没有哪一个村庄如此集中了所有的残疾人,并且,每个人还都有一套"绝术",更没有人试图要购买"列宁遗体",这都是极其荒诞,也没有必然的因果逻辑。

现代化越是发展,乡村的处境越是荒诞。不管有没有那样一个受活庄,但艾滋病村不是已经有了吗?乞丐村、妓女村不是也存在了吗?在后现代的中国,煤矿的底层,钢厂的钢水,工厂的污水埋葬了多少乡村的生命，又有谁知道？又有谁在意？乡村的身体以各种形式被抵押，被出卖，被贬低，被丑化。这就是受活庄与受活庄绝术团的"内真实"。《受活》达到了对"内真实"的展现：即中国当代生活的荒诞和农民所处的绝境。它摆脱了读者对因果关系的惯常要求，直接把读者思维、小说的美学空间引向更为开阔、复杂的"新真实"和"新现实"。"超越其他一切因果的局限，是内因果最大的可能，也是神实主义可能最为独有的审美与魅力。"① 一反批判现实主义中"愚昧的农民"与革命现实主义中"英雄的农民"，阎连科塑造出一群"病态的农民"，他们就像共和国发展过程中的一个"怪胎"：丑陋，多余，不敢正视，却又不能忽略。这是一群被遗忘的群体，他们只能以"小丑"的形象，以触目惊心的自虐进入历史的视野，这恰恰是中西部底层世界的生存实况。左翼文学中朦胧而又振奋人心的群众力量，"十七年"革命历史小说中的群众形象，"出水才见两腿泥"的朱老忠，一心为公的梁生宝，依靠自己的勤劳聪慧走出乡村的孙少平等人早已被驱逐出历史场景之外，取而代之的是充满乖戾怨气的司马蓝与受活庄的残疾人。阎连科以一种最夸张而又最真实的构思，把身体被质押后的底层人的精神状态及存在形态书写出来。在狂欢般的大众语境中，他们是真正的小丑或小丑般卑微的存在，他们越是认真越凄凉，越是欢乐，越让人恐怖，最终传达出的是让人窒息的沉重和绝望。

相当多的论者认为《受活》中的列宁遗体意象和身体书写过于极端化，这些批评有一定道理，在某种意义上这种极端化书写的确遮蔽了小说主题的多向辐射，并造成二元对立的态势，但是，从另一角度来看，在社会主义发展的过程中，社会主义的导师竟然被作为商品出卖，这是一个多么大的反讽与黑色幽默。这一"神实"构思一下子把现实的"幽暗之处"和历史深层的比拟给"照亮"了，在共和国语境下成长的人，应该都心领神会。即使是没有柳县长让人目瞪口呆的狂想，仅是这一意象本身也已经暗示了政治体系与社会结构某种致命的松动。在中国的后现代时期与后革命时期，时代表现为双重结构或多重结构，正喻系统处

---

① 阎连科：《发现小说》，南开大学出版社 2011 年版。

在解体与崩溃之中，双重语式、多重语式无处不在，暗喻、反讽、戏谑成为最日常的修辞方式。它反而比正统的叙述更能深入到事物的本质之中。中国当代的政治经验，尤其是乡土经验似乎很难用"正剧"清晰地表达出来，那已经不是《平凡的世界》勾勒出的那个时代的乡村人物所面临的实现理想、爱情与改变命运的问题，他们所面临的是金钱的狂欢、道德的破产和生存的边缘化。可以说，怪诞与狂想并不仅仅是阎连科的美学策略，而是社会现实的真实状态。这并不是作家的偏执，而是作家对社会发展所隐藏的重大问题的敏感度和这样一种所谓"神实主义"表现方式传达给大家的。

阎连科分析《第二十二条军规》，认为其中的主人公"尤索林和他同在医院养病的那些军人们，他们每一个人的言行，都夸张、荒谬，充满着对战争的讽刺。每个人物的行为都超出了日常生活经验的真实之界，而其在'合理'的因果关系上，依据的是人类共同存有的对战争的厌烦、恐惧和逃避的内真实心理。有了这个内真实的集体心理，尤索林和那些军人无论在战场、集市、妓院、病房等任何地方的荒唐举止，都会被读者所接受"。依此来看《受活》，会发现，《受活》充满对训诫或教谕功能的反讽性解构。教谕功能是传统批判现实主义的精神特征，常常表现为理想主义与人道主义精神，并以崇高价值观的输导为内结构。当教谕功能在现实中被置于反讽位置的时候，所有的一切都拥有了狂欢节的喧闹与释放意味，训诫变为戏谑或嘲讽。高爱军的"革命＋恋爱"的崇高变成了性爱与政治的结合，三姓村人"敢叫日月换新天的豪情"变为一场身体的自虐运动，柳县长的"发展"与"致富"也变成了精神分裂症者的胡思乱想……在众声喧哗中，阎连科重新阐释了革命与政治、个体与集体的关系，现实主义的正剧也由此变为讽刺剧和闹剧。乡村正在上演世纪末的"狂欢"。受活庄"绝术团"的表演是一场身体的乌托邦祭，它的对象是政治、市场、大众，那扭曲的、丑陋的形体凝聚着对政治的最大抗议和对市场化的无声嘲弄；同时也彰显着对道德逐渐崩溃的大众文化的蔑视。它几乎是黑色幽默式的，以一种具象的方式把乡村在中国后现代语境中的存在位置，把金钱主义下大众思维的"无魂"状态传达了出来。这一切，作者所依据的内真实是：对革命与金钱的崇拜最终会走向人类社会和人性的反面。

"神实主义"能否非常恰切地概括《受活》的美学特征还需文学史和时间来检验，但是，阎连科对文学中所谓"现实"的这一理解是对经典现实主义，尤其是对在中国语境内被庸俗化了的现实主义，进行的一场"祛魅"运动。作为一种美学方法，现实主义的教谕性一直被诟病，并成为其致命弱点，"现实主义的陷阱与其说在于其常规与限制的过于死板，不如说在于尽管有其理论的根据还是很有可能失去艺术与传递知识和进行规劝之间的全部区别"①。阎连科的"神实主义"把现实主义的"现实"夸张、变形，从而使现实呈现出更为内在的真实性，把现实主义的"规劝"引入反讽与戏谑，也使现实背后的多元意义释放出来。

实际上，所有经典的现实主义理论家，包括马克思、恩格斯或卢卡奇在内，在论述现实主义的真实性时，都没有纠缠于它是否是"客观再现"，而强调现实主义是"一种思想结构"，必须反映"一种总体生活"，而且即使是最经典的现实主义作家如福楼拜也并不认为"真实"就是全面地反映现实，他认为"现实只是一个跳板"，而意义的真实是在背后呈现出来的，因此，他宣称憎恶"日常生活"，并希望达到"响亮的风格、崇高的思想"与尽可能"挖掘真实并工笔细描"相结合的创作。② 詹明信在谈及这一问题时这样认为："文学中的现实主义问题由于对表现手法的争论被极大地混淆了。争论的问题包括描写、逼真的刻画、摄影似的精确描摹之类术语的含义。我以为这些问题最好通过电影而不是文学作品去理解。我们一般所谈的现实主义主要是涉及某种叙述形式，某种讲故事的形式，而不是狭义的静态细节描写和表现之类的问题。"③ 不难看出，无论是卢卡奇、福楼拜还是詹明信都在试图阐释一个

① 勒内·韦勒克：《文学研究中的现实主义概念》，《批评的概念》，中国美术学院出版社1999年版，第244—245页。

② 转引自达米安·格兰特《现实主义》，昆仑出版社1989年版，第74页。

③ 詹明信：《现实主义、现代主义、后现代主义》，《晚期资本主义的文化逻辑》，生活·读书·新知三联书店1997年版，第299页。

观点：现实主义中的"现实"并不是客观再现，它应该是一种叙事方式，需要一个总体原则，而并非物质意义的真实与再现。换言之，判断一个文本是否属于现实主义，核心不在于它用了什么样的美学方法，而在于作品的总体倾向性与基本的叙事结构。从这个意义上讲，阎连科的小说并没有脱离现实主义的轨道，相反，他的实验性创作对已经陷入困境的现实主义提供了某种新的可能性途径——"神实主义"，既包含现实主义的基本精神，同时，又把现实主义所无法容纳的"神实"给体现出来："凡为现实主义无法跟进的幽深之处，神实主义恰可路通桥至，如聚光灯样照亮那幽暗的角落。一切被隐蔽的荒谬与存在，在神实主义面前都清晰可见，明白无误，可触可感。"①

三 "现实主义"之争

批评界关于阎连科的"现实主义"之争并不是偶然事件。近几年来，乡土作家所引起的争论最多，并且争论双方往往观点尖锐对立，这里面蕴涵着乡土小说现实书写的深刻矛盾与困惑。对于作家创作来说，用什么主义，或属于什么主义并不重要，关键在于你的叙事方式能使"现实"走多远，走多深。但对于批评家来说，概念的梳理却是一件必要的事，因为它涉及时代文学的基本精神走向与总体原则等问题。

当评论者、读者对乡土小说中所呈现出的"乡土"形态及其审美形态表示质疑时，它传达出的是一种双重焦虑。首先是对现实乡土中国的焦虑。就中国发展阶段而言，乡土中国及八亿农民仍是最底层的存在，生存问题，身份问题，现代与传统的冲突问题，社会转型过程中的挤压与不公正，等等，都是目前中国最重大的问题，这是现代中国最沉重的负担，也是文学最需要承担的地方。但是，从1990年代以来，乡土小说家们却呈现出文学观的不自觉退守，缺乏承担意识。其次是对乡土小说的审美焦虑。它几乎可以说是知识分子内心深处的一种道德焦虑。乡土中国的现实状态是所有具有公共关怀意识的知识分子心中的症结，巨大的现实苦难超

---

① 阎连科：《发现小说》，南开大学出版社2011年版。

越了一切艺术的游戏与从容，也压倒了批评者对艺术的渴望和审视，他们更希望看到、感受到真实的乡村境况。《中国农民调查》在文坛上和社会上的火爆正说明了这一点，它也成为许多评论家拿来批评其他乡土题材小说的最佳例子，相当一部分人认为，这才是真正的现实主义。姑且不管这种评价是否正确，有一点可以肯定，他们在《中国农民调查》中找到了乡土小说中所没有的震撼与真实，很自然的，现实主义成为批评者对乡土小说的基本要求。但是，这也造成了对乡土小说审美追求的漠视和某种偏见，而所要求的"现实主义"也演变成了绝对的真实再现。这样一来，乡土小说的审美品格与所要传达的社会现实之间逐渐呈现出绝对对立的态势，而这种绝对对立的后果将极有可能再次导致文学的意识形态化，导致文学与道德之间冲突和矛盾的加剧。这也是目前关于乡土小说现实主义之争所潜藏的不祥的倾向性。

从更深层次看，这里面也存在着时代的审美偏见与批评家的个人批评立场问题。在阅读夏志清的《现代小说史》时发现，在面对张爱玲与赵树理这两位审美倾向、写作内容完全不同的作家时，批评者明显地表现出了自己的某种好恶与偏见。① 在完全两极化的评语中，隐藏着评论家不易觉察的中产阶级趣味，而这恰恰是西方 20 世纪文学理论的共同背景与思想起源。张爱玲的小说是关于普遍人性、庸俗人生的悲喜剧，很显然，这些词语与鲁迅、赵树理是不搭界的，因为后者小说的关键词是乡土、农民、国民性，是中国特殊的生存环境，在西方的现代理论话语体系里面，没有相对应的指称。换句话说，在面对这样本土化的，完全不符合西方美学理论的作品时，评论家处于失语状态，或者干脆予以否定。

这不由使我们思考一个问题，在当代文学批评视野中，阎连科，包括贾平凹、莫言这样个性鲜明的乡土作家之所以受到如此大的争议，除了作家作品本身的确存在着某些问题之外，是不是也与批评家理论存在着重

---

① 夏志清认为张爱玲是中国"最优秀最重要的作家"，对她的作品作了极高的评价；而认为赵树理的小说"除非把其中的滑稽语调（一般人认为是幽默）及口语（出声念时可以使故事动听些）算上，可能我找不出太多的优点来"。夏志清：《中国现代小说史》，复旦大学出版社 2005 年版，第 254、307 页。

大盲点有关系？譬如说当代文学批评的资源和理论术语都来自于西方，"本土"美学理论体系处于缺失状态（这导致了乡土文学批评的滞后）；譬如说批评者审美趣味的中产阶级化与精英化，对乡村世界的隔膜及理解程度的欠缺，对中国传统文化、哲学思想缺乏、道德礼俗缺乏更深刻的理解，等等，这些都会造成批评者对这些作品中出现新的审美特质的失语状态与某种偏见。很多人对阎连科作品中的"酷烈"气息与"残疾"意象难以理解，认为这种颇具现代主义意味的美学构思脱离了乡土的真实。但是，当那一群残疾人在舞台上，笨拙地扭曲着自己，疯狂的观众一遍又一遍地喝彩时，当《日光流年》中顺着司马虎的裤腿掉下来的蛆虫在阳光和灰尘中蹦跳的时候，这个时代的镜像、农民的生存状态不是最大限度地被隐喻出来了吗？我们一定要把这最大的真实当作"传奇"、"景观"来读，是不是也是对中国底层世界，尤其是乡村底层生存的一种深远的隔膜？在中国的乡村大地上，要有着比《日光流年》荒诞得多、残酷得多的存在。身在底层之外的人，要有超乎异常的敏感性、洞察力和疼痛感才能感觉到。《日光流年》、《坚硬如水》、《受活》所存在的许多问题不容忽视，它们对现实主义的超越性努力未见得完全成功，但阎连科这种在虚构与现实、在现代性的审美方式和灾难重重的乡土现实之间试图寻找一种平衡的努力却值得肯定。在"神实主义"的、狂欢化的后现代修辞之中，生活内在的真实、乡村世界的总体生活图景通过独特的叙事模式稳定扎实地支撑着小说的每一部分，它犹如沉重的铅砣拖住了不断上升的气球，使这个庞大的气球不至于快速飘浮到空中，大地的沉重和苦难的气息仍然弥漫在小说的字里行间。

反观近年来的乡土小说批评，多少都有点削足适履的意味。要么以"后现代"观点与术语对小说进行似是而非、言不及义的阐释；要么以"底层"、"苦难"的名义对作者提出批评，后者包含着批评家深刻的道德审判倾向与文学保守主义倾向。面对阎连科的作品，你会感到难以接受，因为他所有的叙事都跳出文学常规与理论范畴，你所熟悉的理论体系在这里无所适用。它太怪异，这不仅是因为它太土气，也因为，它是如此纯粹的乡土，但却又如此的现代。在硌人、生硬的创造中，一种新鲜的，具有本土意味的美学风格呈现了出来。该如何为这样的美学风格命名，如何理解它们所存在的缺陷、价值及启发性始终是一个大问题。或者说，对于文学批评者来讲，也存在着如何通往"大地"之路的困惑与难题，只有意识到这一问题，并寻找到相对应的话语体系，才能够对当前出现的如阎连科这样的乡土小说做较为恰当的命名与较为准确的文学史判断。

第十章　结局

一　又一场"六月飞雪"?

> 料不到的不光是这一夜柳县长没有赶回来，他们人人遭了劫灾了，且在这一夜之后，在戊寅虎年岁末的日子里，悄然间又生发了一场覆地翻天的事情了。
>
> 时光应是酷冬哦，可酷夏却跳过春天来守着耙耧山脉了。日月一定是神经错乱了，有了疯癫。这半月，山脉上虽然热，那热也还属是冬天的温暖哩，可在这一夜过了后，日头就不是了冬天的透黄了，而是了夏天的炽白呢。林地是在早几日冬暖中泛了绿色的，可眼下树就发了旺芽了，草也显着深翠了，枝叶间也有了许多知了的叫声了，有了麻雀热天那烦躁的叽喳了。人上呢，有了夏日里远山近岭间蒸腾起的白烟了。
>
> 夏天就到了。①

和文本开头的那一场"六月飞雪"相对应，又一个"灾异"出现。"冬、春还没来，夏天就到了"，是否又一场"六月飞雪"要降临？是否意味着一个新的历史循环的开始？那耙耧山脉到处晃动着的"寿"和"奠"字如此怪异，仿佛在以某种仪式和预兆等待并召唤着"六月飞雪"的到来。

---

① 阎连科:《受活》，春风文艺出版社 2003 年版，第 277 页。

　　结构主义者斯特劳斯在谈到神话的传播特征时，认为如同光学一样，"神话"具有"颠倒"的特点，"当神话的图式从一地一个群体传到另一个群体时，由于两个群体的语言、社会组织或生活方式的差异如此之大，使神话难以交流时，它就开始变得枯竭和混乱了。但是，人们会发现当通道变得最狭窄时，神话不是最后因失去它的所有轮廓而被湮没，而是被颠倒过来并且重新获得它局部的精确性……即当传导即将阻塞时，形象就颠倒过来重又变得清晰了"①。经过了时间和历史的旅行，经过了一段人生和故事的新的反转，"六月飞雪"又回到了什么样的清晰的图像上？柳县长作为一个残废人回到受活庄，不管是他肢体上的残废还是精神上的残废。伦理的、神话的受活庄打败了经济的、理性的受活庄，又回到了原点。看似原点，但意义却完全相反。因为现在看起来，柳县长对受活庄的规划，那一经济的受活庄更具有充满神话色彩和荒诞意味的象征结构。受活庄似乎是被引诱者，被中国的资本改革所引诱，遭受着冤屈。在经历了最不堪忍受的挤压后，他们重又看到了原来的生活。谁也没有得到申冤，谁也没有能够复仇（哪怕是充满英雄气概的柳县长，他永远无法为自己的暧昧出身正名，也永远无法向人解释他思想的纯洁性），谁也没有得到重生。又一个轮回开始了，下一次"六月飞雪"必然会来。因为它就存在于中国生活的语言系统内，它是我们民族的原型存在，和时间、空间同在。

　　阎连科本人特别在意这一具有原始思维意味的隐喻性，他也会以此来理解当代社会中频繁出现的天灾人祸，"这个新的乌托邦（指经济发展主义——笔者注）所带来的灾难，我以为已经开始在中国社会中显出端倪。比如近年中国的沙尘暴、大台风，冬天时南方的大雪灾，而北方却少有飘雪。1990年代连续出现的大洪水，新世纪频繁出现的矿难和'黑砖窑'事件，还有什么非典、禽流感、口蹄疫、手足口病……从表面上看，有许多的'偶然'成分，但把这些'偶然'合起来时，有没有必然呢？这种必然和今天中国当下的唯经济论，和十三亿人口的'致富'乌托邦梦境，

---

　　① 列维·斯特劳斯：《结构人类学》，文化艺术出版社1989年版，第189页。

有没有关系呢？是不是一种新乌托邦梦的病症，在一个民族身上发作的开始呢？"①

有论者谴责《受活》这一结构与现实不符，并且认为正是这一"回归"结构使得《受活》中对"中国特色社会主义"资本主义运作方式的批判变为"退守式的对农业文明的回归"。这很有道理。但是，如果再回到小说的开头，回到那场"六月飞雪"和"天干地支"中，你会忽然有一种虚幻之感，它们好像是一种蕴藏着某种象征的符号和实物，带你回到遥远的过去，或者延伸到同样遥远的未来，似乎有冥冥之中的神秘命运之感。受活庄所代表的并非实在的农业文明的生活方式和文化方式，它只是一种自然的存在状态，是所有人类原始时期所共有的特性，它固然是农业文明的，但又并非具有终极价值的政治指向。

维柯在《新科学》中谈到，按照埃及人对世界的划分，人类经历了三个不同的时代，神的时代、英雄的时代和人的时代。在神的时代，"其中诸异教相信他们在神的政权统治下过生活，神通过预兆和神谕来向他们指挥一切，预兆和神谕是世俗史中最古老的制度"②。他认为这些原始诸异教民族都是些用诗性文字来说话的诗人，这些诗性文字是某些"想象的类型"（imaginative genera）。③ 对此，卡西尔评论道，"当维柯第一次想系统地创造一种'想象的逻辑'时，他返回到了神话的世界"④。毫无疑问，"六月飞雪"在《受活》中具有这样的预兆和神谕作用，阎连科所采用的"天干地支"的时间结构和"六月飞雪"的神话性相呼应，把整个故事带入"神话时代"，也使得《受活》具有"想象的类型"的特征，成为一首关于民族生存的神话的诗。这也从另一层面揭示了阎连科在前言和后记中所反复强调自己的创作是远离"现实主义"的深层原因，他试图在一个古老的象征结构和想象的逻辑中展开对当代生活的叙述。"六月飞雪"、

---

① 阎连科：《我的现实 我的主义》，中国人民大学出版社2011年版，第258页。
② 维柯：《新科学》，人民文学出版社1986年版，第24页。
③ 同上书，第26页。甘阳在《人论》中把"想象的类型"译为"想象的逻辑"，恩斯特·卡西尔：《人论》，上海译文出版社1985年版，第195页。
④ 恩斯特·卡西尔：《人论》，上海译文出版社1985年版，第195页。

"列宁遗体"、"残废人"、"圆全人"、"跛"等都是一种象征性的存在，过去、现在与未来并非线性的时间排列，而是以你中有我、我中有你的方式存在，它所内蕴的是中国式的循环历史观的传达。

其实，在整个人类思维的历史上，当谈到历史事件、民族中的重大事件或人类经验时，都会有这种历史循环论观点（虽然背后的哲学观有所不同）：即把某一事件看作是历史的再现或人类经验的不断重复的呈现。这也是"神话"的基本起源：它体现了现在、过去和将来之间的内在逻辑。就中国的历史发展而言，20世纪初封建帝制的取消使得以天地四季、周而复始循环为特点的历史时间变为线性的、不断朝前的现代性时间，但是，在族群经验的深处，却依然会把许多事物看作过去的必然，譬如谈到"朝代更替"，"天下之势，分久必合，合久必分"，谈到"善有善报，恶有恶报"，依然是以过去的经验得出今天的结论，因为这些事件及后果并不受时间的限制，它是原型的存在，即人类神话的结构。"米什莱是个有政治头脑的历史学家，他是这样描述法国大革命的：'那天……任何事情都可能发生……将来成了现在……就是说，时间消灭了，这是永恒的闪现。'"①"将来成了现在"，"现在体现出过去"，而"过去也可以在未来再次出现"。"时间消灭了，这是永恒的闪现"，历史并非进化论的，它包含着无数回到过去的可能性，因此，"此时"的受活庄，或者说"当代"的中国，它的遭遇、发展、特性，并非只是已经过去了的存在，它体现着中国过去、现在和未来的全部历史。

二 "乡愁"的匮乏

加缪曾经说过，当代作家的任务不再是讲故事，而是创造自己的天地。笔者想这"天地"不仅包括独特的人和地理，更重要的是，在这"天地"里建立自己的信念、意志，建立新的秩序以形成一种新的整体形象和象征意义，这一形象及其象征意义与现实世界之间是阐释和发掘的关系，也是批判与对抗的关系。

---

① 列维·斯特劳斯：《结构人类学》，文化艺术出版社1989年版，第45页。

《受活》建构了自己的象征秩序，在这一象征秩序中，作家以隐喻的方式完成了自己对当代社会的想象和判断。它接续中国古典民间文学的"志怪"传统，以一种从中国文学传统内部滋生出的巨大的想象力，重回民族时间的深处，揭示中国本土生活和现代性之间以何种方式纠缠、冲突在一起，并以何种方式改变路径。这其中涉及许多当代中国的本质性问题。

南帆认为："文学的乡村始终象征了民族国家的历史转折。与'农村包围城市'的革命策略相互呼应，许多作家心目中的乡村毋宁是每一个革命历史阶段的地标。梁斌的《红旗谱》之于二十年代的大革命，周立波的《暴风骤雨》与丁玲的《太阳照在桑干河上》之于土地革命，李准的《不能走那条路》、赵树理的《三里湾》、柳青的《创业史》、浩然的《艳阳天》等一大批小说之于农业合作化运动，何士光的《乡场上》、张一弓的《黑娃照相》、贾平凹的《腊月·正月》与《浮躁》、张炜的《秋天的愤怒》与《古船》之于七十年代末期开始的农村经济体制改革——这一切无不表明，文学的乡村是建构宏大历史叙述的一个重要部件。"① 依此角度，《受活》所象征的"民族国家的历史转折"是什么呢？

毫无疑问，应该是在1990年代以来，在"中国特色社会主义"和"城乡一体化"政策下，乡土中国和乡村社会所产生的巨大动荡，及由此产生的整个民族生活和民族精神的内在断裂。它也使我们意识到当代生活另一面的奥秘：时间和历史并不只是从20世纪开始，它是所有历史和时间参与的总和，中国的现在是所有的过去所致。在此时空观念中，20世纪以来中国的现代性追求、启蒙、科学和改革开放呈现出一种混杂的特征，它和原型的"乡土中国"——虽然这一原型并不具备特别固定的属性——构成冲突和互动，共同塑造着当代生活的种种繁荣、荒凉和丑陋，也使得许多当代社会核心命题的歧义性被呈现出来。

由此，《受活》关于当代乡村的文学想象并非只是一种古典式的怀旧行为，而是对在现代化的激流中行进的中国政治模式和经济模式提出思

---

① 南帆：《1980年代、话语场域与叙事的转换》，《文学评论》2011年第2期。

考，通过对"乡村"复杂性存在的想象和描述，让我们意识到"现代性"、"技术"、"科学"、"发展"等词语在中国当代结构中的复杂存在。此时，文学以自己的方式参与到公共想象中，并提出自己的思考。

　　从另一层面讲，它也"指控"了当代社会"乡愁"的匮乏，因为这一基本情感的匮乏，我们看到，当代的乡村、农民、本土文化及其生存方式是以荒诞、残缺、落后的形象出现的，在一种"摧枯拉朽"的决心下，乡村正在被消亡。每个人都即将失去自己的故乡，同时失去的还有人类另外一种生活方式的可能性。在今天这个时代，"守旧"、"回归"、"乡愁"或许并不就是纯粹保守主义的词语，就其本质意义而言，它们是一种动作，一种形态，而非终极价值。这样的动作和形态能够促使我们重回"自身"，重新审视我们的过去，以便能够对现在及未来的道路有更为宽广的把握。

参考文献

许慎：《说文解字》，中华书局 1963 年版。

许慎撰，段玉裁注：《说文解字注》，上海古籍出版社 1981 年版。

董仲叔：《春秋繁露》，中州古籍出版社 2010 年版。

干宝：《搜神记》，中州古籍出版社 2010 年版。

庄子：《庄子》（方勇译注），中华书局 2010 年版。

邹晓丽：《基础汉字形义释源》，中华书局 2007 年版。

陈梦家：《中国文字学》，中华书局 2006 年版。

殷寄明：《〈说文解字〉精读》，复旦大学出版社 2007 年版。

刘志基：《汉字文化综论》，广西教育出版社 1996 年版。

徐志民：《欧美语义学导论》，复旦大学出版社 2008 年版。

卢梭：《论语言的起源》，洪涛译，上海人民出版社 2003 年版。

［瑞士］索绪尔：《普通语言学教程》，高名凯译，商务印书馆 2010 年版。

［英］杰弗里·N.利奇：《语义学》，上海外语教育出版社 1987 年版。

亚里士多德：《诗学》，商务印书馆 1996 年版。

［意］维柯：《新科学》，朱光潜译，人民文学出版社 1986 年版。

梁启超：《中国历史研究法》，中华书局 2009 年版。

梁漱溟：《中国文化要义》，上海人民出版社 2005 年版。

张岱年：《中国伦理思想研究》，江苏教育出版社 2005 年版。

钱穆：《中国历史研究法》，生活·读书·新知三联书店 2001 年版。

钱穆：《中国文学论丛》，生活·读书·新知三联书店 2002 年版。

朱光潜：《诗论》，北京出版社 2005 年版。

［法］卢梭：《论人类不平等的根源》，上海三联书店 2009 年版。

［美］爱德华·W. 萨义德：《文化与帝国主义》，生活·读书·新知三联书店 2003 年版。

萨义德：《人文主义与民主批评》，新星出版社 2006 年版。

萨义德：《东方学》，生活·读书·新知三联书店 1999 年版。

［美］詹明信：《晚期资本主义的文化逻辑》，生活·读书·新知三联书店、牛津大学出版社 1997 年版。

［美］丹尼尔·贝尔：《资本主义文化矛盾》，生活·读书·新知三联书店 1989 年版。

［美］斯宾格勒：《西方的没落》（上、下），商务印书馆 1961 年版。

［美］列维·斯特劳斯：《结构人类学》，文化艺术出版社 1989 年版。

［美］马歇尔·伯曼：《一切坚固的东西都烟消云散了——现代性体验》，许大建、张辑译，商务印书馆 2004 年版。

［美］海登·怀特：《元史学：十九世纪欧洲的历史想象》，陈新译，译林出版社 2004 年版。

［美］玛莎·努斯鲍姆：《诗性正义：文学想象与公共生活》，北京大学出版社 2010 年版。

［美］本杰明·史华兹：《古代中国的思想世界》，程钢译，江苏人民出版社 2004 年版。

［美］魏斐德：《中华帝制的衰落》，邓军译，时代出版传媒股份有限公司、黄山书社 2010 年版。

［美］马泰·卡林内斯库：《现代性的五副面孔》，顾爱彬、李瑞华译，商务印书馆 2002 年版。

［美］阿兰·布鲁姆、哈瑞·雅法：《莎士比亚的政治》，潘望译，江

苏人民出版社 2009 年版。

　　［德］海德格尔：《在通向语言的途中》，商务印书馆 1997 年版。

　　［德］汉娜·阿伦特：《极权主义的起源》，生活·读书·新知三联书店 2008 年版。

　　［德］安东尼娅·格鲁嫩贝格：《阿伦特与海德格尔》，商务印书馆 2010 年版。

　　［德］卡尔·雅斯贝斯：《时代的精神状况》，上海译文出版社 2005 年版。

　　［德］本雅明：《德国悲剧的起源》，陈永国译，文化艺术出版社 2001 年版。

　　［德］马克斯·韦伯：《世界宗教的经济伦理·儒教与道教》，王容芬译，广西师范大学出版社 2008 年版。

　　［德］卡尔·曼海姆：《保守主义》，译林出版社 2002 年版。

　　［德］卡尔·曼海姆：《意识形态与乌托邦》，商务印书馆 2000 年版。

　　［德］尤尔根·哈贝马斯：《合法性危机》，刘北成、曹卫东译，上海世纪出版集团 2009 年版。

　　［法］埃斯皮卡：《文学社会学》，安徽文艺出版社 1987 年版。

　　［法］皮埃尔·布迪厄：《艺术的法则——文学场的生成与结构》，中央编译出版社 2001 年版。

　　［德］马克斯·韦伯：《经济、诸社会领域及权力》，生活·读书·新知三联书店、牛津大学出版社 1998 年版。

　　［法］福柯：《权力的眼睛——福柯访谈录》，上海人民出版社 1997 年版。

　　［法］福柯：《知识考古学》，生活·读书·新知三联书店 2003 年版。

　　［英］F. R. 利维斯：《伟大的传统》，生活·读书·新知三联书店 2009 年版。

　　［英］以赛亚·伯林：《浪漫主义的根源》，吕梁等译，译林出版社

2008 年版。

〔日〕子安宣邦：《东亚论——日本现代思想批判》，吉林人民出版社2011 年版。

〔日〕竹内好：《近代的超克》，生活·读书·新知三联书店 2005年版。

〔日〕柄谷行人：《日本现代文学的起源》，赵京华译，生活·读书·新知三联书店 2003 年版。

〔日〕丸山真男：《日本的思想》，区建英、刘岳兵译，生活·读书·新知三联书店 2009 年版。

〔法〕波德莱尔：《波德莱尔美学论文选》，郭宏安译，人民文学出版社 1987 年版。

〔法〕让-伊夫·塔迪埃：《普鲁斯特和小说》，上海译文出版社 1992年版。

〔俄〕巴赫金：《巴赫金全集》，河北教育出版社 1998 年版。

金观涛、刘青峰：《观念史研究：中国现代重要政治术语的形成》，法律出版社 2009 年版。

费孝通：《江村经济》，上海世纪出版集团 2007 年版。

费孝通：《乡土中国生育制度》，北京大学出版社 1998 年版。

张鸣：《乡土心中八十年——中国近代化过程中农民意识的变迁》，上海三联书店 1997 年版。

林毓生：《中国传统的创造性转化》，生活·读书·新知三联书店 1988 年版。

陈建华：《"革命"的现代性——中国革命话语考论》，上海古籍出版社 2000 年版。

程光炜：《文学讲稿："1980 年代"作为方法》，北京大学出版社 2009 年版。

蔡翔：《革命/叙述：中国社会主义文学—文化想象（1946—1966）》，

北京大学出版社 2010 年版。

刘禾:《帝国的话语政治:从近代中西冲突看现代世界秩序的形成》,生活·读书·新知三联书店 2009 年版。

王德威:《抒情传统与中国现代性》,生活·读书·新知三联书店 2010 年版。

许纪霖、罗岗等:《启蒙的自我瓦解:1990 年代以来中国思想文化界重大论争研究》,吉林出版集团有限责任公司 2007 年版。

孙立平:《断裂——20 世纪 90 年代以来的中国社会》,社会科学文献出版社 2003 年版。

后　记

　　"我真诚地相信，最好的批评是那种既有趣又有诗意的批评，而不是那种冷冰冰的、代数式的批评，以解释一切为名，既没有恨，也没有爱，故意把所有感情的流露都剥夺净尽……因此，对于一幅画的评述不妨是一首十四行诗或一首哀歌。"①

　　一直梦想着达到这样一种批评：既能够揭示出小说的独特之处，发现小说之秘密，也能够建构自己的世界观，具有文体的特征，再同时，如果能够展示自己作为一个文学者，而不是一个理论者的才华和能力，那几乎是一种奢望了。因为批评被看作是逻辑的、理性的，而文学是飞扬的、诗性的，它们之间被看作是天然的对立。尤其是，有一种约定俗成，批评一定要摆脱中国古典文论特有的"感性"和"感悟式"的方式，摆脱那种玄虚空灵的妙思，因为在进化论式的当代批评标准下，那几乎已经是低级的了。

　　本书试图做一种尝试，在以对民族生活和文学叙事的热爱的前提下，通过对语言起源和词语意义的追索——既是手段也是内容——去寻找文学的叙事秘密及与社会生活的关系，即美学和意义诞生之途径。它既是文化史的、思想史的考察，也是社会史的考察。这一方式涉及语言学、社会学、政治学方面的知识，这些跨学科的知识和理论在本书中只是媒介、方法和手段，对其本质性的含义我并不敢谬称自己懂得多少。

---

　　①　波德莱尔：《批评有什么用?》，《波德莱尔美学论文选》，郭宏安译，人民文学出版社1987年版，第215—216页。

　　在文体上，试图寻找一种相对放松的批评方式，随笔式的、断想式的，甚至小说式的，把逻辑和理论隐藏在感性背后，更多的是一种启发。它和所分析的文本能够形成一种巨大的文学上的互文作用。它来自于所分析的那一具体文本，但又与那一文本无实在之关系，这一"实在"是指精神的实存，因为它最终想要传达的是我对世界的看法。但现在看来，这一意图远远未能实现，它还是一部中规中矩的学术著作。

　　选择《受活》，是因为它以一种当代文学中尚未发现的风格去阐发当代生活，它预示着文学的多种可能性。同时，它的主题也是我最关心的：与大地相关的生活如何成为了不可能？"乡愁"如何成为这一时代最匮乏的精神、品质和情感？这也是我在做乡村调查和进行非虚构书写时的基本起点。

　　感谢程光炜老师慷慨允诺做我的博士后合作导师，他对"1980年代文学"所做的知识—社会学分析给我很大的启发，也引导当代文学研究朝着更为宽广的方向发展。感谢在这几年中所有帮助过我的老师们和朋友们。谢谢。